Elle Eggels

# *Das Haus*
# *der sieben Schwestern*

## Roman

Aus dem Niederländischen von
Vera Rauch

Fischer
Taschenbuch
Verlag

2. Auflage: Oktober 2002

Veröffentlicht im Fischer Taschenbuch Verlag,
ein Unternehmen der S. Fischer Verlag GmbH,
Frankfurt am Main, Juli 2002

Lizenzausgabe mit freundlicher Genehmigung des Krüger Verlages,
Frankfurt am Main
© Wolfgang Krüger Verlag, Frankfurt am Main 2001
Die niederländische Originalausgabe erschien 1998
unter dem Titel ›Het huis van de zeven zusters‹
im Verlag Vassallucci, Amsterdam
© 1998 by Elle Eggels
Satz: Fotosatz Otto Gutfreund GmbH, Darmstadt
Druck und Bindung: Clausen & Bosse, Leck
Printed in Germany
ISBN 3-596-15288-7

Als die siebzehnjährige Martha kurz nach dem Tod der Mutter eines Morgens feststellen muss, dass der Vater klammheimlich die Familie verlassen hat und sie alleine mit ihren sechs jüngeren Schwestern zurückbleibt, ist sie verzweifelt. Wie soll sie nur mit dieser plötzlichen Verantwortung zurechtkommen? Sie muss sich jetzt wie eine Mutter um die Geschwister und den Haushalt kümmern und darüber hinaus auch noch die Bäckerei führen.

Aber Martha schlägt sich tapfer und bringt schließlich eine Tochter aus einer kurzen Ehe mit einem Mann zur Welt, in den insgeheim alle Schwestern verliebt waren.

Doch als plötzlich eine Witwe des verstorbenen Vaters auftaucht und die Bäckerei für sich beansprucht, werden die Schwestern auf eine harte Probe gestellt.

Elle Eggels erzählt auf wunderbar einfühlsame Weise aus der Sicht der Tochter Emma die bewegende Geschichte der sieben Schwestern. Sie alle machen ihre eigenen Erfahrungen mit der Liebe, der Ehe, mit Liebhabern, Kindern, dem Kloster, dem Tod und finden dabei aber immer wieder zueinander zurück.

*Elle Eggels* wurde 1946 in Swalmen (Holland) geboren. Kurz vor ihrem 50. Geburtstag erfüllte sie sich einen Traum: Sie zog einen Schlussstrich unter ihre Karriere als Modejournalistin und verkaufte ihr Haus. Sie wollte eine Weltreise machen und einen Roman schreiben. Zwei Jahre später ist ihr dann mit ihrem ersten Buch »Das Haus der sieben Schwestern« das Debüt als Schriftstellerin erfolgreich gelungen.

*Unsere Adresse im Internet: www.fischer-tb.de*

Für Al

*Eine Frau namens Marta nahm ihn freundlich auf.*
*Sie hatte eine Schwester, die Maria hieß. Maria setzte*
*sich dem Herrn zu Füßen und hörte seinen Worten zu.*
*Marta aber war ganz davon in Anspruch genommen,*
*für ihn zu sorgen. Sie kam zu ihm und sagte: Herr,*
*kümmert es dich nicht, daß meine Schwester die ganze*
*Arbeit mir allein überläßt? Sag ihr doch, sie soll mir*
*helfen! Der Herr antwortete: Marta, Marta,*
*du machst dir viele Sorgen und Mühen.*
*Aber nur eines ist notwendig.*

Lukas 10: 38-42

# 1

Ich lernte meinen Vater erst kennen, als er tot war. Wir saßen um den Tisch im Innenhof. Die Hitze lastete schwer wie Blei auf uns, und wir tranken im Keller gekühlte Grenadine, denn Kühlschränke gab es damals noch nicht in den Küchen, in denen mächtige Kohleherde und lange Tische mit vielen Stühlen standen, weil die Familien noch groß waren.

An diesem Sommerabend, der schon einen Hauch von Herbst in sich trug, erzählten meine Tanten Geschichten von Leuten, die für mich keine Gesichter hatten, weil ich sie nie gesehen hatte. Daher konnte ich auch nicht so ganz nachvollziehen, wieso sich die Frauen über ihrem Strickzeug immer wieder bogen vor Lachen und dabei Maschen von den Nadeln fallen ließen. Christinas Lachen erklang minutenlang über ihren Wollfäden. Nie gelang es ihr selbst einmal, eine ulkige Geschichte zu erzählen, weil sie bereits über ihre Erinnerungen stolperte, ehe sie noch Worte gefunden hatte, sie aufzureihen. Sie hüpften ihr so in der Kehle auf und ab, daß sie beinahe daran erstickte. Dann kullerten ihr die Tränen über die vollen Wangen, und wir schluchzten mit ihr, ohne daß wir die Geschichte je zu hören bekamen, bis das Zwerchfell ausgewrungen war wie ein Waschlappen und uns der Bauch bis zum Nabel hinauf weh tat.

Wir hatten den Laden früh zugemacht – das Brot war ausverkauft, und der Geselle war zum Baden an den Fluß gegangen, so daß an diesem Tag kein zweites Mal gebacken wurde. Ich habe mich immer darüber gewundert, mit welcher Hartnäckigkeit die Leute trotzdem an Tür und Fenster klopften, obwohl sie doch wußten, daß Brot und *Vlaai* ausverkauft waren und sie am nächsten Tag wiederkommen mußten. An diesem Abend standen jedoch Leute vor der Tür, die mit einem Stock gegen das Ladenfenster klopften. Das Glas vibrierte, und uns allen verging das Lachen. Die Schwestern trockneten sich die Wangen und blickten einander stumm an, wissend, daß da etwas Unerfreuliches auf der Schwelle auf sie wartete. Schließlich schob Camilla ihren Stuhl zurück und ging nachsehen, und als sie zurückkam, gab sie dem Unerfreulichen einen Namen: »Sebastian.« Dann vergrub sie ihr Gesicht in den Händen und blieb reglos stehen, damit sie nicht mit ansehen mußte, was geschehen war.

Wir gingen in den Hausflur und sahen, wie zwei fremde Männer einen leblosen Körper hereintrugen und ihn im Wohnzimmer auf den Tisch legten. Jackett und Hose des Mannes waren in Fetzen gerissen, die Ränder starrten von getrocknetem Blut. Um den Kopf des Mannes hatte irgendwer ein blaukariertes Geschirrtuch gewickelt, und auch das war voller Blut. Ich wurde nach hinten geschoben. Wenig später traf die Gemeindeschwester ein und umarmte die Frauen der Reihe nach. Dann sah sie mich und sagte: »Armes Kind.« Ich wich vor ihr und ihrem Dickengeruch zurück, bevor sie auch mich in die Arme schließen konnte. Christina sagte, ich solle zu Oma gehen, die im Innenhof zurückgeblieben war. Durch die zerbrochene Scheibe in der Hintertür sah ich die Frauen wie in einem vergilbten Film. Ihre Schürzen raschelten an der Wandvertäfelung entlang, als sie mit Tüchern und dampfendem Wasser hin- und herrannten.

»Wer ist der Mann, Oma?« fragte ich.

Die Stricknadeln gerieten nicht eine Sekunde aus dem Takt. Sie murmelte nur, sie habe in dieser Woche schon sieben Socken gestrickt, obwohl die Wolle von ihren schwitzigen Fingern ganz feucht und stumpf geworden sei.

Oma strickte immer die gleichen Socken, wobei sie sie nie in Paaren, sondern stückweise zählte. Jede fertige Socke warf sie in einen Korb. Erst wenn jemand neue Socken brauchte, wurden zwei zusammenpassende herausgesucht, die trotz derselben Maschenzahl nie gleich waren.

Oma ignorierte die Männer, die mit der zerfransten Leiche an die Tür gekommen waren, und auch die plötzliche Betriebsamkeit im Haus schien sie nicht zu bemerken. Auf einmal sagte sie in ihrem krausen Dialekt: »Dein Vader was een schöne Mann. Er sah aus wie Roy Rogers. Dein Vader hätt ooch zu de Film gekonnt. Er konnt gut spielen und ooch Paard reiten.«

Da lag nun auf dem Wohnzimmertisch der Mann, der mir dreizehn Jahre lang vorenthalten worden war, und ich durfte nicht dabeisein?

Die Sonne ging langsam hinter der Backstube unter, und das Licht wurde schwächer. Ich blieb bei Oma am Tisch sitzen, ohne Essen, und wartete, bis Vincentia mich schließlich holen kam. Sie hatte die Hände tief in den Taschen ihrer Hose vergraben – Vincentia war die erste Frau im Dorf, die Männerhosen trug – und sagte: »Du brauchst nicht zu weinen, du hast ihn ja gar nicht gekannt.« Dann begleitete sie mich ins Wohnzimmer, in dem es noch säuerlicher roch als unter den Armen der dicken Gemeindeschwester. Über den Tisch war ein sauberes Bettlaken ausgebreitet, das mit den Spitzen bis auf den Fußboden reichte. Der Duft von grüner Seife im Laken übertünchte den Geruch des Toten, während sich der Muff des nie getragenen Männerpyjamas auf den steifen Körper legte, der auf dem Laken ruhte, ein flaches Kissen unter dem zerbeulten Schädel. Die Hände des Mannes waren übereinandergelegt, da an der unteren Hand einige Finger fehlten, um sie ordentlich zu falten. Zwischen die gläsernen Finger hatte die Gemeindeschwester einen Rosenkranz gewunden, dessen kleines Kruzifix mit dem Messingkorpus in Bauchhöhe auf den beigen und hellbraunen Streifen des Pyjamastoffes lag. Auf den Wangen des Mannes sah man rote Streifen und blaue Flecken, und sie waren so aufgebläht, als hätte er Kaugummikugeln in den Backentaschen. Auf seiner Stirn klebte ein sauberes Pflaster, und um den Kopf hatte man ihm ein dunkles Tuch geknotet, so wie es die Bauern im Sommer trugen.

Martha kam am nächsten Mittag. Wir hatten uns gerade zu Tisch gesetzt. »Wieso haben sie ihn hierhergebracht?« fragte sie und nahm sich einen Stuhl. »Sie wußten nicht, wohin mit ihm«, antwortete Christina. »Er hatte keine Adresse bei sich, und irgendwer kannte ihn noch von hier.«

»Das ist so lange her«, sagte Martha.

»Aber er gehört trotzdem zur Familie«, nuschelte Marie, während sie sich eine Gräte aus dem Mund pulte. Marie hatte sich vom Kloster freistellen lassen, um bei der Beerdigung dabeisein zu können, und war ebenfalls an diesem Tag eingetroffen. »Er ist schließlich Emmas Vater«, sagte sie.

»Aber zu meiner Familie gehört er nicht mehr«, stellte Martha fest.

Ich sah sie an und fragte mich, ob unsere Verwandtschaft nun auch verjährt war. Wir hatten einander drei Jahre lang nicht mehr gesehen, und sie hatte mich nicht einmal begrüßt.

»Sieht er schlimm aus?« fragte sie.

»Du kannst ihn dir ruhig angucken. Schwester

Cyrilla hat ihn sehr schön zurechtgemacht«, antwortete Clara.

Nach dem Essen ging Martha mit zögerlichen Schritten ins Wohnzimmer. Ich setzte mich auf die Treppe und wartete, daß sie wieder herauskommen würde. Ich wollte ihr so viele Fragen über diesen Mann stellen, der dort auf dem Tisch lag, an dem wir nur an Festtagen aßen. Ich hoffte, daß ich Martha jetzt ausfragen könnte, doch sie blieb den ganzen Nachmittag über in dem Zimmer.

Abwechselnd kam mal die eine, mal die andere ihrer Schwestern und schaute kurz durch einen Türspalt hinein, um dann kopfschüttelnd wieder wegzugehen.

An diesem Abend mußte ich nach dem Essen in die Badewanne, obwohl gar nicht Mittwoch war, der Tag, an dem ich sonst badete. Vom warmen Wasser aufgeweicht und mit dem rauhen Handtuch rotgerubbelt, bekam ich ein dunkles Kleid von Camilla angezogen. Es war mir nur ein bißchen zu weit, denn meine Tante war kaum dicker als ich. Dabei war sie eine Frau, und ich mußte erst noch eine werden. Bei einem Altersunterschied von nur zwölf Jahren wußten die anderen nicht mehr so genau, ob sie mich bemuttern oder wie eine Schwester behandeln sollten. Man wartete auf einen Moment der Initiation. Das hätte meine erste Menstruation sein können, aber damit war ich später dran als die meisten Mädchen bei mir in der Klasse. Wenn ich Christina danach fragte, wimmelte sie ab:

»Mit dem Schlamassel wirst du dich noch lange genug herumschlagen können.«

Sebastians Tod läutete dann meinen Zyklus ein, die erwarteten Blutungen begannen am Tag nach seiner Beerdigung. Von da an trug ich häufiger die Kleider meiner Tanten, die nach und nach die Mädchenkleider in dem großen Schrank auf dem oberen Flur ersetzten.

Das Erwachsenenkleid saß ungewohnt. Als Christina mich ins Wohnzimmer lotste, zog sich mein Magen zusammen, das Essen stieg mir wieder hoch, und der Geschmack von Spinat und hartgekochten Eiern war ein zweites Mal in meinem Mund zu schmecken.

»Martha möchte, daß du heute nacht bei ihm wachst«, sagte Christina.

Nun wollte das Abendessen plötzlich gar nicht mehr seinen natürlichen Weg gehen, sondern hatte große Eile, den Körper in umgekehrter Richtung wieder zu verlassen. Ich preßte die Kehle zu, schluckte und schauderte vor Ekel.

Seit Vincentia mir den Mann im gestreiften Pyjama gezeigt hatte, war ich nicht mehr in dem Zimmer mit dem säuerlichen Geruch gewesen.

»Wir machen das zusammen«, sagte Christina und lächelte mir aufmunternd zu, während ich noch mit dem Geschmack von fauligen Eiern zu kämpfen hatte.

Auf dem Büfett, vor dem Bildnis der Heiligen Jungfrau von Lourdes, flackerten sieben Kerzen, und eine

Prozession von Schatten hüpfte über die Wand. Christina setzte sich auf die eine Seite des Toten und ich auf die andere. Meine Haut kräuselte sich, ich wagte nicht, den Mann anzusehen und schon gar nicht die Prozession von Schauergestalten an der Wand. Wir beteten drei Rosenkränze und einmal die Litanei aller Heiligen. Dann schwiegen wir eine Weile, bis das Stillsitzen zur Tortur wurde.

Ich schloß die Augen, hob den Kopf, wartete eine Ewigkeit und öffnete die Augen dann, um den Toten anzuschauen. Er sah aus, als habe man ihm eine Schweinsblase über den Schädel gezogen. Das Pflaster auf seiner Stirn löste sich an den Rändern. Ich suchte nach etwas Warmem in diesem Gesicht, doch der da so gleichgültig auf dem Wohnzimmertisch lag, hauchte mir Eisblumen aufs Herz.

»Er hat ja gar keine Ähnlichkeit mit Roy Rogers. Oma hat gesagt, daß er genauso gut aussah«, flüsterte ich.

»Die Pferde haben ihn zertrampelt. Er war immer ganz ansehnlich«, sagte Christina.

»War er auch nett? Was war lieb an ihm?« fragte ich und sah mir die kalte Fratze noch einmal an.

»Er war sympathisch, man konnte mit ihm lachen. Und er konnte wunderschön singen.«

»Hat er Martha geliebt?«

Es blieb eine Weile still. »Ich denke schon«, sagte Christina schließlich.

»Wieso ist er dann weggegangen?« fragte ich.

Christina zuckte mit den Schultern. »Vielleicht wollte er uns ja alle liebhaben. Und das war zuviel. Man kann nicht sieben Frauen auf einmal lieben.«

»Acht!«

»Was sagst du?«

»Acht, ich gehöre doch auch dazu.«

Christina fing an zu lachen, aber es war nicht ihr übliches fröhliches Lachen. »Nein, er hat nicht die Gelegenheit bekommen, dich liebzugewinnen«, antwortete sie.

# 2

Sebastian trat ins Leben der sieben Schwestern, als Martha siebenundzwanzig war und er noch keine zweiundzwanzig. Er war der neue Organist in der Pfarrkirche. Anne und Christina brachten ihn nach einer Probe des Jungfrauenchors mit nach Hause, und von da an kam er regelmäßig. Er setzte sich zu ihnen an den Tisch und aß mit, und schließlich half er ihnen auch, wenn um Kirchweih- und Kommunionszeit, Nikolaus und Weihnachten herum besonders viel zu tun war, beim Ausfahren der *Vlaais* und beim Säubern der Backbleche.

Sonntags spielte er in der Kirche die Orgel, und während der Woche gab er Töchtern aus bessergestellten Familien Klavierstunden. Manchmal sprang er bei der Musikkapelle als Dirigent ein, wenn der »Direktor«, so wurde der musikalische Leiter genannt, keine Zeit hatte, zu den Proben zu kommen.

Auch mit den Schwestern wollte er gern Musik machen, doch im Bäckerhaus war kein Platz für ein Klavier. Daher brachte er Camilla das Mandolinespielen und Anne das Geigespielen bei. Mit den anderen studierte er Lieder ein, die sie noch nicht kannten oder so noch nie gesungen hatten. Er selbst spielte Mund-

harmonika. Immer öfter wurde nun in dem rot geflie-
sten kleinen Innenhof zwischen Backstube und Wohnhaus musiziert. Regelmäßig gesellten sich die jungen
Leute aus der Nachbarschaft dazu und sangen oder
spielten auf ihrer Flöte oder Gitarre oder ihrem Akkor-
deon mit. Wenn der Innenhof zu klein wurde, stellten
sie die Stühle auf die Straße hinaus. Dann kamen die
Bewohner der umliegenden Häuser dazu, um zu-
zuhören, zu klatschen und mitzusingen. In jenen der
Wirklichkeit entrückten Stunden erfüllte Sebastian die
Luft mit einer Sorglosigkeit, die den Staub zu den
fröhlichen Klängen tanzen ließ und die in den Fugen
der Pflastersteine nistende Schwermut übertönte.

Im Haus der sieben Schwestern fand Sebastian genau
die Frauen, die ihm bisher gefehlt hatten. Sie hätten
auf einen Schlag all die leeren Zimmer des Hauses füllen können, in dem er allein mit seiner Großmutter
aufgewachsen war.

Er bewunderte Martha als die Mutter, die er nie
gekannt hatte. Sie verkörperte die Geborgenheit, die
er als Kind hatte entbehren müssen. Clara, Camilla
und Vincentia waren die ihm vorenthalten gebliebe-
nen kleinen Schwestern. Mit ihnen konnte er herum-
balgen und ihnen lachend und schimpfend nachset-
zen, wenn sie ihm den Fahrradschlüssel stibitzt hatten.
Ihre Bemerkungen über seine strikten Angewohnhei-
ten machten ihn verlegen, wie etwa, daß er das Tisch-
besteck, das selten ordentlich neben den Tellern lag,

immer wieder säuberlich zurechtlegte. Wenn Sebastian mit aß, lagen Messer, Gabeln und Löffel mit dem unteren Ende immer genau einen Zentimeter von der Tischkante entfernt.

Christina und Anne waren die jungen Mädchen, nach denen er sich nie umzudrehen gewagt hatte. Sie brachten ihn mit Bemerkungen zum Erröten, auf die er nichts zu entgegnen wagte. In ihrer Gegenwart wurde ihm warm, und erhitzt tanzte er mit ihnen bis tief in die Nacht, so lange, bis selbst das Echo der Musik nach Hause gegangen war.

Marie war wie eine Tante, die dauernd nachfragt, ob man Zucker in den Kaffee will, und dann einzuschenken vergißt – woraufhin man es eben selbst tut, um ihr auch gleich noch einmal nachzuschenken. Die eigentümliche Frau rührte ihn. Sorgsam hütete er das Taschentuch, das sie ihm mit seinem Monogramm bestickt hatte. Er benutzte es nur sonntags.

Wenn er im Bäckerhaus war, hatte jede Frau ihren Platz, und sein Leben war vollkommen, doch wenn er in sein Mauseloch hinter der Pfarrei zurückkehrte, gerieten sich die Frauen in seinem Kopf ins Gehege. Er ließ sie darüber zanken, welche Liebe die wichtigste sei, und er konnte sich nicht entscheiden, ob er seinen Gefühlen für die älteren Schwestern größeren Wert beimessen sollte als denen für die jüngeren. Da alle Frauen gleichzeitig in sein Leben getreten waren – und nicht eine nach der anderen, wie es normalerweise der Fall ist –, wußte er nicht, was er davon halten sollte.

20

Sein Körper sandte Signale aus, die er nicht verstand und die ihn keinen Unterschied zwischen seinem Gefühl für eine Tante und dem für eine Schwester erkennen ließen. Und wenn er dann noch an die gerade erwachsen werdenden Mädchen dachte, geriet er völlig durcheinander. Die Nächte in dem kleinen Hinterstübchen der Pfarrei waren lang und leidvoll.

Es war Martha, die Sebastians Grübeleien völlig unerwartet ein Ende machte.

An einem Mittwochnachmittag, es dämmerte bereits, kam sie in sein kleines Zimmer im rückwärtigen Teil der Pfarrei, um ihm ein Oberhemd zurückzubringen, das er vom Textilhändler geschenkt bekommen hatte. Das Hemd, es war ein amerikanisches Fabrikat, war total vergilbt gewesen. Der Ladenbesitzer hatte es mit einer Schwarzmarktpartie erworben, im Dorf aber keinen Käufer dafür gefunden. Es hatte je drei schmale Biesen zu beiden Seiten der Knopfleiste und einen Stehkragen mit umgeklappten Spitzen. Sebastian fand es großartig und wollte es tragen, wenn er demnächst den Männerchor beim regionalen Wettsingen in der Kathedrale der Großstadt dirigieren mußte. Er hatte es Martha gezeigt, die – wie er nicht anders erwartet und gehofft hatte – gleich wußte, wie es wieder so weiß zu bekommen war, daß man nur mit zusammengekniffenen Augen würde draufschauen können.

Das Hemd wurde drei Tage lang in Bleichlauge eingeweicht, die jeden Morgen und jeden Abend erneuert wurde. Martha war hell entzückt, daß sich zum Schluß auch noch die letzte Andeutung von braunen Streifen, nämlich dort, wo das Hemd gefaltet gewesen war, aufgelöst hatte. Sie konnte es gar nicht erwarten, was Sebastian dazu sagen würde, und brachte ihm das Hemd daher gleich selbst.

Da sie schon einmal in seinem Zimmer gewesen war und die Gepflogenheit anzuklopfen, bevor man zu jemandem hineingeht, nicht kannte, betrat sie das Zimmer unangekündigt und in einem Moment, da Sebastian am allerwenigsten auf einen weiblichen Besucher vorbereitet war. Er hatte wie jeden Freitagnachmittag gerade in der Pfarrei ein Bad genommen. Und da er vom heißen Wasser noch ganz erhitzt war, trug er nicht mehr als seine Unterhose.

Beide erschraken, weil sie sich im falschen Moment trafen, und sahen plötzlich Dinge, die sie noch nie zuvor gesehen hatten. Martha starrte auf den Körper eines Mannes, den sie nur angezogen kannte. Obwohl sie wußte, daß sich die Anatomie von Männern und Frauen unterscheidet, war sie von diesem kraftvollen Körper überwältigt. Eine Ewigkeit lang starrte sie auf seinen muskulösen Rumpf und glaubte in Tränen ausbrechen zu müssen. Sie wollte sich an diesen Körper pressen, um ein wenig von dieser Kraft abzubekommen, die ihr das Leben leichter machen würde. Schließlich aber schüttelte sie den Kopf, die Wirklichkeit hatte sie wieder, und sie hielt Sebastian das Hemd vor.

»Es ist ganz und gar weiß geworden«, sagte sie. »Du mußt es kurz anprobieren. Vielleicht sind die Ärmel zu lang, dann kann ich sie kürzen lassen.«

Auch Sebastian kam auf die Erde zurück, als sie ihm das Hemd reichte, und er versuchte, seine ganze Aufmerksamkeit auf dieses Hemd zu richten, das ihm irgendwann einmal als so wichtig erschienen war. Bedächtig schlüpfte er in den weißen, nach Chlor riechenden Stoff. Die Hemdschöße fielen über seine naturwollene Unterhose, die Manschetten sackten ihm bis über die Fingerspitzen. Martha zog daran.

»Ja, da muß ein ganzes Stück ab. Ich werde es zum Schneider bringen«, sagte sie.

»Das ist nicht nötig«, flüsterte Sebastian. »Ich kann doch Ärmelhalter drummachen.«

»Nein, das sieht nicht schön aus. Das Hemd muß geändert werden. Zieh mal wieder aus«, forderte sie ihn auf.

Sebastian zögerte. Seine Arme hingen reglos zu beiden Seiten des Körpers herab und waren außerstande, die Knöpfe wieder zu öffnen. Mit flehenden Blicken starrte er die Frau an, sie möge ihn doch allein lassen.

Aber Martha wollte oder konnte diese oder irgendeine ähnlich geartete Botschaft nicht empfangen. Sie knöpfte ein Perlmuttknöpfchen nach dem anderen auf, woraufhin sich das Hemd teilte und sie erneut fasziniert auf die gebräunte Haut blickte.

»Wie gut du riechst«, sagte sie leise.

Sebastian beschnupperte sich, doch alles, was er

23

roch, war der zarte Duft des Talkumpuders, das Martha sich allmorgendlich unter die Achseln tat, um die Haut vorm Aufscheuern zu bewahren. Er verspürte eine Regung in seinem Schritt und wandte sich von Martha ab. Er zögerte noch, das Hemd auszuziehen.

»Ich bring es schon selbst zum Schneider«, murmelte er. »Ich hab heute nachmittag sowieso nichts anderes zu tun.«

Er wollte, daß sie wegging, er wollte allein sein, um mit seinen Frauen zu streiten, bis er zu müde wurde, doch Martha faßte das Hemd vorsichtig am Kragen und zog es ihm von den Schultern.

»Männer riechen anders als Frauen«, sagte sie und wunderte sich, daß sie das erst jetzt entdeckte.

»Das . . . das weiß ich nicht . . .«, stotterte Sebastian und geriet ins Schwitzen. Das derbe Wolltrikot seiner Unterhose wölbte sich. Er zitterte und nahm den Geruch von verwelkten Blumen wahr. Er drehte sich wieder zu Martha um und sah seine Finger über die Knöpfe der Bluse wandern, aus der der Blumenduft aufstieg.

Beider Atem vermischte sich. Martha fühlte, wie ihre Brüste sich spannten, und ohne hinzusehen, legte sie das Hemd beiseite.

Sebastian errötete, als sie sein Brusthaar berührte. Das Bild von seiner Großmutter verschwand, er konnte sich auch keine Mutter mehr vorstellen. Es gab keine Schwestern mehr, da war nur noch eine einzige Frau, eine einzige, totale Frau.

24

»Wie braun du bist!« sagte Martha.

»Ich bade oft im Fluß«, antwortete er, »und laß mich von der Sonne trocknen.«

»Da unten bist du also noch weiß«, murmelte Martha und zeigte, ohne hinzusehen, auf seinen Hosenbund.

Wie viele Nächte hatte er nicht an milchweiße oder an zarte Frauenkörper gedacht und sich nichts sehnlicher gewünscht, als einmal einen solchen Körper anschauen zu dürfen? Er öffnete ihre Bluse und ließ sie zu Boden fallen und auch ihren BH. Er sah ihre weißen Brüste mit den rosa Spitzen über ihrem weißen Bauch und legte seine Hand auf das weiche Gewebe ihrer linken Brust. Er fühlte, wie deren Wärme seinen ganzen Körper durchflutete. Sie löste ihren Rock und ließ ihn fallen.

Es war sein erstes Mal, und er spielte danach schöner auf der Orgel, als er es je getan hatte. Das fiel allen Kirchgängern auf, und sie kamen häufiger in den Gottesdienst. Sogar zu den Vespern war die Kirche jetzt voll, und das tat dem Pfarrer gut, denn in anderen Gemeinden war der Kirchenbesuch bereits rückläufig.

In Sebastians Träumen wurde es ruhiger. Zwar liebte er auch weiterhin alle sieben Schwestern, vielleicht sogar noch mehr als vorher, doch von nun an vereinigten sich alle Frauen in einer einzigen, und über ihre Rangfolge zerbrach er sich nicht mehr den Kopf. Darin war nun größerer Raum für Musik und andere schöne Dinge. Er wurde Regisseur des Schauspielklubs und probte mit den Laiendarstellern so lange, bis ihr Spiel ganz natürlich wirkte. Er wurde fester Dirigent der Musikkapelle und wußte so viel aus den Dorfjungen herauszuholen, daß der Musikverein bei regionalen Wettbewerben einen Preis nach dem anderen gewann. Er wurde für seine Arbeit zwar nicht bezahlt, jedenfalls nicht in klingender Münze, doch sein Verdienst war tausendmal mehr wert als das, was man aus den Vereinskassen an Gehalt für ihn hätte aufbringen können. Viele Leute luden ihn zum Essen ein, und in der Wirtschaft hatte er manchmal den ganzen Abend lang freie Getränke. Die älteste Tochter des Brauers schenkte ihm ein teures Fahrrad mit Trommelbremsen, das sie sich in der Stadt gekauft, dann aber nie benutzt hatte, weil sie zu ängstlich war, um radfahren zu lernen. Witwen schenkten ihm die Garderobe ihrer verstorbenen Gatten, die er dann beim Schneider ändern ließ. Sebastian wurde zum allseits gehätschelten Dorfmitglied, dem es an nichts fehlte.

Daß Martha energiegeladener war und häufiger lachte, entging niemandem, aber nur Christinas aufmerksamer Blick registrierte, wie groß und wahrhaft die Freude war, die in Marthas Lachen tanzte. Martha behielt zwar ihre Disziplin bei, war aber weniger streng mit ihren Schwestern. Denen fiel auf, daß sie sich häufiger erbot, Besorgungen im Ort selbst zu erledigen. Und sie kicherten über die plötzliche Gläubigkeit ihrer

Schwester, die ihren Kirchgang auf ein Höchstmaß steigerte, Sebastian jedoch behandelte wie eh und je, wenn er im Bäckerhaus zu Besuch war.

Auch Marthas Körperhaltung veränderte sich. Sie ging aufrechter, bekam vollere Brüste und rundere Hüften. Sie fuhr in die Stadt, um sich einen BH aus glänzendem Satin zu kaufen und ein Korsett aus schimmerndem Damast mit Fischbeinstäben und Bändern. Immer öfter schob sie die *Vlaais* weg, die nicht verkauft worden waren und von den Schwestern selbst gegessen wurden, da Gefriertruhen noch nicht erfunden waren und es ein Jammer gewesen wäre, sie einfach wegzuwerfen. Trotzdem spannte sich nach einigen Monaten ihre Schürze. Auch wenn über diese Dinge nicht gesprochen wurde, verbreiteten sie sich dennoch wie ein unsichtbares Spinnennetz über das ganze Dorf. Jedenfalls kam eines Tages der Kaplan vorbei, um sich im Wohnzimmer mit Martha zu unterhalten, jenem Zimmer, in dem Sebastian Jahre später in dem gestreiften Pyjama aufgebahrt werden sollte. Der Kaplan war vom Pfarrer geschickt worden, weil man Sebastian unmöglich als Organist behalten konnte, wo doch jedermann wußte, daß er der Vater des Kindes war, das Martha bekommen würde.

Sie heirateten einen Monat nach Marthas dreißigstem Geburtstag. Sebastian war noch keine fünfundzwanzig. Ein besonderes Fest fand nicht statt. Martha und Sebastian gingen einfach nach der 8-Uhr-Messe in die Sakristei, wo der Pfarrer ihre Ehe einsegnete. Martha hatte kein neues Kleid dafür gekauft, ja, sie hatte nicht einmal ihre Schürze abgebunden, was man aber nicht sah, weil sie einen weiten Mantel trug.

Von diesem Tag an schliefen Martha und Sebastian zusammen in dem Doppelbett, das ihnen stillschweigend in das vordere Zimmer gestellt worden war, welches bis dahin Domizil von Marie und Anne gewesen war. Marie und Anne schliefen fortan auf dem Dachboden, wo bis dahin die Bäckergesellen ihre Kammer gehabt hatten. Diese wiederum mußten sich nun irgendwo anders Kost und Logis suchen oder schliefen zwischen Mehlkäfern und Mäusen auf dem Dachboden über der Backstube. So schien das Leben einfach weiterzugehen, obwohl sich alle darüber bewußt waren, daß es niemals mehr dasselbe würde sein können. Es war etwas geschehen, was nicht hätte geschehen dürfen, und man nahm es Sebastian übel, daß er seinen ganz speziellen Platz gegen einen alltäglichen Stuhl eingetauscht hatte.

Zwei Wochen nach seinem Einzug brachten Christina und Vincentia ein rosa Kinderbettchen mit, das sie neben Marthas Bett stellten. Danach würdigte Vincentia es keines Blickes mehr, während Christina mit viel Liebe den Himmel aufhängte, um das schon halb verblaßte Engelchen am Kopfende abzudecken. Martha nickte, als Christina es ihr zeigte, und band sich eine saubere Schürze um, weil sie in den Laden mußte.

Noch bevor ich geboren wurde, bedauerte ich, daß ich mir diese Menschen als Eltern ausgesucht hatte. Meine Seele hatte nach einem Ort gesucht, wo sie sich hätte entfalten können, und hatte sich vom wundervollen Orgelspiel Sebastians verführen lassen. Ich sah seine Liebe zu schönen Dingen und fühlte mich von seiner Leidenschaft angezogen, mit der er als Regisseur und Darsteller im Schauspielklub die bizarrsten Figuren so lebendig werden ließ, als existierten sie tatsächlich. Nicht gesehen hatte ich jedoch, daß er in einer Welt zu Hause war, in der immer die anderen die Verantwortung haben für das, was geschieht.

Martha wählte ich eigentlich aus dem gleichen Grund, aus dem Sebastian sich für sie entschieden hatte. Ich spürte ihre Kraft und ihren Drang, das Leben beim Schopfe zu packen. Aber ich hatte nicht gesehen, daß für sie die größte Befriedigung darin bestand, andere glücklich zu machen, daß sie dazu tendierte, sich anderer Leute Probleme aufzubürden, daß ihre Schultern verspannt waren und sie unter chronischen Nackenschmerzen litt.

Wenn Sebastian mich vorsichtig fühlen wollte, dort, wo ich mich nur noch wenige Wochen würde verstecken dürfen, stieß Martha seine Hand weg. Und wenn er sich im Bett mit seinem so intensiv duftenden Körper an uns schmiegen wollte, rückte Martha von ihm weg, so daß ich manchmal sogar die hölzerne Bettkante fühlen konnte. Ich begann mich gegen das Leben zu sträuben.

Drei Monate nach der schlichten Zeremonie in der Sakristei kam ich schreiend zur Welt. Als die Zeit gekommen war, lieferte ich mir mit Martha noch einen zweitägigen Kampf, mußte aber schließlich doch weitergehen. Ich wurde in den engen Gang hineingetrieben, an dessen anderem Ende mir so kalt wurde, daß ich mein Leben lang wollene Unterhemden würde tragen müssen. Ich habe Tage und Nächte lang hindurch geweint. Ich habe geschrien, bis meine wundgebrüllten Lungen mir weitere Luft für diesen sinnlosen Protest verweigerten. Danach habe ich jahrelang nicht mehr geweint.

Von der Wiege neben Marthas und Sebastians Bett aus hielt ich das ganze Haus wach. Morgens saßen alle mit verquollenen Augen am Frühstückstisch und klagten. Christina fragte sich, ob Martha wohl genügend Milch habe, und Marie äußerte die Vermutung, ihre Milch sei womöglich sauer. Anne dachte, ich hätte Windelausschlag, obwohl nichts dergleichen zu sehen war, und beschloß, die Windeln von nun an in einem Mehlbrei nachzuspülen. Clara und Vincentia machten einen großen Bogen um mich, während Camilla mich manchmal stundenlang in ihren Armen wiegte, als wäre ich eine Puppe. Häufig zog sie mir sogar die Kleider ihrer Puppe an, die ein kleines bißchen größer war als ich. Martha machte es ganz kribbelig, daß das von ihr ins Haus gebrachte Problem so viel Beachtung fand.

Hob Sebastian mich einmal hoch, wenn er mein Geschrei nicht länger mit anhören konnte, nahm eine der Schwestern mich ihm schnell wieder ab. Man hat ihm nie die Chance gegeben, mit meinem Geruch vertraut zu werden. Er durfte meine Haut nicht anfühlen, und er konnte mir keine tröstenden Worte zuflüstern, so daß ich mir mein Leben lang vergeblich vorzustellen versucht habe, was er wohl gesagt haben könnte.

Martha nahm gleich nach meiner Geburt ihren gewohnten Rhythmus wieder auf: früh aus den Federn, den Laden aufmachen, den Brotkarren beladen, Bestellungen entgegennehmen, Termine mit dem Müller vereinbaren und mit zusammengekniffenem Hintern über Zahlungen verhandeln. Ich wurde zu einem Unterton in der Musik des Bäckerhauses, ohne daß sich das Tempo durch meine Ankunft veränderte.

Als ich endlich aufhörte zu weinen, kehrte zwar die Ruhe zurück, an der Sebastian jedoch nicht mehr teilhatte. Weil er nun Tag für Tag da war, verblaßten die mit ihm verbundenen Träume. Die Schwestern begannen ihm aus dem Weg zu gehen.

Sebastian hat das keine fünf Monate ausgehalten. Er nahm nur Wäsche zum Wechseln mit und seine Mundharmonika. Alles andere ließ er zurück, so auch den Hocker vor der Orgel, der nun unbesetzt blieb. Erstmals seit Jahren fand das Hochamt ohne Orgelbegleitung statt. Nicht einmal der Chor sang. In der Woche darauf durfte dann jedermann dem hölzernen Geklimper von Johanneke mit dem Klumpfuß, der jüngsten Tochter des Notars, lauschen. Es klang, als wäre auch die prachtvolle Orgel deformiert worden – nur noch röchelnd kamen die Melodien von Bach und Händel aus den Pfeifen. Von Sebastians Weggang hat sich die Orgel nie mehr erholt.

Im Laufe der Zeit geriet in Vergessenheit, wieso ich eigentlich hinzugekommen war. Alles verlief wieder nach dem Muster, das Martha vor dreizehn Jahren gewebt hatte, als ihr Vater von einem Tag auf den anderen auf Nimmerwiedersehen verschwunden war und sie mit ihren sechs Schwestern und der kleinen Bäckerei allein gelassen hatte.

## 3

Der Vater der sieben Schwestern war ein Mensch mit einem sonnigen Gemüt, einer, der sich, wenn ihn leidige Dinge wie Flöhe anzuspringen drohten, um so mehr den guten Seiten des Lebens zuwandte. Und er hatte eine Frau, die das verstand. Sonntags ließ sie ihn bis zum Hochamt in der warmen Kuhle der Sprungfedermatratze liegen, so daß er immer noch vor Beginn der Predigt in der Kirche erschien. Sie wußte auch, daß er, noch ehe der Pfarrer den abschließenden Segen gesprochen hatte, am Tresen der Wirtschaft gegenüber der Kirche stehen würde. Dort trank er dann mit seinen Kameraden auf die Gesundheit aller, die es verdient hatten, und auf das Heil derer, die dessen nicht mehr bedurften, weil sie schon seit Jahren im Grab lagen. Manchmal, wenn im Dorf schwerwiegende Entscheidungen anstanden, wurde das Glas auf das Wohl des Brauers erhoben, der zugleich die rechte Hand des Bürgermeisters war. Und auch mit dem Pfarrer wurde angestoßen, der oft nach dem Gottesdienst kam, um den sauren Nachgeschmack des Meßweines wegzuspülen. Aus Respekt vor dem Kirchenhirten wurde auf alle Heiligen getrunken. So gab gelegentlich die Litanei aller Heiligen den Rhythmus des Umtrunkrituals vor. Dabei konnte es allerdings passieren, daß schon bei »Sankta Anastasia« kein »darauf trinken wir!« mehr zur Antwort erschallte, weil die Zungen zu schwer geworden waren und die Stimmbänder nicht mehr so recht wollten.

Marthas Mutter wußte, daß Alkohol hungrig macht und ihr Mann daher zu einem vorhersehbaren Zeitpunkt wieder erscheinen würde. Den Schmorbraten hatte sie dann schon so lange auf dem Herd, daß sie ihm das Fleisch gleich auftischen konnte. Nach dem Essen fiel ihr Gatte in tiefen Schlaf – auch das war vorhersehbar –, aus dem er erst am nächsten Morgen wieder erwachen würde, um von neuem den wöchentlichen Trott anzugehen, aus dem er sonntags ausscherte.

Der Vater sprach mit seiner Frau selten über solche Dinge wie die Bezahlung von Strom, Holz oder Kohlen. Er tat lieber so, als gäbe es das alles nicht, und solange sie dafür genügend Geld von ihm bekam, sah sie auch keinen Anlaß, ihn daran zu erinnern. Sie verstanden sich auch ohne viele Worte.

Marthas Eltern hatten geheiratet, als ihr Vater schon achtundzwanzig und ihre Mutter gerade erst neunzehn war. Beide waren einsam und wohnten weit von ihren Familien entfernt. Das schuf ein Band zwischen ihnen, das aber mit Liebe nichts zu tun hatte. Drei Jahre nach ihrer schlichten Hochzeit, der keinerlei Verwandte beiwohnten, bekamen sie ihr erstes Kind – gerade als sich im Dorf das Gerücht breitmachte, daß es mit ihrer Fruchtbarkeit und seiner Potenz nicht weit her sei. Sie hatte immer etwas von Fehlgeburten gemurmelt (die sie nie gehabt hatte), weil sie auf keinen Fall wollte, daß an den Fähigkeiten ihres Mannes gezweifelt wurde.

Ihr erstes Kind ließen sie Martha Maria taufen – nannten es aber Martha. Der Vater arbeitete seinerzeit noch bei einem Bäcker in der Stadt. Tag für Tag stieg er um vier Uhr früh auf sein Fahrrad und kam erst am späten Nachmittag wieder nach Hause. Gut ein Jahr nach Martha kam Marie Anne. Nach guter katholischer Sitte erhielten die Kinder immer mindestens zwei Namen, und, so hatten die Eltern es sich eines Abends bei billigem Genever ausgedacht, das jeweils nächste Kind sollte immer nach dem zweiten Namen des vorherigen genannt werden. Marie Anne wurde demnach Marie genannt, und das nächste Kind, das drei Jahre später kam, erhielt den Taufnamen Anne Christina und hatte den Rufnamen Anne. Christina Vincentia, die vierte Tochter, wurde Christina genannt, und die darauffolgende hieß Vincentia und mit zweitem Taufnamen Clara. Als letztes kam das Zwillingspärchen Clara Camilla und Camilla, die keinen zweiten Namen mehr erhielt.

Martha, die Älteste, hatte rein gar nichts von ihren Eltern. Sie lernte es nie, so, wie ihr Vater es tat, den unangenehmen Dingen aus dem Weg zu gehen. Und auch die lässige Art, mit der ihre Mutter das Leben anging, verstand sie nicht. Martha hatte viele Ängste geerbt, die ihre Eltern wahrscheinlich nicht mit sich herumschleppen wollten, weshalb sie so viel besorgter und ängstlicher als ihre sechs Schwestern war. Ihre größte Angst war, daß ihre Schwestern unglücklich sein könnten – und das zu verhindern wurde zu ihrer Lebensaufgabe.

Marie, die zweite Tochter, war das genaue Gegenteil ihrer älteren Schwester. Sie war ein Kind mit zerbrechlichen Knochen, blasser Haut und feingliedrigen Händen, die nur für filigrane Stickarbeiten taugten. Im Gegensatz zu Martha machte sie sich nie Gedanken über das Glück der anderen.

Anne, die nächste, war menschenscheu und schweigsam. Sie fing erst an zu sprechen, als sie in die Schule kam. Mit Worten und mit ihren Gefühlen ging sie um wie mit Spargeld.

Christina hatte alle Fröhlichkeit auf sich vereint, die ihre Schwestern am Eingang zu dieser Welt zurückgelassen hatten. Sie war lebhaft und fragte viel zuviel, was darauf hinauslief, daß sie die Antworten durcheinanderbrachte und daher ständig mit Geschichten daherkam, die zwar nett anzuhören waren, aber niemals mehr ein zusammengehöriges Ganzes ergaben.

Nach Christina kam Vincentia, die gut den heißersehnten Sohn hätte abgeben können. Doch sie wurde nicht so, wie ihr Vater es sich gewünscht hatte. Sie war am liebsten im Freien, haßte die Hitze in der Backstube und hatte keine Geduld für das Füllen von *Vlaais*.

Auch Clara, die eine der Zwillinge, hätte gut ein Junge sein können. Sie war die einzige, die ihrem Vater ähnelte. Genau wie er ging sie Schwierigkeiten möglichst aus dem Weg, war dabei aber bei weitem nicht so aufbrausend wie er. Sie gab eher nicht zu erkennen, was in ihr vorging, und hatte keinerlei Ähnlichkeit mit ihrer Zwillingsschwester.

Camilla war wie eine Elfe. Ihre Haare waren schon gleich nach der Geburt lang genug, um Schleifen hineinzubinden. Sie behielt die gellenden Schreie im Ohr, die ihre Mutter bei ihrer Geburt ausgestoßen hatte. Wenn sie allein war, hörte sie immerzu kreischende Frauen, und sie war die einzige der Schwestern, die sich in der Wirklichkeit nicht zurechtfand.

Nach der Geburt des dritten Kindes wußte die Mutter jahrelang zu verhindern, daß sie erneut schwanger wurde – nicht, weil sie ihrem Mann den Zugang zu ihrem Bett verweigerte: nein, sie hatte ihre eigene Methode, nicht mehr in andere Umstände zu kommen, und damit war, ohne daß sie je mit ihm darüber gesprochen hätte, auch ihr Ehemann einverstanden.

Der Verdienst beim Bäcker in der Stadt reichte nicht aus, um eine große Familie zu unterhalten, und beide schätzten ein Leben ohne allzu große Einschränkungen. Sie hatten es gut, und so hätte es auch noch jahrelang weitergehen können.

Als Anne sechs war und schon in die erste Klasse

ging, wurde die Dorfbäckerei zum Verkauf angeboten. Der Bäckergeselle und seine Frau entsannen sich eines Traums, den sie einmal geträumt hatten. Beide sahen eine Bäckerei mit sieben Gehilfen vor sich, die den Teig kneteten und das Brot aus dem Ofen holten, während sie selbst noch bis zum Sonnenaufgang im Bett schmusen konnten. Dieser Traum gefiel ihnen immer noch, und sie beschlossen, die Bäckerei zu kaufen.

Da ihre drei Töchter inzwischen alle zur Schule gingen, würde die Mutter in der Anlaufphase die sieben Gehilfen ersetzen. Doch gerade jetzt, da es überhaupt nicht gelegen kam, stellte sich eine erneute Schwangerschaft ein, die zudem beschwerlicher wurde als alle vorherigen. Es sah nicht danach aus, daß die Frau im neuen Betrieb eine große Hilfe sein würde. Martha war damals zehn und eine fleißige Schülerin in der Dorfschule. Sie erzielte solche guten Noten, daß sie die zweite und vierte Klasse hatte überspringen können. Mit ihren zehn Jahren saß sie nun schon zwischen Halbwüchsigen der letzten Klasse, die über Dinge kicherten, die sie nicht verstand. Sie fühlte sich ausgeschlossen. Zudem wußte sie, daß sie nach der Schule von zu Hause weg und bei fremden Leuten in Stellung würde gehen müssen, ein Gedanke, der sich wie ein bösartiger Hund durch ihre Träume schlich. Hin und wieder ging sie in die Kirche, um zur ›Maria der immerwährenden Hilfe‹ für ein neues Gesetz zu beten, das den Schulbesuch verlängern würde. Ein solches Gesetz war auch schon in Planung, doch es gehörte zu jener Art von Vorhaben, die für Martha zu spät kamen. Die Jungfrau erhörte Marthas Gebete aber auf ihre eigene Weise.

Eines Abends fragte Marthas Vater, ob sie nicht, wenn sie die Schule hinter sich habe, in der Bäckerei helfen wolle. Martha sagte sofort ja, auch wenn sie keine Ahnung hatte, was sie erwartete. Woher sollte sie es auch wissen? Ihre Mutter war eine fleißige Frau, die die Hausarbeit meistens schon erledigt hatte, wenn die Mädchen aus der Schule heimkehrten. Dann bekamen sie ein Glas Limonade und eine Scheibe Honigkuchen und durften den Rest des Nachmittags draußen zwischen den Baumstämmen vor der Holzfabrik spielen. Martha war noch ein Kind, aber mit der Unbekümmertheit eines Teenagers nahm sie ein Leben in Angriff, das selbst einer erwachsenen Frau schwergefallen wäre.

Noch bevor Martha die Schule beendet hatte, zog die Familie ins Bäckerhaus ein. In den ersten Monaten fuhr sie noch vor Schulbeginn mit dem Fahrrad das Brot an die Kunden aus. Und nachmittags verkaufte sie die dampfenden Brote vom zweiten Backgang im Vorderzimmer, das zum Verkaufsraum umgeräumt worden war. Anfangs ging das Geschäft schlecht, der vorherige Bäcker hatte seine Kunden vernachlässigt, doch als Martha sich dann ihrer Arbeit zu Hause widmen konnte, startete sie alle möglichen Aktionen. Sie klebte selbstgemachte Plakate mit Sonderangeboten an die Fenster und verloste jeden Monat einen Butter-*Vlaai* unter den Leuten, die mindestens zwei Brote pro Tag kauften. Den Kunden, die Mehl kauften, um es selbst anzurühren und zu backen, gab sie Rabatt, wenn sie den Teig künftig in die Bäckerei brachten, um ihn von ihrem Vater backen zu lassen. Das erwies sich jedoch als zeitraubender Service: Die Kunden wollten schon bald das Mehl nach Hause geliefert bekommen, und bald waren sie auch nicht mehr bereit, den Teig selbst in die Bäckerei zu bringen. Martha mußte also abends, wenn der Laden zu war, die abgelegenen Bauernhöfe außerhalb des Dorfes mit Mehl beliefern, das sie am andern Morgen in Form von Teig wieder abholte. Dieser war manchmal so schlecht durchgeknetet, daß ihr Vater ihn noch einmal in die Maschine tun mußte. Danach stieg sie dann ein drittes Mal aufs Rad, um das gebackene Brot auszufahren.

Martha war die Kunden schon bald leid. Sie verlangten stets mehr, als sie von sich aus schon anbot, und weil sie jeden Kunden brauchten, wagte sie nicht, nein zu sagen. Ihr Vater konnte sehr böse werden, wenn die Verwirklichung seiner hochfliegenden Pläne vom Wege abzukommen drohte. Es kam vor, daß die Bäuerinnen Martha warten ließen, wenn sie noch keine Zeit gehabt hatten, den Teig anzurühren. Dann bekam sie regelmäßig Magenkrämpfe, weil sie wußte, daß ihr Vater schon an der Tür warten würde, weil er den Ofen unnötig lange hatte anheizen müssen.

Ihr Vater war ein strenger Arbeitgeber und ein eiserner Lehrmeister. Er lehrte sie, die Teigdeckel für die *Vlaais* so zu flechten, daß sie auch nicht das kleinste Fitzelchen Teig verplemperte. Tat sie das doch, schlug er ihr auf die Finger, bis die Knöchel so weh taten, daß es nur noch schwieriger wurde, das Teiggeflecht gleichmäßig über den Obstbelag zu breiten. Er ließ sie beim Anrühren des Brotteigs so lange die Mengen Mehl, Salz und Wasser aufsagen, bis sie sie noch im Schlaf hätte herunterbeten können.

Sonntags morgens hatte sie Zeit für die Buchführung. Ihr Vater fragte jede Woche, wieviel noch »auf Pump« stand. Es machte ihn nervös, wenn die Außenstände zu groß waren, und er lamentierte dann, daß Martha sie noch an den Bettelstab bringen würde. Infolgedessen schickte er sie sonntags nachmittags zu säumigen Zahlern, um das Geld einzutreiben. Ihr Vater schickte sie auch zum Müller vor, wenn kein Geld da war, um das bestellte Mehl bar zu bezahlen.

Das kam am Anfang viel zu oft vor, und Martha kaufte daraufhin das Getreide direkt von einem Bauern. Sie kam mit dem Müller überein, daß sie das Mahlen in Naturalien bezahlen könne, wozu auch die Kirchweih-*Vlaais* gehörten. Ein Gemeindebeamter unterrichtete sie, wie sie die Bücher zu führen und die Steuern abzuführen hatte, etwas, wovon ihr Vater nichts wissen wollte. Er fand es lachhaft, daß Fremde das Recht haben sollten, bis auf den Cent genau zu kontrollieren, was er verdiente, um dann auch noch einen Teil davon einzufordern.

Martha lernte schnell, aber nicht leicht. Sie mußte den schmalen Pfad finden, der zwischen den Wutausbrüchen ihres Vaters und den Wünschen von »König Kunde« verlief. Es war schwer, beide Seiten zufriedenzustellen, doch wenn es gelang, war sie glücklich und konnte sich zufrieden in die Welt ihrer Romane zurückziehen, die sie regelmäßig von den Kunden geschenkt bekam. Durch Geschichten schweifend, die zu schön waren, um wahr sein zu können, stieß sie die Türen zu ihrem eigenen Laden auf – und in dem roch es nie nach Brot.

Ihre Mutter brachte unterdessen das vierte Kind, Christina Vincentia, zur Welt, stillte es und hielt sich soviel wie möglich im rückwärtigen Teil des Hauses auf. Sie spielte im Betrieb ihres Mannes keine Rolle, sorgte aber für gutes Essen und trockene Socken. Sobald es draußen zu frieren begann, legte sie in die Betten von Martha, Marie und Anne mit Zeitungspapier umwickelte Ziegelsteine, die sie im Ofen erhitzt hatte, damit sich die Mädchen die Füße daran wärmen konnten.

So gab es behagliche Schlupfwinkel in dem ansonsten recht zugigen Leben in der Bäckerei, und das blieb vier Jahre lang so. Dann kam ein neuer Pfarrer ins Dorf. Keine drei Wochen nach seiner Einführung saß er in der Küche hinter dem Bäckerladen und fragte die Mutter der vier Mädchen, warum sie so wenig Kinder habe. Er warf der siebenunddreißigjährigen Frau vor, daß sie ihre Aufgabe als Christin nicht ernst genug nehme. Als er ging, versprach er, für ihr Seelenheil zu beten. Er kündigte aber auch den Vertrag für die Lieferung von *Vlaais*, den Martha mit so viel Fingerspitzengefühl mit dem vorherigen Hirten der Gemeinde ausgehandelt hatte. Ihr Vater biß sich zwei Tage lang auf den Schnurrbart, bis seine Oberlippe zu bluten begann, und schickte Martha dann in die Pfarrei, um noch einmal über das Ganze zu reden. Anschließend ging er mit seiner Frau zusammen zur Beichte, und binnen eines Jahres bekam Martha ein weiteres Schwesterchen: Vincentia Clara. Kurz nach Vincentia kamen die Zwillinge.

Die beiden letzten Schwangerschaften hatten die Gesundheit von Marthas Mutter stark angeschlagen. Sie war fast vierzig, als sie die Zwillinge bekam, und brauchte zwei lange Tage für die Niederkunft. Außer der trinkenden und rauchenden Hebamme war niemand dabei. Martha war damals siebzehn Jahre alt und mußte das Brot backen, weil ihr Vater auf die Straße hinausgelaufen war. Er wollte fort von seiner schreienden Frau, die das Kind einfach nicht herausgepreßt bekam – keiner ahnte, daß es zwei waren.

Der Vater zog das Gebrüll hinter sich auf die Straße hinaus und verfluchte den Pfarrer. Längst waren aus einer warmen Kuhle im Bett zwei kleinere Untiefen geworden, Ausdruck des Protestes seiner Frau, weil er dem Pfarrer beigepflichtet hatte als Gegenleistung für eine *Vlaai*-Bestellung.

Als Clara und Camilla zwei Wochen alt waren, starb ihre Mutter an Kindbettfieber, einem Leiden, das es eigentlich schon nicht mehr gab. Doch die betrunkene Hebamme hatte sich zuwenig um die Hygiene gekümmert und die Nachgeburt nicht abwarten wollen. Damit mußte Martha ihrer Mutter helfen, und weil sie nichts davon verstand, hatte sie auch nicht gesehen, daß der Mutterkuchen zerfressen und eitrig war. Sie dachte, das müsse so sein, und vergrub das Zeug hinter dem Stall.

Martha hatte auch zuwenig Zeit für ihre fiebrige Mutter. Die Zwillinge mußten mit Milch gefüttert werden, die sie aber beide nicht vertrugen, so daß sie vor Darmkoliken brüllten. Als ihre Mutter beerdigt wurde, ging sie nicht mit, weil die Säuglinge nicht allein gelassen werden konnten. Vor der Ladentür stehend, schaute sie mit den Zwillingen in den Armen der Kutsche hinterher, die den Sarg mit dem Leichnam ihrer Mutter zum Friedhof brachte. Sie sah ihre Schwestern, die in marineblauen Kleidchen mit schneeweißen Kragen hinter ihrem Vater hergingen, und für einen Moment war sie sehr stolz, daß die Kinder so ordentlich aussahen. Doch diese Empfindung wurde von den Tränen weggespült, die ihr über die Wangen liefen. Mit ihnen blieb aber eine Einsamkeit haften, die sie nie mehr von sich abwaschen konnte.

Nach der Beerdigung seiner Frau kam der Bäcker von seinem Weg ab. Von nun an mußte Martha morgens als erste aufstehen, um den Backofen anzuheizen, ehe sie Camilla und Clara zum erstenmal fütterte. Nach wenigen Tagen kam ihr Vater nicht einmal mehr in die Backstube, um den Teig zu kneten. Noch halb im Schlaf mußte Martha aus dem Bett, um das Mehl anzumischen, dann, während der Teig ging, fütterte sie die Säuglinge mit Ziegenmilch, die bis dahin eine halbe Stunde geköchelt hatte, und schließlich füllte sie die Backbleche, wonach sie noch genau ein Stündchen in dem alten Crapaud schlafen konnte, den sie sich neben den Backofen gestellt hatte.

Eine Woche nach der Beerdigung erschien der Vater der sieben Mädchen nicht mehr zum Frühstück. Martha hatte dafür Verständnis und ließ ihn in Ruhe, doch als er auch zum Mittagessen nicht herunterkam, schickte sie Christina in sein Zimmer. Diese kam mit der Nachricht zurück, daß sein Zimmer leer sei.

Einen Monat lang wartete Martha auf seine Rückkehr. Dann, als sie das nächste Kalenderblatt umgeschlagen hatte, nahm sie ihr Rad und fuhr in die Stadt, um sich beim früheren Chef ihres Vaters zu erkundigen, was sie mit der Bäckerei machen solle. Und daraufhin stand fünf Wochen nach dem Tod ihrer Mutter ein

Gehilfe in der Bäckerei, der gegen Kost und Logis den Ofen anheizte, das Brot backte und die Bleche säuberte.

Marie hatte inzwischen längst die Schule beendet und bestickte seither Deckchen für den Tisch, fürs Büfett, für die Anrichte und die Kommoden in den Schlafzimmern. Martha trug ihr auf, von nun an auch das Kochen zu übernehmen. Das tat sie zwar, doch keiner wollte es essen, weil es nicht schmeckte.

Anne ging noch auf die Haushaltungsschule, als ihre Mutter beerdigt wurde, aber Martha ordnete an, daß sie jetzt zu Hause bleiben und radfahren lernen müsse, um in Zukunft das Brot auszufahren. Seither stieg Anne jeden Morgen, mitunter noch vor Sonnenaufgang, widerstrebend aufs Rad.

Das komplizierte System mit dem von den Bäuerinnen gekneteten Teig wurde abgeschafft, und es gab nur noch das einheitliche Bäckereibrot. Am Monatsende klapperte Martha alle Häuser ab, um das Geld einzutreiben, weil nur selten gleich bar bezahlt wurde. Meist bekam sie nicht genug zusammen, um alle Rechnungen und die Steuern begleichen zu können, aber es reichte immer gerade aus, um die Bäckerei vorm Gerichtsvollzieher zu bewahren. Sonntags schlief Martha aus.

Seit der Beerdigung ihrer Mutter ging sie nicht mehr in die Kirche. Erst als Clara und Camilla zur ersten Kommunion gingen, in Kleidchen, die Marie bestickt hatte, ging sie wieder einmal dorthin. Als sie vor dem Marienbild stand, überkam sie das Gefühl, heimgekehrt zu sein, und ihr wurde klar, daß das Haus letztlich immer dasselbe blieb, auch wenn es den falschen Hausmeister hatte. Danach ging sie wieder allmorgendlich in die Frühmesse. Sie schöpfte daraus die Kraft, die sie bitter nötig hatte, um für sich und ihre Schwestern sorgen zu können.

# 4

Das Dorf, in dem Martha mit ihren sechs Schwestern zurückblieb, wurde von einem aus Deutschland kommenden, schmalen Fluß durchschnitten, der sich ein Stück weiter in die Maas einhängte. Er floß hinter der Kirche entlang und teilte die Gemeinde in zwei Hälften. Bei südlichem Wind wandte der Hahn auf dem Turm des gotischen Gotteshauses den Kopf dem monotonen Neubauviertel zu, wo Straße für Straße die gleichen Häuser gebaut wurden. Alle hatten die gleichen Eingangstüren mit Briefkasten, ein Luxus, den die Bewohner der Arbeiterhäuschen auf der anderen Seite des Wasserlaufs nicht kannten. Aber der Briefträger klopfte immer noch aus alter Gewohnheit an, weil er wußte, daß die Bewohner immer ganz aufgelöst waren, wenn sie Post bekamen. Außerdem konnte er keine Ansichtskarte abliefern, ohne sie erst selbst gelesen zu haben, und am liebsten hätte er sie auch gleich an Ort und Stelle vorgelesen. Wenn er etwas zuzustellen hatte, klopfte er auf zwei verschiedene Arten an: dreimal leicht, wenn er eine Karte oder einen Brief von Verwandten hatte, und einmal schwer und düster, wenn er die Bewohner darauf vorbereiten wollte, daß die Nachricht von offizieller Stelle kam. Er blieb dann,

neugierig wie er war, immer auf ein kurzes Schwätzchen, um herauszubekommen, welche Mitteilung der
Umschlag enthalten hatte.

Kam der Wind aus östlicher Richtung, blickte der Wetterhahn zu den Häusern ohne Briefkästen hinüber.
Hier kursierten die Neuigkeiten zuerst an der Theke
einer der fünf Wirtschaften rund um den Kirchplatz,
wo Honoratioren und Arbeiter am Sonntag nach der
letzten Messe ihren eigenen Schanktisch aufsuchten.
Der Sonntagnachmittag war dazu da, Geschehenes
noch einmal Revue passieren zu lassen und das Lachen
hinzuzufügen, das die Woche über gefehlt hatte.
Gegen Abend kräuselte sich dann der Bier- und Geneverdunst an den Fensterläden des Rathauses empor
und stieg am Wetterhahn vorbei in den Himmel auf,
während jedermann schwankenden Schritts heimwärts
wanderte. Mittelständler und Honoratioren fanden
noch Halt an den Häusern, die die Bürgersteige säum-
ten, doch Arbeiter und Bauern torkelten über geh-
weglose, ausgefranste Straßen, an denen die Häuser zu
weit auseinander gebaut waren, um als Stütze dienen
zu können.

Die Bäckerei befand sich in der Mitte der Hauptstraße,
zusammen mit dem Gemüseladen im Zwillingshaus
links daneben. Sie mußte irgendwann einmal als statt-
liches Herrenhaus gebaut worden sein, mit Remise
links sowie zwei großen Wohnräumen und einer

Küche rechts des Hausflurs. Das vordere Zimmer hatte der frühere Besitzer zum Laden eingerichtet, den die Kunden über den Hausflur erreichten. Der Laden war mit einigen Holzregalen und rot gestrichenen Blechtruhen, in denen das Brot warm und duftend blieb, bescheiden ausgestattet. Später wurde der Flur zum Laden hinzugezogen, und noch später, als Selbstbedienungsläden populär wurden, ist auch die ehemalige Remise umgebaut worden, bis schließlich fast das gesamte Erdgeschoß Geschäftsraum war.

Hinter dem Haus lag ein Innenhof, der seitlich von den fensterlosen Außenwänden des Gemüseladens, einer Steinmauer des benachbarten Bauernhofs und nach hinten hin von der Backstube begrenzt wurde. Die Backstube stand separat, sie war wahrscheinlich viel später gebaut worden als das Vorderhaus. Neben der Backstube befanden sich nach hinten hin der Pferdestall und nach vorn, an Stall und Backstube grenzend, ein schmaler Raum, in dem eine große Zinkbadewanne stand. Der Backofen erhitzte den Raum und das Badewasser. Einmal die Woche durften alle nach festgelegtem Schema baden und dabei so lange in der Wanne bleiben, bis die Haut so schrumpelig war wie die von Oma.

Als Martha plötzlich mit allem allein dastand, stellte sie einen Gesellen für die Arbeit in der Backstube ein, also jemanden, der diese Aufgabe gegen Kost und Logis übernehmen wollte. Sie wechselten Jahr für Jahr, denn die meisten Männer hielten es mit all den Frauen im Haus nicht aus. Als die Männer im Krieg nach Deutschland mußten, bat Martha einen betagten Bauern, der zu alt war, um noch in deutschen Fabriken zu arbeiten, und dem die Deutschen das ganze Vieh weggenommen hatten, um seine Mithilfe. Das Brotbacken würde sie ihm schon beibringen, dachte sie. Sie hatte ja keine Ahnung, daß Hände, die es gewohnt sind, die Euter einer Kuh zu kneten, sich nicht unbedingt auch auf die Bearbeitung von Brot- und *Vlaai*-Teig zu verstehen brauchen. Der alte Bauer hat es jedenfalls nie gelernt, und so hat Martha es zusammen mit Christina nach einem Monat Kopfzerbrechen eben selbst gemacht.

Nie kam irgendein Verwandter, um nach den Mädchen zu sehen. Martha wußte nicht einmal, woher ihre Eltern stammten. Sie hatten nie über ihre Familien gesprochen, und Geburtsurkunden waren nicht da. Die fanden sich erst später, beim großen Umbau, auf dem Dachboden der Backstube wieder, als sie niemanden mehr interessierten. Sogar das Familienbuch war verschwunden: Ihr Vater hatte es in der Innentasche seines einzigen Anzugs steckenlassen, den er getragen hatte, als er fluchend ins Rathaus gegangen war, um seine beiden jüngsten Kinder eintragen zu lassen, und dann war er plötzlich wie vom Erdboden verschwunden gewesen.

So wurden die Sonntage im Bäckerhaus also nie mit Besuchen von Onkeln und Tanten gefüllt, die zum Kaffeetrinken kamen, um sich über Belanglosigkeiten zu unterhalten. Und deshalb strickte Martha sich ihre eigenen Rituale. Jeden Samstag stellte sie einen großen Topf Wasser auf den Herd, in dem sie ein Stück Fleisch bis zum nächsten Tag köcheln ließ, so daß Geschmack und Kraft des Fleisches vollständig in das Wasser zogen und eine kräftige Brühe entstand, in die sie eine Packung Suppennudeln gab und manchmal auch noch einige Handvoll Blumenkohlröschen.

Diese Suppe war für die Schwestern ein fester Bestandteil jedes Sonntags. Gegen vier Uhr nachmittags gab's dann ein Stück *Vlaai* und eine Tasse Kaffee. Wenn das Wetter schön war, gingen sie alle zusammen spazieren, wobei sie sich an den Händen hielten, als fürchteten sie, daß sich irgendwer zwischen sie drängen könnte. So begegneten die Dörfler ihnen in den Wäldern des Grafen oder in den neuen Vierteln. Radfahrer mußten sehr lange klingeln, ehe die Schwestern einander losließen, um sie vorbeizulassen. In den Wintermonaten drängten sie sich wie junge Katzen um den Küchenherd und tranken heißen Kakao, in den sie dicke Spekulatiusbrocken tunkten. Später, als ich Fragen über diese Zeit stellte, erinnerten sie sich nur noch an Dinge wie diese. Alle Unannehmlichkeiten hatten sie schon vergessen, denn sie wußten, daß die sich auftürmen konnten, wenn man sie zu lange im Gedächtnis behielt.

Bis Sebastian kam, zogen sich die Jahre schleppend dahin. Auch der Krieg wurde überstanden. Camilla, die als Säugling und Kleinkind alles durchgemacht hatte, was der Arzt unter der Überschrift »Kinderkrankheiten« in seinem Handbuch stehen hatte, erwies sich in den Jahren der Besetzung als robuster als die meisten anderen Kinder. Unter gravierenden Entbehrungen hatten die Schwestern aber auch während dieser Jahre nicht zu leiden.

Der Bauer, der in der Backstube nicht viel ausrichten konnte, kam trotzdem jeden Tag. Anfangs mit einem Schmus wie, er habe noch irgendwo eine Speckseite gefunden, die er dann für sie briet und auf dicke Scheiben Brot legte. Doch sehr bald hatte man sich so an ihn gewöhnt, daß schon nach ihm Ausschau gehalten wurde, wenn er mal spät dran war. Für den Alten waren die Kriegsjahre die besten und geselligsten seines ganzen Lebens. Er war nie verheiratet gewesen und hatte nur mit seiner Schwester zusammengelebt, die ein Jahr vor dem Einmarsch der Deutschen gestorben war. Seither lebte er allein.

Während der letzten Jahre der Besetzung waren seine Ställe und Scheunen voller Untergetauchter, die nachts in die warme Küche kamen, wo sie Brot aßen, das Martha dem Bauern mitgegeben hatte und das mit ausgelassenem Speck bestrichen wurde. Wenn das Brot verspeist war und der Bauer erzählt hatte, was sich im Dorf so alles abspielte, kamen die abgegriffenen Karten auf den Tisch, und es wurde getrumpft und gemogelt und viel gelacht, bis sich gegen Morgen alle wieder hinter schützenden Bretterwänden und Strohballen versteckten.

Der Bauer war – wie alle Bauern – so geizig, daß er sich nach einem großen Geschäft den Hintern mit einem Stück Holz abkratzte, anstatt ihn mit Zeitungspapier abzuwischen. Er trug eine völlig zerschlissene Hose und ein Hemd, das er selbst mit Juteflicken ausbesserte. Unterhosen trug er nicht. Dabei hatte er drei Anzüge im Schrank und mindestens sechs nie getragene wollene Unterhemden und lange Unterhosen. Seine Keller waren zum Bersten mit Eingemachtem gefüllt, weil seine Schwester immer alles gleich eingekocht hatte. Das brachte er jetzt wenn auch schweren Herzens ins Bäckerhaus, weil es ihm die Legitimation gab, es sich im Sessel bequem zu machen und sich an der Gegenwart sieben geliehener Familienmitglieder zu wärmen. Er starb, ehe er seine neu erworbene Familie wieder hätte zurückgeben müssen. Kurz vor der Evakuierung des Dorfes gegen Kriegsende wurde er von einer verirrten Granate getroffen. Er war auf der Stelle tot. Als Martha in seinen Kellern nach Eßbarem suchte, das man zur Überbrückung der Evakuierungszeit hätte mitnehmen können, war schon alles von den untergetauchten Menschen leergeräumt worden.

Die einzige Verwandte, die wir hatten, war Oma. Ich war noch kein halbes Jahr alt, als sie bei uns einzog. Sie stand eines Tages mit einem kleinen Pappkoffer in der Hand vor dem Ladentisch, und man ging einfach davon aus, daß sie Opas Mutter sei. Daß das gar nicht sein konnte, stellte sich erst viel später heraus. Sie wurde Oma genannt, weil ihr Gesicht schon welk und runzelig war. Vielleicht war sie ja eine ältere Schwester von Opa oder eine Tante oder auch nur eine Haushaltshilfe der Familie. Es wäre auch durchaus denkbar, daß sie überhaupt nichts mit der Familie zu tun hatte.

Oma richtete sich in der Küche ein und nahm mich unter ihre Fittiche. Sie fütterte mich geduldig mit dem Brei, den ich nicht essen wollte, und gab mir viel zu früh Butterbrote mit Wurst, was mir eine Darmstörung eintrug, die kein Arzt mehr hat kurieren können. Sie sang mich in den Schlaf, wenn sie mich nach dem Mittagessen auf zwei große, gegeneinandergeschobene Lehnsessel gebettet hatte.

Omas Sprache war ein Mustertuch aus Dialekten. Kann sein, daß sie im *Voerstreek*, also im belgisch-deutschen Grenzgebiet, gewohnt hatte. Wir haben das nie herausgefunden. Wenn ich sie fragte, woher sie komme, antwortete sie immer ausweichend. Sie erzählte zwar ab und an von ihrer Jugend, doch das klang immer so, als habe sie es irgendwo gelesen, obwohl ich mir nicht sicher war, ob sie überhaupt lesen konnte. Manchmal sagte sie mit gewichtiger Stimme, daß sie jetzt die Zeitung lesen werde, und wenn sie dann minutenlang darin geblättert hatte, konstatierte sie, daß die Leute von der Zeitung auch nichts Besonderes zu erzählen hätten und es eigentlich schade um das Geld sei.

Komisch eigentlich, daß ihr Kauderwelsch nicht auf mich abgefärbt hat. Vielleicht haben meine Tanten mich ja immer schnell genug verbessert.

Mit fünf Monaten konnte ich schon aufrecht sitzen. Mit acht Monaten konnte ich stehen, wenn ich mich dabei an den Stäben der Lehnstühle festhielt, und mit neun Monaten lief ich durch die Küche. Einmal im Monat gingen Christina oder Anne mit mir zur Untersuchung, wo ich in einer der Kabinen aus- und wieder angezogen wurde. Während die Babys, die im selben Monat geboren waren wie ich, noch hilflos auf ihren Decken lagen und mit ihrer eigenen Spucke Blasen machten, richtete ich mich schon auf, um über die Trennwand zwischen den Abteilen zu meinen Altersgenossen hinüberzuschielen und ihnen in meiner Brabbelsprache Geschichten zu erzählen, die sie noch nicht kannten.

Ich war kein hübsches Baby. Ich hatte keine Haare auf dem Kopf, keine Augenbrauen, und meine blaßblauen Augen lagen versteckt in tiefen Hautfalten. Ich löste keine zärtlichen Regungen aus. Das hat sich auch später nicht gegeben, ein anziehendes Kind bin ich nie geworden.

Aber *anders* war ich. Und auch das hat sich nie gelegt.

Ich konnte auch viel früher lesen als Gleichaltrige. Das kam, denke ich, durch die Lesewut meiner Tanten, die mir schon sehr früh die Bücher und Zeitschriften gaben, die sie auf dem Dachboden aufbewahrten.

Die Schwestern waren solche Leseratten, daß es sie nervös machte, wenn sie nicht ein Buch oder eine Zeitschrift in Reichweite hatten. Auf dem Bock des Brotkarrens wartete immer ein aufgeschlagenes Buch, in dem zwischen zwei Kunden kurz weitergelesen werden konnte. Die Schwestern bildeten gewissermaßen ein Kollektiv, das auf das Ende des Buches hinlas, welches wichtiger war als die eigentliche Geschichte. Anne las sogar beim Stricken, und Vincentia stand oft beim Geschirrtrocknen da und las.

Nur Marie hatte keine Zeit für Buchstaben. Sie war derart süchtig nach ihren Kreuzstichen, daß sie völlig wortblind wurde und am Ende nicht mal mehr ihren eigenen Namen buchstabieren konnte.

Keiner kam auf die Idee, Bilderbücher für mich zu kaufen. Ich bekam die alten Ausgaben vom *Engelbewaarder*, einem in der Schule verteilten Blatt für heranwachsende Mädchen. Sie gaben mir kitschige Fotoromane, bei denen die Texte in Blasen gefaßt waren, und ich durfte die Frauenzeitschrift *Libelle* haben, wenn alle sie ausgelesen hatten. Daraus riß ich anfangs fein säuberlich die Seiten heraus und zerknüllte sie, wonach ich stundenlang dasitzen und mit den Papierknäueln spielen konnte. Bis ich eines Tages so ein

Knäuel wieder entwirrte und mir die krakelierte Abbildung von einem Klabautermann zuzwinkerte, wenn ich mit dem Papier spielte. Da begann ich mich mit den Abbildungen zu unterhalten, und sie erzählten mir ihre Geschichten jedesmal anders als beim vorherigen Mal, weil beim vorherigen Mal etwas vergessen worden war oder sich Fehler eingeschlichen hatten. So lernte ich auf eine Art zu lesen, die von den Lehrerinnen in der Schule alles andere als mit guten Noten bedacht wurde. Die wollten nämlich, daß ich die Schulbücher Satz für Satz las, eben dem genauen Wortlaut nach. Aber just das habe ich nie gelernt.

# 5

Als ich geboren wurde, war Marie schon seit zwölf Jahren liiert. Sie hatte ihren Freund kennengelernt, als sie noch keine achtzehn war, und sollte ihn erst mit über dreißig kirchlich heiraten. Einen Tag nach Kriegsausbruch verlobte sie sich offiziell, als könne sie Hitlers Soldaten mit diesem Akt Einhalt gebieten. Doch die kümmerte das genausowenig wie Maries standesamtliche Trauung, genau zwei Tage nach Einführung des Bezugsscheinsystems. Als rechtmäßig verheiratete Frau hatte Marie nun Anspruch auf zusätzliche Bezugsscheine, auch wenn sie weiterhin bei ihren Schwestern wohnte und schlief, weil sie von kirchlicher Seite her erst das Bett mit ihrem Mann teilen durfte, nachdem sie ihr Ehegelübde auch vor Gott abgelegt hatte. Damit wollte sie aber warten, bis die Besatzer wieder weg waren, die auch das nicht im geringsten beeindruckte. Die zusätzlichen Bezugsscheine sparte sie auf, um sie später, als alles knapper wurde, zu verkaufen und von dem Geld auf den Schwarzmärkten in den belgischen Grenzorten Wäschestoffe und Stickseide zu kaufen. Ohne sich vom Wüten des Krieges beeinträchtigen zu lassen, stickte sie ununterbrochen an ihrer Aussteuer. Selbst wenn sie bei Fliegeralarm in den

Schutzkeller mußte, nahm sie die Bettücher mit und ließ beim flackernden Schein einer kleinen Kerze unaufhörlich die Nadel durch den Stoff fahren. Als nicht einmal mehr auf dem Schwarzmarkt Stickseide zu bekommen war, zog sie alte Tischtücher auf, um ihre selbstentworfenen Dessins auf der Bettwäsche fertigstellen zu können. Es waren durchweg religiöse Motive. Als Vorlage dienten ihr alte Andachtsbildchen, die sie um eigene Phantasien ergänzte, die aber alle von Blut trieften.

Auf eines der Bettücher hatte sie die Prüfung Abrahams gestickt. Sie hatte ihn mit Bart bis zur Taille und mit Dolch in erhobener Hand dargestellt und auch seine Verzweiflung in Kreuzstichen festgehalten. Und mochte der Bibel zufolge auch ein Engel das Messer zurückgehalten haben, ehe es die Kehle seines Sohnes Isaak berührte, war der Umschlag von Maries Bettuch doch mit roten Kreuzstichen getränkt.

Auf unzählige Kissenbezüge stickte Marie die Kreuzigung Christi, und der Pfarrer war tief beeindruckt von ihrer Arbeit, als er sie einmal, auf der Stufe vor dem Ladeneingang sitzend, damit antraf. Er lobte sie so lange, bis sie anbot, auch die kirchlichen Gewänder zu besticken. Marie betrachtete das als göttlichen Auftrag und begann Kasel und Alben mit detailgetreuen Darstellungen aus den vier Evangelien zu verzieren. Sie wurde so besessen von ihrer neuen Aufgabe, daß sie es allein nicht mehr schaffte. So mußten, als die Haushaltungsschule nach dem Krieg unter der Leitung von Schwester Redemptora wieder anlief, die Schülerinnen in der Handarbeitsstunde mithelfen. Anfangs taten sie das nur widerwillig oder weigerten sich sogar, doch als der Bischof mit einem Fotografen von der Zeitung vorbeikam, um sich anzusehen, wie fleißig sie an den Meßgewändern arbeiteten, war aller Widerstand verflogen. In so gut wie allen Fotoalben aus der damaligen Zeit kleben Zeitungsfotos, auf denen die Mädchen ihre schönsten Arbeiten zeigen. Selten, ja, vielleicht nie, wurden in der Kirche einer so kleinen Gemeinde so imposante Gewänder getragen.

Jeder fragte sich, wieso Marie nicht endlich richtig heiratete. Sie gab aber nie eine Antwort, wenn jemand sie darauf ansprach.

Eines Abends nach dem Essen, als die Schwestern allesamt zu Hause waren, weil keine von ihnen mit einem Verehrer verabredet war und auch keine Chorproben stattfanden, sagte Martha, es werde Zeit, daß Marie ihre Ehe einsegnen lasse: sonst müßten sie womöglich noch irgendwann goldene Verlobung feiern. Jedenfalls sei es Zeit für ein Fest, sagte sie lachend, fügte dann aber ernst hinzu, daß die Ehe jetzt schleunigst vollzogen werden müsse, weil Marie sonst womöglich zu alt sei, um noch Kinder zu bekommen. Martha schlug einen Termin direkt nach der Herbstkirchweih vor, wenn es in der Bäckerei immer ein wenig ruhiger zuging und man genügend Zeit haben würde, um *Vlaais* und Torten für die Hochzeit zu backen. Es solle eine schöne Hochzeit werden, schließlich sei Marie die erste der Bäckertöchter, die in den Ehestand trete (dabei vergaß sie für einen Moment, daß sie selbst ja die erste gewesen war).

Martha hatte auch schon ein Brautkleid für ihre Schwester, ein gebrauchtes, das sie von einem Topffabrikanten zum Ausgleich seiner noch bei ihr offenstehenden Rechnung in Zahlung genommen hatte. Der Mann war so auf sein Geld versessen, daß er es für eine Schande hielt, es für Dinge des täglichen Bedarfs auszugeben, und er ließ seine Rechnungen beim Bäcker, Fleischer, Schuhmacher und Schneider daher so lange offen, bis diese zu meutern begannen, daß sie ihm nichts mehr liefern würden. Er kam damit ziemlich weit, denn er suchte sich bewußt solche Ladenbesitzer aus, die aus Angst, ihn als Kunden zu verlieren, nichts zu sagen wagten. Martha bot ihm an, seine gesamten Schulden zu streichen und ihm darüber hinaus noch die *Vlaais* für die Kirchweih zu liefern, wenn sie dafür das Brautkleid seiner ältesten Tochter bekäme, von dem Marie seinerzeit tagelang geschwärmt hatte.

Aber Marie wollte kein Brautkleid aus zweiter Hand. Sie kaufte sich statt dessen ein schlichtes Kleid, das sie vom Kragen bis zum Saum besticken wollte, so daß die Trauung um ein halbes Jahr verschoben werden mußte, und danach noch einmal um drei Monate wegen der Kleider für Clara und Camilla, die Brautjungfern sein sollten. Als sie damit fertig war, machte sie sich an eine weiße Schürze mit Schultervolants für mich, weil ich vorneweg laufen und Blumen streuen sollte. Am liebsten hätte sie mir auch noch einen kleinen Jungen zur Seite gestellt, für den sie eine schwarze Weste mit weißen Blümchen hätte besticken können. Doch Martha setzte plötzlich mit großer Entschiedenheit einen definitiven Termin fest. Sie schickte Marie und ihren Mann zum Pfarrer, um die Messe mit ihm zu besprechen, und lud die Schwiegereltern ein, damit man sich kennenlernen konnte.

Kurz vor der Sommerkirchweih fand die kirchliche Trauung statt. Marie war eine anbetungswürdige Braut, und viele Männer bedauerten nun, daß sie ihr nicht hartnäckiger den Hof gemacht hatten. Sie trug ein weißes Kleid, das hinter ihr über den Boden schleifte. Das Mieder war mit Aronstäben aus glänzender weißer und beiger Seide bestickt, der Rock nur mit den dazugehörigen Blättern. Ihr Mann sah in seinem weißen Anzug und den schwarzen Lackschuhen wie ein Prinz aus.

Wegen dieses weißen Anzugs hatte sich Martha tagelang mit Marie gestritten: Männer heirateten nicht in Weiß. Marie hatte tausendundein Argument angeführt, warum sie keinen Mann in Schwarz heiraten könne. Wenn Schwarz die Farbe des Endes und von Tod und Trauer sei, rief sie böse, könne es niemals die Farbe für einen Neuanfang im Leben sein! Sie untermauerte das mit allen Religionen der Welt, bei denen Männer in Weiß oder Rot heirateten. Schließlich wußte Martha nicht mehr, was sie entgegnen sollte, und schmollend ließ sie zu, daß der Schneider den cremefarbenen Anzug in Angriff nahm.

Das Brautpaar hätte bequem zu Fuß in die Kirche gehen können, die nur wenige hundert Meter vom Bäckerhaus entfernt war, doch um neun Uhr morgens stand eine Kutsche mit sechs Pferden vor der Tür, in die Tante Marie mit ihrem ›Verlobten‹, den Brautjungfern und ich einsteigen durften.

Martha wußte von nichts. Sie hat auch nie in Erfahrung bringen können, wer die Kutsche bezahlt hat. Maries Schwiegereltern konnten es nicht gewesen sein, denn die hatten mehr als deutlich zu verstehen gegeben, daß sie sich mit keinem Cent an den Kosten der Hochzeit beteiligen wollten, weil dafür nun mal die Familie der Braut zuständig war. Dabei spielte es keine Rolle, daß Marie keine Eltern mehr hatte.

Über diese Kutsche, mit der der Bestattungsunternehmer vorfuhr, ist sowohl bei uns im Haus als auch außerhalb noch jahrelang getuschelt worden. Böse Zungen behaupteten, Marie sei womöglich die Tochter des Bestattungsunternehmers und nicht des Bäckers und daß sie deswegen auch so anders sei als die anderen. Es muß gesagt werden, daß Marie in der Tat eine merkwürdig enge Beziehung zum Bestattungsunternehmer unterhielt, doch falls sie irgend etwas miteinander verband, haben sie es sehr gut geheimzuhalten verstanden.

Der Bestattungsunternehmer hatte die schwarze Kutsche, mit der er sonst Särge beförderte, für diesen Anlaß ganz und gar weiß gestrichen und provisorische Bänke für das Brautpaar und die Brautjungfern darin angebracht. Irgendwer flüsterte, daß es nicht gut sei, in einer Leichenkutsche zur Trauung zu fahren, doch das hörte Marie nicht.

Eine Woche später war die Kutsche wieder pechschwarz, damit der Gemeindesekretär darin zu seiner letzten Ruhestatt gefahren werden konnte.

Martha und die anderen Schwestern sowie alle uns unbekannten Tanten, Onkel, Großonkel, Cousins und Cousinen von Maries Mann mußten hinter der Kutsche hergehen. Vor der Kirchentür standen die Mädchen von der Haushaltungsschule Spalier, winkten mit bestickten Stoffblumen und sangen ein Lied, das eigens für Tante Marie komponiert worden war.

Tante Marie und ihr Prinz und die Brautjungfern gingen in einem Tempo hinter mir her in die Kirche, das nicht zu meiner Aufgeregtheit paßte, so daß ich weit vor ihnen beim Pfarrer anlangte, der mich stoppte und umdrehte. Um ein Haar hätte meine Blase alles laufen lassen, so unglaublich schön waren die Frauen in ihren bestickten Kleidern.

Es war eine Hochzeit, die in der mündlichen Überlieferung des Dorfes ihren ganz eigenen Stellenwert erhielt. Zwei Tage lang wurde gefeiert. Der neue

Bäckergeselle hatte mit Martha zusammen eine Hochzeitstorte gebacken, die so groß und so süß war, daß sich Männer wie Frauen noch Wochen danach die Lippen geleckt haben. Doch keiner hat je wieder so eine Torte bestellt, obwohl sich Martha große Hoffnungen gemacht hatte, daß sie zu einer neuen Spezialität des Hauses werden würde.

Weil das Wetter so schön war, konnte man im Freien sitzen. Das Fest begann in dem kleinen Hof zwischen Wohnhaus und Backstube, doch als immer mehr Gäste hereinströmten und der Platz nicht mehr ausreichte, siedelte die ganze Gesellschaft auf die Straßenseite um. Als auch hier die Sitzgelegenheiten ausgingen, holten die Nachbarn ihre eigenen Tische und Stühle hinzu, die sie allerdings nicht mehr wie früher mitten auf die Straße stellen konnten, da schon Autos durchs Dorf fuhren. Daher saßen die Gäste auf dem Gehsteig zu beiden Seiten der Straße, aßen Torte und *Vlaai* und sangen die Lieder mit, die das kleine Orchester spielte. Es wurde getanzt, bis die Sonne wieder aufging und man in die Fabrik mußte oder den eigenen Laden aufzumachen hatte. Nur die Bäckerei blieb erstmals seit ihrem Bestehen an einem Werktag geschlossen. Und gegen Abend kamen alle noch einmal vorbei, um das Fest Revue passieren zu lassen und dessen Fröhlichkeit noch einmal zu betasten, und weil noch etwas von den Salaten und dem Braten übrig war, wurden die Tische erneut nach draußen geschleppt. Als alle Reste vertilgt waren, holten die Nachbarn noch

Koteletts, Salamis und Zigarren von sich zu Hause, und noch einmal kräuselten sich die Hochzeitsdüfte am Kirchturm empor. Der Nachbar sang seine traurigen Balladen, die alle zum Weinen brachten, so daß sie die Refrains nur noch schniefend herausbrachten. Und der Bauer vom Bauernhof am Ende der Straße sang zum x-ten Mal das Lied von dem Mädchen, das seinen Freier vors Schlafzimmerfenster gelockt, ihm aber nicht gesagt hatte, daß der Wachhund frei auf dem Hof herumlief. Bei der letzten Strophe, wenn der Bauer sang, daß er sich nie wieder so hereinlegen lassen werde, bogen sich alle vor Lachen, und auch diejenigen, die das Lied schon zum hundertsten Mal hörten, schmetterten den letzten Refrain mit:

*Rosie, o Rosie, du bö-öse Schlange*
*wenn ich das hätt gewußt*
*dann wär ich schon lange*
*dein Freier nicht mehr.*
*Glaub nur ja nicht ich würde*
*um deine Hand noch fragen*
*und würd'st auch am Hintern*
*Brillanten du tragen.*

Auch in der zweiten Nacht wurde auf der Straße Polonaise getanzt, bis zur Kirche und wieder zurück. Und als es darüber zum zweitenmal hell wurde, sanken alle, vom Feiern ermattet, in die Federn. Manche schafften es nicht bis ins eigene Bett und krochen bei anderen unter die Decke oder rollten sich einfach vor ihrer Haustür zusammen oder dösten schon auf der Schwelle zu ihrem Schlafzimmer ein.

Danach wurde es furchtbar still im Dorf. An diesem Tag blieben alle Läden geschlossen, und viele Arbeiter erschienen nicht zur Arbeit. Über die Häuser senkte sich eine Sorglosigkeit, die noch monatelang nachwirkte.

Die Blumengirlanden aus Kreppapier blieben so lange hängen, bis sie vom Herbsttau Moos ansetzten und zu stinken begannen wie echte Blumen, die verwelken.

# 6

Marie kam in der ersten Zeit jeden Samstagabend nach sieben zum Teetrinken zu ihren Schwestern. Anfangs kam sie noch zusammen mit ihrem Mann, doch schon nach wenigen Wochen ließ er sie die zwanzig Kilometer hin und zurück allein auf ihrem eleganten Damenrad mit Trommelbremsen zurücklegen. Drei Monate später kam sie auch alleine nicht mehr.

Marie riß eine Lücke in unserem Leben, die die Zeit aber nicht schloß. Denn kaum ein halbes Jahr später saß sie wieder auf ihrem angestammten Platz bei uns am Tisch. Den Mann im weißen Hochzeitsanzug haben wir nie wiedergesehen.

Im Jahr von Maries Hochzeit standen die Sterne äußerst ungünstig und brachten das bewährte Schema im Haus der Schwestern gehörig durcheinander. Es passierte so vieles auf einmal, daß Martha danach noch Jahre brauchte, um ihren Haushalt wieder einigermaßen in den Griff zu bekommen.

Als Marie aus dem Haus ging, beendeten die Zwillinge gerade ihre Schule, und so waren plötzlich zu viele Arbeitskräfte vorhanden.

Martha beraumte daraufhin eine Familienbesprechung an und verkündete, daß Anne sich eine Anstellung suchen müsse.

Anne hatte ihre Aufgaben im Laden und auf dem Karren nie sonderlich gern erfüllt. Sie hatte sich aber ohne Widerrede an den Ritualen im Bäckerhaus beteiligt, weil sie das am Leben erhielt. Und da sie sich immer angepaßt hatte, hielten alle, die sie kannten, für eine zufriedene Frau. Aber das war nur äußerer Schein. Anne fehlte es an einem Freund.

Martha und Christina waren ein Herz und eine Seele und teilten wortlos Freud und Leid miteinander. Sie hatten sich so gut aufeinander eingestellt, daß ihre Gedanken ineinander übergingen und sich manchmal keine von beiden mehr sicher war, ob das, was ihr gerade durch den Kopf ging, nun ihre eigenen Gedanken waren oder die der anderen. Marie war sich selbst Freundin genug, und wenn sie mal nicht mit sich im reinen war, ging sie zu ihrem Beichtvater. Vincentia schenkte ihre Zuneigung abwechselnd mal Christina und mal den Zwillingen. Und Clara und Camilla hatten einander. Aber Anne hatte niemanden, den sie in ihre Seele blicken lassen konnte, und niemanden, mit dem sie über Männer hätte reden können, über die sie, gerade weil sie so wenig über sie wußte, besonders viel nachdachte.

Martha wußte, wie sehr Anne den Kontakt mit Kunden haßte, und schlug daher vor, daß sie beim Bürgermeister arbeiten gehen solle. Der Gemeindevorsteher hatte Martha erzählt, daß er eine Haushälterin suche, da seine kränkelnde Frau ihm Sorgen mache. Die grobe Arbeit im Bürgermeisterhaus wurde von einer Putzfrau erledigt. Zum Waschen und Bügeln kam an zwei Nachmittagen in der Woche eine leicht mongoloide Frau, die mit einem englischen Piloten zusammenlebte, der nach dem Krieg nicht mehr in sein Heimatland zurückgekehrt war. Für den großen Frühjahrsputz sorgten die drei strammen Töchter des Müllers. Doch niemand paßte auf die Kinder auf, und es wurde jemand gebraucht, der für Tee und Gebäck sorgen konnte, wenn Besuch kam. Die Frau des Bürgermeisters vergaß das immer öfter und benahm sich zunehmend merkwürdig. Sie ließ die Kinder an normalen Schultagen bis mittags im Bett liegen oder gab ihnen Kuchen mit Sahne zum Frühstück, während sie dem Besuch ihres Mannes Butterbrote mit Käse und Sirup vorsetzte. Dem Bürgermeister wurde das langsam peinlich, und er suchte daher ein Dienstmädchen, das seiner Frau diese Aufgaben abnehmen konnte.

Das Bürgermeisterhaus war ein Nebengebäude vom Schloß eines deutschen Grafen, das eigentlich für den Jagdaufseher gedacht war. Dem derzeitigen Jagdaufseher war es aber zu groß und zu vornehm. Als einfacher Mann fühlte er sich in dem stattlichen ›Graeterhof‹ nicht zu Hause und war mit seiner Frau und seinen drei Söhnen lieber in ein schlichtes Haus am Waldrand gezogen. Der ›Graeterhof‹ hatte jahrelang leergestanden, bis der neue Bürgermeister bei seinem Amtsantritt darum nachfragte. Der hochbetagte Graf überließ es ihm, ohne überhaupt Miete dafür zu verlangen.

Anne war die schönste und die eleganteste der sieben Schwestern. Ihr dickes, dunkles Haar war leicht gelockt, und sie trug es fast immer schulterlang. Ihre Augen schimmerten bisweilen, als wären sie aus reiner Jade. Ihre Nase war schön geformt, und sie hatte einen auffallend ebenmäßigen Mund. Ihre Brüste waren so voll und fest, daß sie eigentlich gar keinen Büstenhalter nötig gehabt hätte. Sie hatte einen leicht gerundeten Bauch, was zu der Zeit, als sie jung war, gerade in Mode war. Als einzige der Schwestern hatte sie die schlanken, straffen Waden ihrer Mutter geerbt, ebenso die schmalen Fesseln, in denen sich kein Wasser staute wie bei den meisten anderen Frauen im Ort, die manchmal schon mit Anfang zwanzig darunter litten.

Die Einsamkeit fest um die Schultern gezogen, begab Anne sich also ins Bürgermeisterhaus. Sie bekam dort ein eigenes Zimmer, was sehr gewöhnungsbedürftig für sie war. Die Schwestern schliefen ja immer noch zu zweit, manchmal sogar zu dritt in einem Bett. Anne mußte nun plötzlich allein zwischen Betttüchern schlafen, die so rasch wieder gewaschen wurden, daß sie nicht einmal den Geruch ihres Körpers annahmen. Ihre Schwestern konnte sie nur noch per

Fahrrad aufsuchen, denn das Haus des Bürgermeisters lag zu weit außerhalb des Dorfes.

Doch das neue Leben war wärmer als das Leben daheim mit den Schwestern. Ja, es schien sogar, als würden ihr die räumliche Distanz und die Geruchsunterschiede in den Falten der Bettwäsche helfen, um sich beim Bürgermeister zu Hause zu fühlen. Sie lernte rasch mit den Kindern umzugehen. Es waren liebe Kinder, wenn auch etwas charakterlos – eine Eigenschaft, die sie wahrscheinlich von ihrer Mutter hatten. Mit den ältesten, die jede Woche zu Hause Klavierunterricht hatten, musizierte sie, wobei sie selbst auf der Geige spielte. Vom Gärtner lernte sie etwas von der Gartenarbeit, obwohl dieser zuerst ziemlich reserviert war, weil er fürchtete, daß sein Posten gefährdet sein könnte, wenn er ihr zuviel über Wachstum und Blüte von Pflanzen und Kräutern erzählte. Ihm wurde dann aber bald klar, daß der Garten für eine Frau, die noch nie ein Stück Erde umgegraben hatte, viel zu groß war.

In Annes Leben wurden andere Werte wichtig. Und was niemand hatte vorhersehen können: Sie verliebte sich in den Bürgermeister.

Auch Christina begann das Leben mit anderen Augen zu betrachten. Während Anne ihr Herz an den Bürgermeister verlor, verliebte sie sich in den Besitzer einer Autowerkstatt an der Bundesstraße. Diese teilte die Gemeinde in gleicher Weise wie der Fluß in zwei

Hälften und verband das Dorf nach Süden hin mit der Stadt und nach Norden hin mit einer Reihe kleinerer Dörfer.

Der Werkstattbesitzer, dem Christina von nun an so zugetan war, hatte nie geheiratet und war zwanzig Jahre älter als sie. Er hatte zwei Mechaniker angestellt, die hauptsächlich damit beschäftigt waren, die Busse eines Busreiseunternehmens zu reparieren, mit dem er einen Wartungsvertrag abgeschlossen hatte. Da diese Busse in einem erbärmlichen Zustand waren, blieben sie häufig liegen, und die Mechaniker mußten dann hinfahren, um sie vor Ort wieder instand zu setzen. Anfangs geschah das lediglich in dem Gebiet, in dem das Unternehmen einen Liniendienst unterhielt, doch als auch Touren in die belgischen Ardennen und das deutsche Ruhrgebiet angeboten wurden, mußten die Mechaniker immer weitere Reisen unternehmen. Manchmal nahmen sie mich mit, und dadurch lernte ich deutsche Bockwurst und belgische Pommes mit »Picalilly« kennen, einer Art Mixed Pickles in Mayonnaise.

Der Werkstattbesitzer war ein lieber Mann mit langem Pferdegesicht und blaßblauen Augen. Er lachte immer so, als wollte er sich für seine Heiterkeit entschuldigen, und er roch ewig nach Motoröl, auch dann, wenn er gerade ein Bad genommen hatte und seinen Sonntagsanzug trug.

Es funkte zwischen Christina und dem ›Ölmann‹ mit dem Pferdegesicht, als sie ihm eine Geburtstagstorte liefern mußte. Er hatte die Torte zum sechzigsten Geburtstag seiner Mutter bestellt, und Martha war extra in die Stadt geradelt, um Marzipanröschen und ein Zuckergußplättchen mit der Aufschrift *Herzlichen Glückwunsch Mutter* zu besorgen. Christina war an diesem Tag ziemlich in Hetze, weil sie die Brotrunde allein machen mußte. In der Autowerkstatt stolperte sie über ein dickes Stromkabel und ließ das gute Stück auf den nackten, ölgetränkten Betonboden fallen. Die Sahne spritzte bis an die Wände. Die Marzipanröschen flogen durch die ganze Werkstatt und blieben an den Scheiben der Autos, auf der Werkbank und an den ewig dreckigen Fenstern hängen.

Ein Röschen klebte auch auf dem Overall des Werkstattbesitzers. Fassungslos starrte er es an, bis es sich löste und zu Boden fiel. Der Mann mit dem freundlichen Pferdegesicht blickte auf das welke Marzipan hinab und fing an zu weinen. Zuerst liefen ihm die Tränen noch lautlos über die Wangen und zogen weiße Rinnen in das schmutzige Gesicht, dann weinte er immer heftiger. Er schniefte, daß er noch nie im Leben eine Torte bestellt habe, aber daß er seiner Mutter anläßlich dieses besonderen Geburtstags mit einer besonderen Geste seine Dankbarkeit für all die Jahre, die sie für ihn gesorgt habe, habe beweisen wollen, und ähnlich sentimentales Zeug. Er wußte einfach nicht, wohin mit den Tränen, die ihm so mir nichts, dir nichts gekommen waren.

Es war das erste Mal, daß Christina einen Mann weinen sah. Erschüttert schaute sie ihn an und hätte ihm am liebsten die Tränen mit ihrem Schürzenzipfel abgetrocknet. Sie spürte, daß dies für ihn ein sensibler Moment war, und das machte sie unschlüssig. Mit männlichem Kummer umzugehen hatte sie nicht gelernt. Schließlich tat sie das einzige, was ihr dazu einfiel: Sie wischte ihm mit den Händen die Tränen ab und schmierte ihm dabei seltsame Figuren auf die geschwärzten Wangen.

Vor lauter Verblüffung hörte der Ölmann auf zu weinen und lachte verlegen. Das sei ja alles gar nicht so schlimm, sagte er, und Christina versprach daraufhin stotternd, eine neue Torte zu bringen.

Tatsächlich brachte sie ganz früh am nächsten Morgen eine neue Torte, die sie nachts mit Martha zusammen gebacken hatte, diesmal ohne Röschen, und blieb zum Geburtstagskaffee mit Verwandten und Nachbarn, bis fast nichts mehr von der Torte übrig war. In den darauffolgenden Wochen schaute sie immer mal kurz in der Autowerkstatt vorbei. Sie ersann allerlei Ausreden, um sich länger als nur ein paar Minuten mit dem Werkstattbesitzer unterhalten zu können. Und der Werkstattbesitzer bestellte mehr Brot und *Vlaai*, als er eigentlich brauchte. Was mit all dem Brot geschah, hat Christina nie zu fragen gewagt.

Das Pferd gewöhnte sich so rasch an die Stopps bei der Autowerkstatt, daß es auch dann nicht weiterlief, wenn Christina erst schnell zum nächsten Kunden wollte, um dann am Ende des Tages auf einen kurzen Besuch hierher zurückzukehren. Es sah sie dann fragend an, und erst wenn Christina die Peitsche knallen ließ, setzte sich das Tier beleidigt wieder in Bewegung.

Auch der Werkstattbesitzer suchte immer öfter nach einem Vorwand, um Christina in seiner Nähe zu haben. So kam er auf die Idee, daß das Busreiseunternehmen vielleicht Rosinenbrötchen und *Moffelkoeken* bei den Schwestern bestellen könnte, um sie an seine Fahrgäste zu verkaufen. Und diese Idee besprach er tagelang mit Christina. Überhaupt gab es immer etwas, worüber man reden konnte. Manchmal war es so unsinniges Zeug, daß der Werkstattbesitzer verlegen zu lachen begann und Christina in ihr kollerndes Glucksen verfiel, das in der Werkstatt eine Fröhlichkeit hinterließ, die den Besitzer noch stundenlang zum Kichern brachte.

Sie unterhielten sich so lange, bis sie sich aneinander gewöhnt hatten, und wurden zu einem Paar, ohne daß dies groß durch einen Verlobungsring hätte besiegelt werden müssen.

Als die Zwillinge also die Schule absolviert hatten, wurden ihnen ihre Aufgaben in der Bäckerei zugeteilt. Wie die anderen sollten sie abwechselnd eine Woche im Laden oder in der Backstube helfen und eine Woche auf dem Karren mitfahren. Meistens wurde das Brot zu zweit ausgefahren – die eine der Schwestern übernahm die Häuser mit den geraden Nummern, die andere die mit den ungeraden. Dieses Schema hatte

Martha sich ausgedacht, um zu verhindern, daß den Schwestern die Arbeit zu eintönig wurde.

Die Arbeiten im Haushalt wurden zusätzlich zu den sonstigen Aufgaben willkürlich verteilt. Die Gesellen machten gewöhnlich die Backbleche und die Teigmaschine sauber, und eines der Mädchen schrubbte die roten Fliesen in der Backstube. Oma kümmerte sich um die Küche, und wer gerade im Laden stand, wischte dort das Linoleum auf. Winkel, die nicht täglich gefegt und aufgewischt zu werden brauchten, bekamen aber mitunter wochenlang keinen Putzlappen zu sehen. Keine der Schwestern hatte eine sonderliche Vorliebe für die Hausarbeit, und daher erledigten sie das von Zeit zu Zeit alle gemeinsam an einem Sonntagnachmittag. Erst wenn sie plötzlich graue Streifen in den dunklen Haaren hatten oder bei Sonnenschein eine Nebelschicht auf den Fensterscheiben klebte, wußten sie, daß es Zeit war, die Spinnweben zu entfernen, die Wassereimer zu füllen und Schwämme und Fensterleder hervorzuholen. Dann bekamen sie einen Anfall von so heftiger Putzwut, daß es schon einer rituellen Säuberung gleichkam.

Zuerst wurden alle Vorhänge zugezogen, so daß keiner der Nachbarn sehen konnte, daß sie sich gegen den kirchlichen Ruhetag versündigten. Das wäre postwendend dem Pfarrer gemeldet worden, der sich zweifelsohne wieder irgendwelche Strafmaßnahmen hätte einfallen lassen. Im Zwielicht des siebten Tages schrubbten sie schier die Glasur von den Kacheln, während das Linoleum in den Schlafzimmern mit Scheuerpulver, das damals »Vim« hieß, saubergeschliffen wurde. Am Ende eines solchen Tages, wenn sie alle Muskelkater hatten, kam die Geneverflasche auf den Tisch. Ab dem vierzehnten Lebensjahr durfte jede von ihnen sonntags abends ein Gläschen Genever trinken, und an Putztagen wurde so lange nachgeschenkt, bis die Flasche leer war.

# 7

Als Marie wieder nach Hause zurückkam, stellte sie ohne irgendeine Erklärung ihre Truhen mit dem bestickten Leinzeug auf den Dachboden und nahm wieder ihren angestammten Platz am Tisch ein. Sie schob mich aus Christinas Bett, wo ich seit ihrem Auszug hatte schlafen dürfen, und ließ ihre Sticknadel mit noch größerer Besessenheit durch den Stoff fahren. Immer öfter erhielt sie nun Aufträge von Leuten, die ein Hochzeitsgeschenk für Töchter oder Nichten haben wollten. Vom Blut waren die Motive befreit, doch die Details waren unverändert delikat.

Marie fuhr normalerweise zwar so gut wie nie auf dem Brotkarren mit, doch einmal bot sie Christina an, ihr bei der Brotrunde zu assistieren, weil sie eine Garnitur Bettwäsche bei einem Bauern abliefern mußte. Ihre Hilfe beschränkte sich allerdings darauf, daß sie auf das Pferd, das ohnehin nie weglief, aufpaßte, während Christina die bestellte Ware ablieferte. Letzteres konnte bei manchen Kunden ziemlich viel Zeit in Anspruch nehmen, vor allem bei denen, die weit außerhalb wohnten: Die wollten immer erst die neuesten Nachrichten aus dem Dorf hören, ehe sie eine neue Bestellung aufgaben. Manche waren zu geizig, sich eine Zeitung zu kaufen, und wollten auch noch genau wissen, was sich in der Stadt ereignet hatte. Sie gaben den Bäckerstöchtern dann kochendheißen Kaffee oder Kakao, damit sie, bis das Getränk abgekühlt war, genügend Zeit zum Erzählen hatten, und in der kalten Jahreszeit ließen die Schwestern sich auch gern dazu verleiten. Darüber hinaus mußten die Kunden immer noch ihre eigenen Geschichten loswerden: familiäre Streitigkeiten, leidige Nachbarn, Krankheiten und wie man diese mit Hausmitteln kurieren konnte.

Schließlich wurde noch über Männer und Frauen getratscht, die miteinander ins Bett gingen, obwohl sie doch mit anderen verheiratet waren. Erst viel, viel später habe ich begriffen, warum z. B. manche Kinder im Dorf so eigenartig behandelt wurden: Man war eben über alles, mochte es sich auch im Dunkeln abgespielt haben, auf dem laufenden, und ein Bastard hatte nun mal einen anderen Status als ein eheliches Kind. Weil mich keiner über diese Dinge aufklärte, verstand ich auch nicht, wieso mir der Umgang mit Jacques, dem Jungen, der neben dem Tanzsaal wohnte, untersagt wurde. Ich hatte ihn längst wieder vergessen, als ich hörte, daß er ein Sohn des neuen Bäckers war, während seine Mutter sogar noch ihre silberne Hochzeit mit dem Zigarrenhändler gefeiert hat.

Die Sünde, die meiner eigenen Geburt vorausgegangen war, war damals schon vergessen. Jede der Schwestern hatte ein Stückchen davon übernommen, und am Ende wußte keine mehr, wessen Kind ich eigentlich war.

An dem Tag also, als Marie ausnahmsweise einmal auf dem Karren mitfuhr, war es sehr kalt. Der Nebel kroch an den Rädern des Karrens aufwärts unter die Decke, die Marie sich über die Beine gelegt hatte. Sie fröstelte und bekam Visionen von dampfendem Kakao. Als sie vom Karren sprang, um nachzusehen, wo denn ihre Schwester blieb, zog das Pferd just in diesem Moment den Karren an. Dabei blieb Marie in den Zügeln hängen und stürzte mit dem Kopf gegen einen Baum, wo Christina sie einige Minuten später bewußtlos fand.

Ich habe vergessen, ob ich Tante Marie gemocht habe, als ich klein war. Ich war vier, als sie den Unfall hatte, bei dem sie sich eine Gehirnerschütterung zuzog, der zufolge sie für den Rest ihres Lebens unter unerträglichen Kopfschmerzen gelitten hat. Sie war damals schon beinahe zwei Jahre wieder zu Hause. Ich mußte ihr oft Gesellschaft leisten, wenn sie mit Kopfschmerzen im Bett lag, und dann litten wir alle beide.

Ihr verkniffener Mund schnürte mir die Kehle zu, und ich konnte mich dann nicht mal mehr an die Geschichten aus den Papierknäueln erinnern, mit denen ich sie hätte ablenken können. Ich spürte, daß der Schmerz nicht nur bei ihr im Schädel hämmerte, sondern ihren ganzen Körper marterte, auch wenn Vincentia sagte, sie stelle sich nur an, weil sie nicht in der Bäckerei mithelfen wolle: denn die Kopfschmerzen machten ihr ausgerechnet immer bei Hochbetrieb rund um die Feiertage zu schaffen ...

Tante Marie und ich verstanden einander nicht. Ich redete am meisten mit Christina, die mir, wenn sie Zeit hatte, auch Geschichten vorlas, welche so nie aufgeschrieben worden waren. Das stellte ich später fest, als ich selbst lesen konnte und nach den Drachen und Hexen in ihren Büchern suchte, die aber gar nicht mehr darin wohnten. Christina war auch die einzige, mit der ich über Jungs reden konnte. Mit Clara und Camilla ging das nicht. Dabei wäre das eigentlich näherliegend gewesen, aber der Altersunterschied von zwölf Jahren war wohl doch zu groß, um Freundinnen sein zu können, und zu klein für eine Nichte-Tante-Beziehung.

Anne nahm mich oft mit, wenn sie in die Stadt fuhr, um sich Spitzenunterwäsche zu kaufen. Dann fragte sie, wie sie mir gefiel, und da sie gern hören wollte, daß ich sie schön fand, sagte ich ihr das auch. Manchmal nahm sie mich hinten auf dem Rad mit ins Bürgermeisterhaus, wo die Kinder mit mir spielen wollten. Das funktionierte aber nie so recht, denn ich hatte nicht gelernt, mit anderen Kindern zu spielen. Erst als ich Gedichte auswendig aufsagen konnte, begannen sie mich zu mögen.

Vincentia nahm mich mit, wenn sie nach der Brotrunde mit dem Karren noch irgendwo etwas abholen mußte. Manchmal ließ sie das Pferd dann galoppieren, so daß der Karren bedenklich hin- und herschwankte und ich mich ängstlich am Bock festklammerte. Ich entsinne mich, daß sie dann ganz glänzende Augen bekam, und manchmal rief sie, daß Indianer hinter uns her seien, während sie die Peitsche knallen ließ. Sie erzählte mir, daß sie gelernt habe, mit Pferden zu sprechen. Das glaubte ich ihr, denn wenn sie dabei war, verhielten sich die Pferde ganz anders. Ich hatte auch mal versucht, mit ihnen zu sprechen, aber keines der Pferde verstand mich. Ich habe Pferde nie lieben gelernt und eigentlich immer Angst vor ihnen gehabt.

Wenn das Pferd neue Hufeisen brauchte und zum Schmied mußte, führte Vincentia es am Zügel dorthin und setzte mich oben auf seinen breiten Rücken. Das schmerzte in den Leisten, und ich war immer froh, wenn wir endlich in der Schmiede an den Bahngleisen waren.

Sonntags morgens ritt Vincentia in aller Frühe, noch ehe die Glocken zur ersten Messe geläutet wurden, auf den Waldberg. Sie benutzte den Reitsattel, den Sebastian zurückgelassen hatte. Er hatte ihn vom Brauer geschenkt bekommen, der ihn eigens in England hatte anfertigen lassen, dann jedoch feststellte, daß ihm das Reiten gar keinen Spaß machte. Mein Vater hat Vincentia das Reiten auf dem Bäckereipferd beigebracht. Wenn sie sich dann einmal das Pferd vom Brauer ausleihen durften, galoppierten sie stundenlang zusammen über die Heide, bis sie auf schweißbedeckten Pferden wieder zurückkehrten. Obwohl Martha fast alle anderen Sachen, die sie an Sebastian erinnerten, weggeräumt hatte, durfte Vincentia seinen Sattel weiterhin benutzen.

# 8

In dem Herbst, in dem Tante Marie verunglückte, mußte ich in die Vorschule. Die Zwillingsschwestern brachten mich am ersten Morgen bis zum Schulhof, wo ich von Fräulein van der Beek in Empfang genommen wurde. Sie setzte mich in ein Klassenzimmer, wo ich gespannt auf die Dinge wartete, die da kommen würden. Der Schule hatte ich mit einem Gefühl wie nassem Sand im Magen entgegengesehen. Schon Wochen vorher hatte ich nicht mehr richtig essen können und häufiger Durchfall gehabt.

Das Schulgebäude befand sich direkt neben dem Kloster und war von einem grün gestrichenen Eisenzaun mit einer Pforte in der Mitte umgeben. Hinter diesem Zaun würden mir die Geheimnisse der Schrift entschlüsselt werden. Aus meinen zusammengeknüllten Papierknäueln sollten magische Bücher zutage treten: In jenem großen Gebäude würde ich Zugang zu einem neuen Wissen erhalten, das mich über mich selbst hinausheben würde. Das konnte nur unter Anleitung einer Nonne geschehen, denn Nonnen waren in meinen Augen überirdische Wesen. Hier würde meine Welt größer werden, hier würde ich Gleichaltrige kennenlernen...

Als Fräulein van der Beek an jeden Tisch ein Kind gesetzt hatte, die Jungen auf die Fensterseite, die Mädchen auf die Wandseite, schloß sie die Tür. Sie erzählte, daß sie unsere Lehrerin sei und uns viele nette Sachen beibringen werde. Ich war fassungslos, daß da eine ganz normale Frau stand und nicht eines dieser geheimnisumwobenen Wesen in schwarzweißem Gewand, aus dem nur das Gesicht und kreideweiße Hände hervorschauten. Ich hatte erwartet, daß ich von einem solchen Wesen unterrichtet werden würde und nicht von einer Frau mit spitzem Busen in enganliegendem Pulli und Faltenrock. Aber die Vorschule verfügte über zwei Klassenzimmer, und die Nonne, die die Schule leitete, hatte andere Kinder in ihre Klasse gelotst.

Die Frau, die vorne vor der Klasse stand, in der ich von nun an einen Großteil meiner Zeit würde verbringen müssen, holte ein Brett mit großen, viereckigen Klumpen grauem Ton aus dem Schrank und sagte, daß wir uns alle einen davon holen sollten. Ich nahm mir so einen klebrigen Klumpen, legte ihn angewidert vor mich auf den Tisch und schaute zu, wie die Jungen begierig hineinzukneten begannen, bis ihnen das eklige Zeug zwischen den Fingern herausgequetscht kam. Ich hätte mich beinahe übergeben. Auch die Frau griff zu einem Tonklumpen, brach etwas davon ab und rollte es in den Händen, bis eine kleine Kugel daraus wurde. Die zeigte sie uns, machte danach eine noch größere Kugel, drückte die kleine obendrauf und kerbte dann mit einem Stück Holz ein Gesicht hinein. »So kann man ein Männchen machen«, sagte sie, »und wenn ihr wollt, könnt ihr ihm auch Hände und Füße geben und ein Hütchen. Probiert es mal aus.«

Meine Hände lagen wie gelähmt in meinem Schoß. Sie weigerten sich, den Ton noch einmal anzufassen. Fräulein van der Beek ging von Bank zu Bank und blieb an meinem Tisch stehen, als sie sah, daß ich noch nichts mit dem nassen grauen Klumpen angefangen hatte. Sie ging in die Hocke und brach ein Stück von meinem Tonklumpen ab, den sie mir in die rechte Hand legen wollte. Aber ich wehrte den Ton ab. Die Lehrerin verstand mich nicht. Ich konnte es ihr auch nicht erklären. Sie sprach eine andere Sprache und benutzte Wörter, die ich nie gelernt hatte. Ich flüsterte nur: »Eklig.« Die meisten Kinder hatten ihre Werkelei unterbrochen und schauten in unsere Richtung. Ich sah sie kichern und hätte losheulen können, wenn ich Tränen gehabt hätte, aber mir stolperte nur ein schmerzhafter trockener Schluckauf aus der Brust.

»Nichts passiert«, sagte die Lehrerin, »macht mal schön weiter.«

Sie kümmerte sich nicht mehr um mich, ging an den anderen Bänken entlang, half da und dort einem Kind bei seiner Figur und sagte schließlich, daß wir den Ton wieder zu einem Klumpen zusammenfügen, ein Viereck daraus formen und am Ende mit dem Daumen ein Loch hineindrücken sollten. Als jeder seinen Klumpen auf das Brett zurückgebracht hatte, gab sie mit einer Gießkanne in jedes der Daumenlöcher ein bißchen Wasser. Sie schaute zu mir herüber und sah, daß ich immer noch regungslos mit meinem angebrochenen Tonklumpen dasaß. Sie wartete noch einen Augenblick und bat dann das Mädchen am Tisch vor mir, meinen Ton zurückzubringen. Danach mußten wir zu den Toiletten, um uns die Hände zu waschen. Als wir von dort zurück waren, schrieb sie etwas auf einen Zettel, den sie mir brachte. »Gib das mal bitte deiner Mutter«, sagte sie. Ich gab den Zettel später Oma, die ihn in ihre Schürzentasche steckte und dort vergaß, so daß er sich bei der nächsten Wäsche auflöste.

In der zweiten Hälfte des Vormittags durften wir mit Buntstiften malen, was mir schon besser gefiel, so daß ich meine Enttäuschung über meine Lehrerin, die meinen Tanten ähnelte, beinahe vergaß. Aber nach der Mittagspause wollte ich nicht mehr in die Schule zurück.

Da hatte ich meine Rechnung ohne Oma gemacht, die mich schimpfend beim Arm packte und in die Schule brachte. Sie verbot mir mit eiserner Miene aufzustehen, ehe es geläutet hatte. Der zweite Tag war eine Wiederholung des ersten, wenn der graue Ton auch durch weißes Klebzeug in einem Marmeladenglas ersetzt wurde. Die Lehrerin ließ uns buntes Papier in Streifen schneiden und zeigte uns, wie wir diese zu Ringen schließen konnten, indem wir einen Pinsel in den Leim tunkten, die Enden der Streifen damit bestrichen und sie dann aufeinanderdrückten. Es gelang mir, so einen Ring zu machen, ohne mir die Hände zu beschmieren, doch beim zweiten verrutschten die Enden ein wenig, so daß ich Leim an die Finger bekam und der Papierstreifen daran festkleben blieb. Die Panik schoß mir durch die Brust, und mir entfuhr ein so entsetzlicher Schrei, daß ich selbst noch mehr darüber erschrak als die Lehrerin und die anderen Kinder. Als sie den Papierstreifen an meiner Hand baumeln sahen, brachen sie in lautes Gelächter aus.

Die Frau, die vorn in der Klasse vorgemacht hatte, wie man aus blödem Papier Ringe machte, die zu nichts taugten, kam zu mir, löste das Papier von meiner Hand und schraubte meinen Leimtopf zu. »Vielleicht könntest du ja der Schwester mal erklären, warum du nicht mit Ton und Kleister basteln magst«, sagte sie in einem Ton, von dem ich ganz eiskalte Finger bekam. Sie ging mit mir in die Klasse, in der die Nonne unterrichtete, und flüsterte etwas in die Falten von deren Haube. Die Nonne nickte, nahm mich bei der Hand und setzte mich hinter ein Mädchen mit Strickmütze in die letzte Bank.

Das Kind vor mir roch so scheußlich, daß ich nur mit zugepreßter Nase atmen konnte, damit mir nicht übel wurde. Später hörte ich, daß sie irgendwelche Geschwülste auf dem Kopf hatte, die von den Schwestern vom Grünen Kreuz jeden Tag dick mit Salbe eingerieben werden mußten. Die Salbe war in die Wolle gezogen und ranzig geworden, so daß die Mütze nach einem Topf mit altem Fett roch. Ich begann die Schule zu hassen.

Eine Woche lang hat Oma mich zappelnd und weinend in der Vorschule abgeliefert. Wenn sie wegging, schrie ich so laut, daß es bis in die Bäckerei zu hören war.

Am Samstagnachmittag, als ich nicht zur Schule mußte, wurden meine Hände auf einmal ganz rot und schuppig, und unter den Schuppen warf meine Haut Blasen. Am Sonntagmorgen, als der Besitzer der Autowerkstatt vorbeikam, um mit Christina und Oma ein Gläschen Genever zu trinken, platzten die Blasen auf und es kam grüner Eiter heraus. Oma wickelte in Streifen gerissenen weißen Stoff darum, durch die das eklige Zeug aber hindurchsickerte. Daraufhin fuhr mich der Werkstattbesitzer in seinem alten schwarzen Ford-T zur Gemeindeschwester, von der wir eine Salbe bekamen, die genauso scheußlich roch wie die Mütze von dem Mädchen aus meiner Klasse. Nach der Behandlung mit der Salbe sahen meine Hände noch schlimmer aus. Da griff Oma montags zu einer ihrer Hausmittel, schmierte mir die Hände ganz dick damit ein und umwickelte sie wieder mit langen Stoffstreifen, die sie aus einem alten Laken riß.

Sie sah mich ganz lange an und sagte dann lachend: »Bleif du mal lecker hier heute.«

Obwohl meine Hände nach einer Woche wieder normal aussahen und sich weich anfühlten, wurde ich erst wieder in die Schule geschickt, als ich alt genug für die Grundschule war, in der für Tonkneten und Kleistereien keine Zeit mehr war.

# 9

Wenn Anne nach Hause kam, um ihren Schwestern von der Arbeit beim Bürgermeister zu erzählen, glänzten ihre Augen, und ihre zuvor nie dagewesene Lebensfreude registrierte Martha mit zärtlichem Blick.

Martha sah aber auch, daß die Zwillinge wenig Spaß an der Arbeit in der Bäckerei hatten und weit weniger als die älteren Schwestern dazu imstande waren, das Leben so zu nehmen, wie es kam. Clara stand mit vergrätzter Miene im Laden und schnauzte die Leute an, wenn sie zu große Ansprüche stellten. Wenn die Arbeit im Laden getan war, ging sie ins Freie und machte lange Spaziergänge oder Radtouren, um erst wieder nach Hause zu kommen, wenn alle anderen schon zu Bett gingen. In der Woche, in der sie auf dem Karren saß, war ihre Laune etwas besser, und sie unterhielt sich manchmal stundenlang mit den Kunden. Camilla tat nahezu alles schweigend und setzte sich abends an die alte Nähmaschine, die die Schwestern von einem Witwer geschenkt bekommen hatten. Der hatte das Ding nicht mehr im Haus haben wollen, weil er immer noch seine Frau, die schon seit Jahren tot war, an der Maschine sitzen sah. Camilla war auf der Haushaltungsschule wohl die allerbeste Schülerin im Nähunterricht gewesen. Ohne Schnittmuster schneiderte sie alles nach, was ihr gefiel. Sie nähte für ihre Schwestern Blusen, Röcke und Kleider nach dem neuesten Schick, und meine Tanten wurden im Dorf für ihre modische Kleidung bewundert.

Camilla kaufte deutsche Modezeitschriften, in denen auch Kinderkleider für mich abgebildet waren. Daß damit irgend etwas nicht in Ordnung war, wurde mir erst, als ich in die Schule kam, so richtig klar. Die Mädchen im Dorf trugen eben nicht die gleichen Kleider wie deutsche Mädchen, und ich wurde daher wie ein Wesen von einem anderen Stern betrachtet. Die Kleider aus Camillas Produktion ließen mich auf dem Schulhof zu einem Fremdkörper werden.

Was Freundinnen betraf, war ich ohnehin schon im Hintertreffen, weil ich nicht in der Vorschule gewesen war. Ich kannte kein einziges Mädchen in meiner Klasse, und während andere Mädchen den Vorteil hatten, mit einer Cousine oder einem Nachbarsmädchen über den Pausenhof gehen zu können, saß ich alleine auf dem Mäuerchen zur Straße hin und spähte durch die Gitterstäbe des grün gestrichenen Zauns, ob ich nicht vielleicht den Brotkarren sah und meine Tanten für einen Moment meine Einsamkeit wegwinken könnten. Mir fehlte eine Schwester, mit der ich in der Pause hätte reden oder die mir hätte helfen können, wenn eine dieser falschen Ziegen hämische Bemerkungen über meine Kleider machte.

Camilla wollte nicht auf mich hören, wenn ich sie bat, mir Kleider mit Schürze zu nähen, wie die anderen Mädchen sie trugen. Sie nahm einfach nicht zur Kenntnis, daß ich längere Ärmel haben wollte, weil keine andere in der Schule Ärmel trug, die nur bis zum Ellbogen reichten. Stur nähte sie mir weiterhin Kleider ohne Bänder, während alle Mädchen in meiner Klasse ihr Kleid im Rücken mit einem breiten oder schmalen Stoffgürtel zur Schleife banden.

Zaghaft begann ich zu protestieren, aber niemand zollte dem Beachtung. Also ließ ich mich jeden Tag in eine Schlammpfütze fallen, so daß das Kleid in die Wäsche mußte. Weil die Waschmaschine aber ohnehin fast jeden Tag lief, bewirkte diese Aktion wenig. An den Spitzen des Gitterzauns hängenzubleiben erwies sich ebensowenig als gute Strategie, denn ich bekam eine Tracht Prügel, als ich zum zweitenmal mit zerrissenem Rock nach Hause kam.

Anderthalb Monate lang habe ich mit den Kreationen meiner dickköpfigen Tante gehadert. Jeden Abend bat ich Gott, mir doch bitte normale Kleider zu besorgen. Und unterdessen schlich ich immer dicht an der Schulhofmauer entlang in mein Klassenzimmer und betete, daß ich mich auflösen und unsichtbar werden möge.

Aus lauter Verzweiflung begann ich alles, was Camilla fabrizierte, schlechtzumachen. Ich wußte, daß ich sie damit verletzte, denn sie nähte alles mit viel Liebe, aber irgendwie mußte ich mein Elend doch loswerden. Ich wollte von den anderen akzeptiert werden, und wenn ich die gleichen Sachen tragen würde wie sie, wäre das vielleicht ein Anfang.

Schließlich erhörte Gott meine Gebete. Er ließ Oma die Wäsche verfärben, und ich hatte plötzlich einen Wachstumsschub, so daß mir alles zu klein wurde. Christina ging daraufhin mit mir in das Modegeschäft an der Kirche, und wir kauften Röcke, Blusen und Schürzen, wie auch die anderen Mädchen sie trugen. Etwas anderes war sowieso gar nicht zu bekommen. Ich fühlte mich gleich erheblich besser, obwohl auch die neuen Sachen mir nie eine Freundin beschert haben.

Camilla entwickelte plötzlich die Angewohnheit, durchscheinend zu werden. Ihr Körper war dann auf einmal wie aus Glas, so daß ich ihre Knochen sehen konnte. Ich verstand nicht, daß Martha nicht einschritt, denn es jagte mir Angst ein, aber niemand schien dem große Beachtung zu schenken.

Wohl aber sorgte sich Martha, daß die Jugend ihrer jüngsten Schwestern in Freudlosigkeit versickern könnte, und tagelang suchte sie nach einer Lösung. Am Ende schlug sie vor, daß die Mädchen abwechselnd eine Stelle annehmen sollten. Das eine Jahr Clara, das andere Jahr Camilla. Clara sagte, sie wolle gern zu einem Bauern, weil sie dann viel an der frischen Luft sein könne. Martha hatte gehört, daß der Besitzer der Baumschule jemanden suchte, der beim Pfropfen und

Verpflanzen der jungen Bäume und Sträucher helfen könnte.

Clara war diejenige, die die winterliche Kälte am besten aushalten konnte. Sie hat nie Handschuhe getragen, bis einer von den Kunden ihr ein Paar ohne Finger strickte, das sie aber auch nur in den Wintern trug, in denen der Frost einfach kein Ende nehmen wollte und man sogar mit Pferd und Wagen über die zugefrorene Maas fahren konnte.

Camilla wußte nicht, wohin sie wollte, bis Martha ihr ein Stellenangebot vom Konfektionsatelier in der Stadt in die Hand drückte. Leider durfte das Atelier, einer neuen Gesetzgebung zufolge, aber keine Mädchen mehr unter sechzehn einstellen. Daher ging zuerst Clara außer Haus arbeiten, denn den Mann von der Baumschule kümmerten die Gesetze nicht so sehr, während sich Camilla geduldete und im Laden Brot verkaufte, bis sie sechzehn wurde.

Am Montag nach ihrem sechzehnten Geburtstag bestieg Camilla dann um halb sieben Uhr morgens den Bus in die Stadt. Sie wurde gleich am Fließband ange-stellt und mußte binnen einer halben Stunde zwanzig Reißverschlüsse von gleicher Länge in die rückwärti-gen Hälften derselben Anzahl Röcke nähen, welche allesamt die gleiche Farbe hatten. Eine andere Nähe-rin verband dann die rückwärtigen mit den vorderen Hälften. Camilla verbiß sich die Enttäuschung und sprach mit niemandem darüber. Doch im Schlaf rutschte ihr der Kummer heraus, und die ganze Nacht hindurch strömten die Tränen. Und mit verquollenen Augen stieg Camilla wieder in den Bus, um tapfer Reißverschlüsse in häßliche Konfektionsröcke zu nähen.

Das Problem löste sich, ohne daß Martha etwas zu unternehmen brauchte. Die Chefin des Ateliers erkannte rasch, daß sie ihr Produktionsziel mit Camilla nicht erreichen würde. Doch anstatt sie zu entlassen, versetzte sie sie in die Entwurfabteilung. Camilla nähte die Vorführmodelle dort mit solcher Sorgfalt zusammen, daß die Verkaufsmuster wie Haute Couture aussahen und die Vertreter mehr kauften als je zuvor.

Von dem Moment an, da Camilla in der Musterabteilung arbeitete, ging eine merkliche Veränderung mit ihr vor: Der verbissene Zug um ihren Mund löste sich. Sie hatte keine schreienden Frauen mehr im Ohr, die sie von Geburt an gehört hatte, sondern Lieder aus dem Radio, die sie laut mitsang. Und sie hatte, wie sich nun zeigte, eine Stimme, die funkelte wie Kristall.

# 10

Von vielen Dingen, die in anderen Haushalten ganz normal waren, wie etwa Marmelade einkochen oder Gemüse und Obst einmachen, verstanden die Schwestern nichts. Ihre Mutter war zu früh gestorben, um es ihnen beizubringen, und Martha, die es noch gelernt hatte, hatte vergessen, wie es ging. Daher ließ sie Oma jeden Sommer und Herbst viele Kilo Obst und Gemüse einmachen, die sie für wenig Geld bei den Bauern im Umland kaufte. Das eingemachte Obst wurde für die *Vlaais* gebraucht, die im Dorf und den Weilern rundum eine gewisse Berühmtheit erlangt hatten. Bevor die alte Frau ins Haus gekommen war, hatte Martha für die *Vlaais* immer Fertigfüllung in Dosen von einem Großhandel in der Stadt bezogen, aber das von Oma eingemachte Obst hatte tausendmal mehr Geschmack – ihre Rezepte müssen sehr speziell gewesen sein.

Oma hatte auch ein Rezept gegen Brandwunden, eine Mixtur aus Salatöl und Lilien. Einige Bäckergesellen sind ihr bis heute für dieses Heilmittel dankbar, denn sie verbrannten sich regelmäßig an den glühendheißen Backblechen, wenn sie diese zu hastig aus dem Ofen zogen. Und Vincentia verdankt ihr die Wiederherstellung ihres Allerwertesten.

Vincentia konnte zwar sehr gut mit Pferden umgehen, aber hin und wieder ging ihr doch mal eins durch. Vor allem die kanadischen Gäule waren sehr scheu und nahmen bei der kleinsten Kleinigkeit mitsamt dem Karren Reißaus. Wenn Vincentia auf dem Bock saß, konnte sie das Tier meist wieder beruhigen, doch wenn das Pferd allein mit dem Karren durchging, geriet das ganze Dorf aus dem Häuschen: Jeder wollte dann seinen Mut beweisen, und Jungen und Männer rannten und radelten hinter dem Karren her, um das Tier zum Stehen zu bringen. Der Schaden hielt sich normalerweise in Grenzen, doch einmal fiel Vincentia vom Bock und blieb mit dem Fuß in den Zügeln hängen.

Sie wurde kilometerweit über die Straße mitgeschleift. Als das Pferd endlich von einem Polizisten zum Stehen gebracht werden konnte, hatte sie ein Loch im Mantel; Hose und Unterhose waren völlig durchgescheuert, und ihr Allerwertester sah so furchtbar blutig aus, daß niemand hinzusehen wagte.

Vincentia hat drei Wochen lang auf dem Bauch im Bett gelegen und wurde mit Omas Wunderheilmittel behandelt. Am Ende war das Hinterteil wieder wie neu.

Nach diesem Unfall wollte Martha ein Auto für die Brotauslieferung, was in der Stadt schon gang und gäbe war. Sie bat Christina, den Besitzer der Autowerkstatt einzuladen, und einen Abend lang besprachen sie, welche Vorteile es haben würde, das Brot mit dem Auto auszufahren. Die Sache hatte aber einen Haken: Eine der Schwestern benötigte einen Führerschein. Martha traute sich keine Fahrstunden mehr zu, weil sie fürchtete, sie könne sich die Verkehrsregeln nicht mehr einprägen. Marie gab nicht mal Antwort, als sie gefragt wurde. Die Zwillinge waren noch zu jung. Also wurde beschlossen, daß Christina und Vincentia Fahrstunden nehmen sollten.

Trotz tatkräftiger Unterstützung von seiten des Werkstattbesitzers hat Christina ihren Führerschein nie geschafft. Was sie nicht daran hinderte, sich des öfteren unerlaubterweise hinters Lenkrad zu setzen, doch das Brot alleine ausfahren konnte sie so natürlich nicht. Vincentia dagegen hatte ihren Führerschein wider Erwarten binnen weniger Monate in der Tasche. Sie konnte mit den vielen Pferdestärken genausogut umgehen wie mit denen von nur einem Pferd. Infolgedessen mußte Vincentia seither bei der Brotrunde immer mit von der Partie sein, so lange, bis auch die Zwillinge über einen Führerschein verfügten.

Wenn Vincentia das auch nichts ausmachte, hungerte sie doch nach ein wenig mehr Abwechslung im Leben, und da sie mit ihren Phantasien im Dorf an Grenzen stieß, fuhr sie von nun an jede Woche in die Stadt ins Kino, wo sonntags nachmittags Western mit Roy Rogers, Gary Cooper, Gene Autry, Audi Murphy und später John Wayne gezeigt wurden. In der Buchhandlung kaufte sie sich Postkarten, auf denen ihre Helden abgebildet waren, und die bewahrte sie in einem Heft auf. An den Tagen, an denen sie nicht ins Kino konnte, schrieb sie selbst neue Szenarien, wobei sie sich manchmal eine kleine Nebenrolle für sich selbst ausdachte. Sie verstieg sich so sehr in ihre selbst ersonnenen Geschichten, daß sie sich nur noch in einen Mann mit Stiefeln und Cowboyhut verlieben konnte. Ein Typus, der aber in der Stadt genausowenig vorkam wie in unserem Dorf. So drohte sie zur alten Jungfer zu werden, was sie am Ende auch tatsächlich geworden ist, aber nicht etwa, weil sie dem Mann ihrer Träume nicht begegnet wäre. Nein, das Problem war, daß der, dem sie begegnete, genau wie sie selbst, viel zu große Träume hegte.

Das erste Auto war ein fünf Jahre alter, dunkelblauer Lieferwagen. Einer der Mechaniker hatte ihn irgendwo in Zeeland für einen unerwartet günstigen Preis zum Verkauf stehen sehen. Die Schwestern verstanden nichts von Autopreisen und staunten nur, daß man für so wenig Geld schon eines kaufen konnte. Dessenungeachtet handelte es sich um einen Betrag, über den sie nicht verfügten. Aber Martha konnte einen kleinen Kredit bei der Bank aufnehmen, und so brach man an einem frühen Sonntagmorgen im Mai auf, um das Auto zu holen.

Christinas »Verlobter« fuhr mit, um zu prüfen, ob das Auto seinen Preis auch wert war, der Mechaniker mußte mit, weil er wußte, wo das Auto zu finden war, und Vincentia sollte das neuerworbene Stück zurückfahren, damit sie gleich ein wenig Fahrpraxis gewann. Weil der Werkstattbesitzer sonst auf dem Rückweg allein in seinem Wagen gesessen hätte, fuhr auch Christina mit, um ihm Gesellschaft zu leisten, und am Ende wurde auch ich noch mitgeschleppt.

Mir ist von dieser Tour vor allem in Erinnerung geblieben, daß sie schier endlos dauerte. Auf dem Rückweg habe ich daher fast die ganze Zeit geschlafen und bin erst wach geworden, als ich zu Hause ins Bett gelegt wurde. Die Geschichte von der Heimfahrt habe ich daher auch aus den Erzählungen der anderen, die von Mal zu Mal farbiger wurden.

Das Auto schien ein guter Kauf zu sein. Der Motor sprang sofort an. Der Lack wies zwar ein paar Bläschen und Rostflecken auf, doch das würde leicht auszubessern sein. Der Besitzer ließ am Ende sogar noch etwas vom Preis nach, so daß alle mit vergnügtem Grinsen in die beiden Autos stiegen, um die lange Heimfahrt anzutreten: Vincentia mit dem Mechaniker in den neuen Lieferwagen, und Christina und ich mit dem Werkstattbesitzer in seinen betagten Ford. Wir fuhren hinter dem Lieferwagen her, falls Vincentia Probleme bekommen sollte.

Nach nicht einmal fünfzehn Kilometern wurde der Himmel plötzlich schwarz wie Tinte und entlud sich in einem Wolkenbruch, der mir eine solche Angst einjagte, daß ich die Stimme verlor und eine Woche lang nur noch flüstern konnte. Der Regen trommelte aufs

Dach, als würden Fässer voll Murmeln darauf ausge-kippt. Die Scheibenwischer konnten das Wasser nicht mehr schnell genug wegwischen, so daß der Werk-stattbesitzer die Straße kaum noch erkennen konnte und die Rücklichter des Lieferwagens erst vor sich sah, als sie schon zu nah waren, um noch bremsen zu kön-nen. Sie wurden von der Stoßstange des Fords einge-drückt, und der Lieferwagen gab abrupt den Geist auf.

Christina schrie auf, der Werkstattbesitzer fluchte, und ich machte den Mund auf, ohne daß ein Laut her-auskam. Durch die herabstürzenden Wassermassen hindurch sahen wir Vincentia aus dem Lieferwagen steigen, mit einem Blick den Schaden abschätzen und zu uns herüberkommen, wo sie den Werkstattbesitzer so fürchterlich ausschimpfte, daß ich beinahe losge-weint hätte. Darüber geriet Christina so in Harnisch, daß sie sich nun ihrerseits mit ihrer Schwester anlegte. Der Mechaniker mischte sich ein und versuchte die Frauen zu besänftigen, doch die warfen einander alles mögliche an den Kopf, was gar nichts mit dem Unfall zu tun hatte.

Da packte der Mechaniker Vincentia plötzlich und küßte sie voll auf den Mund, und das so lange, daß man schon befürchten mußte, ihre Münder würden zusammenwachsen.

Schmunzelnd stellte der Werkstattbesitzer seinen Wagen am Straßenrand ab und stieg aus, um die kaput-ten Rücklichter in Augenschein zu nehmen. Er hatte zwar Ersatzbirnchen dabei, aber kein rotes Glas. Also wurde sein rotes Schnupftuch zerrissen und um die Rücklichter gebunden. Doch bevor die Lichter wieder brennen konnten, mußte der Motor in Gang gebracht werden, eine Arbeit, die gut eine halbe Stunde in Anspruch nahm.

Alle waren bis auf die Haut naß. Und gerade als wir wieder weiterfahren konnten, hörte es auf zu regnen, und der Himmel sah aus, als sei schon seit Tagen strahlendes Wetter.

Wir fuhren fast eine Stunde ohne Probleme weiter und hielten dann bei einem kleinen Restaurant, um etwas zu essen. Als aber die Heimreise fortgesetzt werden sollte, wollte der Lieferwagen nicht anspringen. Was die beiden Mechaniker auch versuchten, der Motor schwieg und blieb so halsstarrig stumm, daß der Werkstattbesitzer ganz gegen seine Gewohnheit die Geduld verlor. So beschlossen die Männer, den Lieferwagen an ein langes Seil hinter den Ford zu hängen und nach Hause abzuschleppen, um dort zu untersuchen, woran es bei dem widerborstigen Ankauf haperte.

Zwei Mechaniker sind fast einen Monat lang mit dem Lieferwagen beschäftigt gewesen, um ihn zu einem brauchbaren Gefährt für die Brotauslieferung umzubauen. Der Motor mußte vollständig auseinandergenommen werden, bevor er wieder spurte.

Hinten auf der Ladefläche brachte der Zimmermann Holzregale an, worauf die Brote gelegt werden konnten. Dabei wurde, als man die Fußbodenmatte herausnahm, der völlig durchgerostete Boden sichtbar, durch den man ohne weiteres hätte hindurchtreten können. Es mußte also eine neue Bodenplatte mit einem zusätzlichen Träger hineingeschweißt werden. Unterdessen gingen wütende Telefonate und Briefe an den Vorbesitzer, der sich weigerte, die entstandenen Kosten zu erstatten, und auch nicht bereit war, das Wrack zurückzunehmen. Er antwortete lakonisch, daß sie ihm den Wagen ja bringen könnten, dann würde er ihn schon reparieren.

Schließlich aber war der Lieferwagen fahrtüchtig. Und da sie nun schon mal so lange mit ihm beschäftigt gewesen waren, beschlossen der Besitzer der Autowerkstatt und seine Mechaniker, ihn auch gleich noch neu zu spritzen. Sie mischten dafür eine Farbe an, die rot hätte sein sollen, im Endeffekt aber eher zwischen lila und rosa lag. Einen Lieferwagen mit einer so komischen Farbe hat es bestimmt noch nirgendwo gegeben. Aber die Schwestern fanden ihn toll.

Einer der Mechaniker hatte mit verschnörkelten Buchstaben den Familiennamen der Schwestern darauf gemalt, und darunter stand in kleinerer Schrift:

*Ihr Bäcker für Brot und Kuchen*

Der Wagen wurde ganz offiziell eingeweiht. Bei Vincentias erster Runde war er mit Bändern und Schleifen geschmückt, und alle Kunden bekamen gratis einen *Knapkoek*, einen flachen, runden, mit Zucker bestreuten Keks, wie er normalerweise nur zur Kirchweih gebacken wurde.

Der Lieferwagen hatte noch eine weitere Eigenart: Fahrer- und Beifahrertür ließen sich nicht abschließen. Der einzig vorhandene Schlüssel für hinten paßte nicht auf die anderen Schlösser. Telefonate und Briefe nach Zeeland führten erneut zu keinem Ergebnis. Daraufhin bastelte der Werkstattbesitzer eine ingeniöse Konstruktion aus zwei miteinander verbundenen Schüreisen. Die gebogenen Enden der Schüreisen wurden so in die Armstützen an der Innenseite der Türen gehakt, daß die Türen zusammengehalten wurden und niemand sie von außen öffnen konnte. Diese seltsame Verriegelung hatte allerdings zur Folge, daß die Schwestern den Wagen durch die Hintertür verlassen mußten, was ein Heidenumstand war. Trotzdem kam niemand auf die Idee, beim Schmied einfach neue Schlüssel anfertigen zu lassen.

Das Auto läutete ein neues Zeitalter ein. Doch die Schwestern konnten sich nicht so mir nichts, dir nichts von Karren und Pferd verabschieden, denn damit würde schließlich ein langes Kapitel der Familiengeschichte zu Ende gehen. Der nervöse Kanadier, der Vincentia abgeworfen hatte, war durch den betagten Frits ersetzt worden, der viel zu träge war, um unversehens durchzugehen. Frits war so friedlich, daß sogar ich ihn ab und an zu tätscheln wagte, und manchmal streckte er mir ganz vorsichtig die Nase hin, so daß ich bei ihm meine Angst vor Pferden ein wenig habe ablegen können.

Ohne es laut auszusprechen, empfanden alle den Erwerb des Autos als Verrat an Frits, weshalb er nicht gleich zusammen mit dem Karren verkauft wurde. Er kam den Sommer über auf die außerhalb des Dorfes gelegene Weide von unserem Nachbarbauern. Obwohl es keinen sonderlichen Spaß machte, weil Frits nie Lust auf einen scharfen Galopp hatte, ritt Vincentia noch hin und wieder mal auf ihm. Und so flaute ihre Reitleidenschaft auch schon bald wieder ab. Dadurch vereinsamte Frits: Er war es nicht gewöhnt, nur auf der Weide zu stehen, er war ein Arbeitspferd, das Kommandos hören wollte und Geschichten über irgendwelchen Mumpitz, die ein Pferd nichts angingen. Als sich ein Mann aus dem nördlichen Nachbardorf erkundigte, ob er das Pferd kaufen könne, wurde einen Sonntagnachmittag lang darüber debattiert, ob sie Frits behalten oder verkaufen sollten. Eine ganze Flasche Genever wurde geleert, bis man rührselig und mit feuchten Augen entschied, daß Frits zu alt sei, um noch zu arbeiten.

Der Mann sollte das Pferd nur bekommen, wenn er ihm einen schönen Lebensabend bescherte. Er versprach, den alten Wallach nur leichtere Arbeiten verrichten zu lassen, und lud die Schwestern ein, doch hin und wieder zu kommen und nach ihm zu sehen. Als keine von ihnen auf die Weide hinauswollte, um das

Pferd zu übergeben, meinte der Bauer, daß er das auch ohne Hilfe bewerkstelligen könne. Aber da wurde es Christina zuviel, denn man gab ein Tier doch nicht so einfach einem Fremden mit, und sie radelte zur Weide, um dem Pferd zu sagen, daß es mit dem Mann mitgehen müsse. Frits blieb in einiger Entfernung stehen, sah seine Herrin vorwurfsvoll an und weigerte sich, seinem neuen Besitzer zu folgen, bis dieser ihm einen harten Schlag auf den Hintern gab, woraufhin er beleidigt von der Weide trottete.

Der Bauer erwies sich als unehrlicher Mensch, der das preisgünstig eingekaufte Pferd sehr wohl für schwere Arbeiten einsetzte und ihm zudem nicht genug zu fressen gab. Als in der Bäckerei das Pferd-und-Wagen-Zeitalter schon fast vergessen war, begegneten Christina und Vincentia dem Pferd noch einmal. Es war stark abgemagert und vor einen Karren gespannt, der mit schmierigem Kohleabfall beladen war. Das Tier erkannte sie und blieb stehen. Erst als Christina den Vorwurf in seinen Augen las, erkannte sie Frits wieder. Christina und Vincentia haben die Traurigkeit des Pferdes nie mehr vergessen können. Sie sprachen später von Frits, als sei er ihr einziges Pferd gewesen, obwohl er ihren Karren am kürzesten von allen gezogen hatte.

Das erste Auto war von außen ein Prunkstück, aber unter der Motorhaube spielte sich ein technisches Drama in mehreren Akten ab.

Die ersten Wochen vergingen ohne weitere Ausfälle. Erst als Vincentia und Clara einmal nach Südholland fahren mußten, um bei einem Lieferanten ein paar Säcke Trockenobst zu holen, stellten sich neue Probleme ein.

Auf dem Rückweg lief der Motor heiß und ging aus. Vincentia rief den Besitzer der Autowerkstatt an, der vorschlug, den Motor abkühlen zu lassen, etwas Kühlwasser nachzufüllen und dann ganz in Ruhe heimzufahren. Die Schwestern gönnten dem Motor eine halbe Stunde Pause und fuhren weiter, mußten aber unterwegs noch zweimal anhalten, weil der Wagen zu stottern begann. Mit schweißnassen Händen steuerte Vincentia den Lieferwagen ins Dorf zurück und schrie, daß sie nie wieder »so'n verdammtes Ende mit der verdammten Kiste« fahren werde.

Von da an war jedesmal irgend etwas anderes. Wenn der eine Defekt behoben war, stellte sich der nächste ein. Einen Tag vor der Kirchweih mußte Vincentia den bis obenhin mit *Vlaais* gefüllten Wagen notgedrungen vor der Kirche stehenlassen, womit sie den ganzen Verkehr blockierte, weil die Dorfstraße für den Aufbau der Kirchweihbuden schon teilweise gesperrt war. Der Werkstattbesitzer eilte mit seinem Ford zu Hilfe, aus dem er die Rückbank herausgenommen hatte, damit die *Vlaais* dort eingeladen werden konnten. Zusammen mit Vincentia und Clara belieferte er den Ortsrand, während Camilla und Anne die bestellten Waren im Dorf zu Fuß austrugen.

Als es dann kälter wurde, wollte der Lieferwagen nicht mehr so recht anspringen. Es waren so häufige Startversuche vonnöten, daß schließlich die Batterie leer war und die Gesellen den Wagen anschieben mußten.

Und das sind nur kleine Kostproben einer langen, leidigen Geschichte von einem Auto, das die Nerven der Schwestern arg strapazierte und sich nicht um deren Broterwerb scherte. Als kurz vor St. Nikolaus ein Pleuel das Kurbelgehäuse durchschlug und das Öl bis ins Wageninnere spritzte, hatte der Werkstattbesitzer die Nase voll. Er fuhr ins Autohaus in der Stadt, verhandelte einen Ratenkauf und kehrte mit einem knallroten Lieferwagen zurück, der gut fünf Jahre lang ohne nennenswerte Probleme seinen Dienst als Brotwagen versehen hat. Die neuen Reifen vom lilarosa Lieferwagen verkaufte er, und das amputierte Gerippe hat noch jahrelang als Materialdepot auf seinem Werkstattgelände gestanden.

# 11

Es war in der Zeit des Schlamassels mit dem Lieferwagen, als Anne immer öfter nach Hause kam, um zu reden. Den Schwestern fiel nicht weiter auf, daß sie gesprächiger geworden war, denn dazu wurden sie viel zu sehr von ihrem unberechenbaren Transportmittel in Atem gehalten. Niemand hörte so recht hin, was Anne zu erzählen versuchte. Daß sie in den Bürgermeister verliebt war, hätte sie gar nicht in Worte fassen können. Anne war mit Worten immer sparsam gewesen, so daß sie für die Unruhe in ihrem Bauch gar keine Begriffe hatte. Nur ein offenes Ohr hätte sie verstanden.

Wenn Martha aufmerksamer gewesen wäre, hätte sie sicher eingegriffen, ehe sich die Leidenschaft in Annes Seele festgesetzt hatte. Doch als sie endlich registrierte, was ihre Schwester zu sagen versuchte, war es schon zu spät, und sie konnte den Ereignissen nur noch schuldbewußt zusehen.

Weil keine ihrer Schwestern ihr richtige Antworten gab, ging Anne zu Wahrsagerinnen, die ihr aber alle etwas anderes erzählten. Die eine las aus dem Kaffeesatz, daß es nur noch eine Frage der Zeit sei, wann die Frau des Bürgermeisters aufgrund ihres Wahnsinns in eine Anstalt kommen und Anne dann ihren Platz einnehmen werde.

Ein Mann, der unmittelbar hinter der Grenze in Belgien wohnte und als Tarotleser renommiert war, ersah aus seinen speckigen Karten, daß es zwischen Anne und dem Gemeindevater nie etwas werden würde. Er prophezeite, daß sie den Rest ihres Lebens zwischen Broten und Torten verbringen werde, und riet ihr, zu Fuß zur Kapelle der *Onze Lieve Vrouw in 't Zand* in Roermond zu pilgern, um für ihren sündigen Wunsch Erlösung zu erlangen.

Die Zukunftsdeuter, die ihr Hoffnung machten, suchte sie häufiger auf, und als im Bäckerhaus dank des funkelnagelneuen roten Lieferwagens wieder Ruhe eingekehrt war, hörte man ihr auch dort endlich zu. Anne durfte in allen Einzelheiten von ihren Besuchen bei den Hellsehern erzählen, und mit ihren Schwestern zusammen nahm sie die Weissagungen dann auseinander und beleuchtete noch den kleinsten Fussel Hoffnung von allen Seiten. Tatsache aber blieb, daß das Objekt ihrer Liebe verheiratet war und daß in seiner Position eine Scheidung nicht in Frage kam. Blieb nur, auf den Tod der Frau des Bürgermeisters zu warten. Oma sagte, sie könne einen Trank zubereiten, der sie langsam vergiften würde. Das Rezept habe sie von einer Frau, die ihren Mann damit ermordet habe, weil er nur Liebe mit ihr machen wollte, wenn sie sich mit rotem Taschentuch auf dem Kopf und Hühnerflügeln am Hintern als Henne verkleidete. Unter lautem Gekicher spann man die Sache mit dem tödlichen Rezept weiter aus, aber keine wagte das Ganze wirklich ernst zu nehmen. Camilla erzählte, sie habe von afrikanischen Medizinmännern gelesen, die Beschwörungspuppen anfertigten und mit Nadeln durchbohrten oder ins Feuer warfen, um Menschen zu verfluchen. Sie bot an, eine solche Puppe zu nähen, damit Anne ihren Zauber daran auslassen könne. Alle lachten, denn keine hätte den Mumm gehabt, ihr Gewissen mit dem Tod der Bürgermeistersfrau zu belasten. Der Geselle backte scherzeshalber eine Brotpuppe, die der Frau des Bürgermeisters täuschend ähnlich sah, und die wurde am Samstagabend hochoffiziell in Stücke geschnitten, dick mit Butter bestrichen und mit rotem Zucker bestreut. Grinsend aßen alle ihr Scheibchen Bürgermeistersfrau und beteten insgeheim zu Gott, er möge etwas für Anne tun.

Ihre Gebete wurden schneller erhört als erwartet, wenn auch die Realisierung ein wenig anders aussah, als man es sich vorgestellt hatte.

Kurz vor Weihnachten wurde Anne von der Frau ihres Arbeitgebers entlassen. Sie sah sehr wohl, daß Annes Engagement zu weit ging, und sie sah auch, daß die Augen ihres Mannes zu oft und zu lange auf seiner Haushälterin ruhten. Und die Gleichgültigkeit in seinen Augen, die ihr daraus immer entgegenschlug, war einem Blick gewichen, der sie an ihre erste gemeinsame Zeit erinnerte.

Der Bürgermeister fühlte sich ertappt und hatte nicht den Mumm, seiner Frau zu widersprechen, und so wurde Anne nach einem belanglosen Streit über die Kinder fristlos entlassen.

Wie ein geprügelter Hund hockte Anne im Sessel ihres Vaters. Sie vergoß nicht eine einzige Träne und erklärte ihren Schwestern auch nicht, was geschehen war. Hätte eine der Schwestern ihr in die Augen geschaut, hätte sie dort die Fragen lesen können, die Anne sich unaufhörlich stellte. Doch alle wichen diesem Blick aus, denn keine von ihnen wußte eine Antwort darauf.

Am Silvesterabend stand der Bürgermeister dann vor der Tür des Bäckerladens, um Anne zurückzuholen. Nachmittags hatte er seine Frau in eine geschlossene Anstalt einliefern lassen. Die Schwestern starrten ihn bestürzt an und dachten allesamt das gleiche. Keine war davon überzeugt, daß die Frau wirklich verrückt genug für eine geschlossene Anstalt war. Aber sie gönnten Anne ihr Glück und schwiegen.

Martha lud den Bürgermeister ein, den Jahreswechsel doch bei ihnen zu feiern. Er akzeptierte und nahm Anne dann am frühen Morgen mit zu sich nach Hause, um sie kurz vor ihrem dreißigsten Geburtstag zu entjungfern.

Der Besitzer der Autowerkstatt hatte mit Christina schon ein paarmal vom Heiraten gesprochen. Er tat das auf seine unbeholfene Art, die ihm in allem, was nichts mit Autos zu tun hatte, eigen war.

Die beiden hatten auch schon einen Hochzeitstermin festgelegt. Doch dann stürzte Marie vom Karren und brauchte so lange, um sich von ihrer Gehirnerschütterung zu erholen, daß die Hochzeit aufgeschoben und schließlich fürs erste vergessen wurde. Der Werkstattbesitzer zeigte Verständnis, zumal er ohnehin schon ein Familienmitglied geworden war und das Fest an sich für ihn nicht so relevant war. Er war glücklich mit dieser Ersatzfamilie, und von allen Verehrern, die durch das Haus gezogen sind, war er der einzige, der einen festen Platz bekommen hatte. Dabei hatte er keinerlei Erfahrung mit Frauen, denn er hatte keine Schwestern und kannte eigentlich nur seine kränkelnde Mutter aus der Nähe.

Auch Martha kam gut mit ihm aus, was das Band zwischen ihr und Christina noch verstärkte. Bei ihm holte sie sich oft Rat, denn es gab einfach so viele Dinge, die der Einschätzung eines Mannes bedurften. Martha wollte den Laden neu gestalten, und er schlug vor, daß sie doch den Hausflur zum Verkaufsraum hinzuziehen solle: Ein nutzloser Raum, der jeden Tag aufgewischt werden müsse, bei Regenwetter sogar zweimal, und keinen ökonomischen Nutzen habe. Wenn Martha den Flur als zusätzliche Ladenfläche hinzuziehen würde, wäre Platz für eine Kuchenvitrine gewonnen.

Binnen einer Woche wurde der Laden umgebaut, während der Verkauf in der ehemaligen Remise weiterlief. Samstags wurde der neue Laden offiziell eröffnet, und die Kollegen aus den anderen Geschäften beglückwünschten die Schwestern und brachten Blumen. Die Mehrzahl der Sträuße bestand aus Hortensien, die ja meistens die üppigsten Sträuße abgeben, aber nicht viel kosten.

In den Tagen, da Anne ein Verhältnis mit dem Bürgermeister hatte, bat der Werkstattbesitzer Christina erneut, ihn zu heiraten. Diesmal legten sie einen Termin im April fest. Christina wollte keine so große Hochzeit wie die von Marie. Sie war abergläubisch und dachte, daß man mit so viel Prunk und Pomp womöglich gleich das ganze Glück verpulvere. Die stillschweigende Heimkehr Maries hatte sie darin noch bestätigt. Christina ging sparsam mit ihrem Glück um. Sie wußte, daß sie einem guten Mann begegnet war, einem, der sie auf Händen trug, auch wenn er das nur in Gedanken tat. Deswegen entschied sie sich für eine schlichte Zeremonie und ein einfaches Essen nur mit den direkten Angehörigen. Martha war damit zwar nicht einverstanden, aber sie respektierte die Wünsche ihrer Schwester. Christina ließ beim Drucker Karten anfertigen, die sie im nachhinein verschicken würde, um ihre Vermählung bekanntzugeben. Anfang März fuhr sie in die Stadt, um sich ein hübsches Kostüm zu kaufen, denn sie wollte nicht einmal ein weißes Brautkleid.

Als sie mit dem Bus zurückkam, stieg sie zuerst an der Autowerkstatt aus, wo sie ihrem zukünftigen Mann in allen Einzelheiten von dem Kostüm erzählen wollte, das im Geschäft zurückgeblieben war, weil noch etwas geändert werden mußte. Sie beschrieb ihm jede Biese, jedes Knöpfchen und jede Öse an ihrem Brautkostüm, bis der mit Öl verschmierte Mann es vor sich sah, als hätte sie es vor ihm ausgebreitet. Er lächelte sein verlegenes Lächeln. Sie würden sehr glücklich zusammen werden, und er staunte, daß ihm so etwas vergönnt war. In diesem Moment hörten sie ein Röcheln aus dem Schlafzimmer seiner Mutter und fanden die alte Frau in ihrem Bettzeug voller Blut, das sie erbrochen hatte. Zwei Tage und zwei Nächte saßen sie gemeinsam an ihrem Bett im Krankenhaus, bis die Ärzte sie mit der Mutter nach Hause schickten, weil aus medizinischer Sicht nichts mehr getan werden konnte. Die Ärzte hielten es nicht einmal für erforderlich, die todkranke Frau mit einem Krankenwagen nach Hause bringen zu lassen. Sie saß hinten in dem alten Ford, in Decken gewickelt, die ihr Sohn erst noch von zu Hause hatte holen müssen.

Christina hat den ganzen Sommer, Nacht für Nacht, bei ihrer zukünftigen Schwiegermutter gewacht und sie gepflegt, bis diese Ende September nach zweiwöchigem Koma einschlief und ihren Sohn und dessen Braut völlig erschöpft zurückließ. Keiner war noch zu einer Hochzeit aufgelegt. Und so wurde das Kostüm in einem mit blauem Seidenpapier ausgeschlagenen Karton auf Maries Wäschetruhe auf dem Dachboden deponiert.

Auch Anne begann vom Heiraten zu phantasieren, obwohl sie wußte, daß das praktisch undenkbar war, denn die Frau des Bürgermeisters konnte noch jahrelang leben.

In den ersten Tagen ihrer Glückseligkeit versetzten alle Geschenke des Bürgermeisters sie in Entzücken, auch wenn es Dinge waren, die ihr eigentlich nicht zustanden.

Nach und nach aber sehnte sie sich nach mehr, sie wollte alles, was einer Frau zusteht. Sie kaufte Bettwäsche, die sie in einer glänzend lackierten Wäschetruhe mit Messinggriffen aufbewahrte. Manchmal schob sie, wenn sie mit dem Bürgermeister geschlafen hatte und wieder allein in ihrem eigenen Bett lag, die Hände unter ihr Nachthemd und legte sie auf ihren Bauch. Dann holte sie tief Luft und blähte ihren Bauch auf, so daß er für kurze Zeit ganz rund und hart war, und dann strich sie über diesen festen Ballon, bis sie die Luft nicht mehr anhalten konnte. So konnte sie sich für einen ganz kurzen Moment, für nicht mehr als ein paar Sekunden vorstellen, daß sie ein Kind von diesem Mann trüge.

Nacht für Nacht schlüpfte sie zu ihm ins Bett. Gegen Morgen ging sie dann in ihr eigenes Zimmer zurück, um noch ein wenig zu schlafen. Sie war wieder wach, bevor die Kinder geweckt werden mußten.

Die Kinder haben sie nie im Bett ihres Vaters gesehen. Aber sie wußten es, und es machte ihnen nicht das geringste aus, denn sie mochten Anne mehr als ihre eigene Mutter.

Alle wußten es. Das ganze Dorf tuschelte, und das Gerede brach sich an der Fensterscheibe des Bäckerladens. Martha war besorgt, daß Annes Glück sich nachteilig aufs Geschäft auswirken könnte. Sie wollte mit ihrer Schwester darüber reden, fand aber nie einen geeigneten Moment dafür.

Der neue Kaplan kam ihr zuvor. Anne ging wie gewöhnlich am dritten Samstag des Monats zur Beichte, um sich von ihren Sünden reinzuwaschen und dann mit gereinigter Seele wieder zum Bürgermeister zu gehen. Die Bibel verbot es zwar, aber die katholische Kirche räumte ihr die Möglichkeit ein, sich von der Strafe freizukaufen. In verblümten Worten erklärte sie dem neuen Kaplan, daß sie Gottes Gebote übertreten habe. Ihr bisheriger, schon alter Beichtvater, der in ein Kloster versetzt worden war, hatte ihrer Beichte nie zugehört und ihr auch nie mehr als drei Vaterunser zur Buße auferlegt. Er war schon seit Jahren nicht mehr an den Bekenntnissen seiner Gemeindemitglieder interessiert gewesen.

Der junge Kaplan war aber noch ambitioniert, er hatte noch eine Mission. Er hörte sich Annes Sünden an und begann ihr Fragen zu stellen. Da Anne fürchtete, daß ihre Sünden zu groß werden würden, wenn sie jetzt noch die Unwahrheit sagte, erzählte sie ihm haarklein, was sich im Bürgermeisterhaus abspielte. Sie vertraute auf das Beichtgeheimnis, strapazierte damit jedoch das Gewissen des jungen Kaplans so sehr, daß dieser schließlich eine Woche später mit dem Pfarrer darüber sprach.

Als Anne im Monat darauf wieder zur Reinwaschung in die Kirche kam, hielt der Pfarrer sie zurück. Er hatte in puncto Vergebung seine eigenen Ansichten. Frauen »wie Sie«, sagte er, und es klang, als kaue er auf verdorbenem Essen, hätten kein Recht mehr, in die Kirche zu kommen. Ihre Sünden könnten nur vergeben werden, wenn sie in die Bäckerei zurückkehre. Denn Gott vergebe auch den größten Sündern, wenn sie Reue zeigten, doch in der Kirche sei sie nicht mehr willkommen.

Mit pochendem Herzen kehrte sie nach ›Graeterhof‹ zurück, wo sie ihren Liebhaber und Arbeitgeber zwei Nächte lang warten ließ, während sie einen harten Kampf zwischen der Bibel und ihrem verlangenden Körper austrug. Es drängte sie, ihm mit ihren rotlackierten Nägeln glühende Striemen über den Rücken zu ziehen, weil ihn das erregte, und die Füße fest auf seinem Gesäß zu verschränken, wenn er sich unter heftigen Stößen stöhnend auf seine Befriedigung hinarbeitete. Und diese Kräfte in ihrem Unterleib wurden am Ende so laut, daß sie die Stimme des Kaplans in ihrem Kopf übertönten. Da schlüpfte Anne wieder zum Bürgermeister unter die Decke, und diesmal schnaufte und keuchte er heftiger als jemals zuvor.

Anne ging von nun an in einem anderen Kirchdorf beichten und leierte ihre Sünden dort möglichst unverständlich einem Pfarrer herunter, der ihr sechs Vaterunser und sechs Ave-Marias die Woche zur Buße auftrug. Das tat er bei allen, egal, wie schwer die jeweilige Sünde auch sein mochte, denn er fand, daß Gott selbst darüber urteilen solle.

Doch der neue Beichtvater war kein Garant für die Kontinuität ihres Glücks. Eines schönen Sommertages stieg die rechtmäßige Ehefrau spätabends aus einem Taxi, um ihren Mann und seine Haushälterin schwitzend im Bett miteinander beschäftigt zu finden. Sie kreischte, daß die Wände wackelten, und wenn das Bürgermeisterhaus nicht so weit außerhalb gestanden hätte, wäre das ganze Dorf Zeuge geworden. Wie sie aus der Anstalt herausgekommen war, wußte niemand. Wahrscheinlich hatte der Pfarrer auf diese Weise Rache genommen.

Der Bürgermeister traute sich nicht, seine Frau erneut einweisen zu lassen, und so verbrachte Anne die Nächte wieder im Bedienstetenflügel und suchte noch öfter Kartenleser und Urinriecher auf. Die Bürgermeistersfrau begann in ihrer bis zum Wahnsinn gesteigerten Eifersucht den ganzen Haushalt zu tyrannisieren, und den Kindern warf sie vor, daß sie den Mund gehalten hatten. Mit einem großen Messer zerschlitzte sie Annes Spitzenunterwäsche und warf die rosa und lila Fetzen durch die Gegend. Sie schrie, daß sie Anne das Messer in die dicken Titten stoßen werde, wenn sie noch ein einziges Mal ins Bett ihres Mannes kriechen würde. Sie konnte nicht mehr normal sprechen – der Haß hatte sich auf ihren Stimmbändern festgesetzt wie Pusteln, und wenn sie sprach, spritzte ihr der Eiter aus dem Mund. Die Kinder bekamen Angst vor ihr und gingen nach der Schule immer öfter in die Bäckerei, um dort so lange herumzulungern, bis es Zeit zum Schlafengehen war. Meist hatten sie dann bereits bei Oma gegessen, die sie als ihre eigene zu betrachten begannen. Die älteren, die schon auf die höhere Schule in der Stadt gingen, machten ihre Hausaufgaben bei Freunden, und wenn es zu spät wurde, um noch nach Hause zu radeln, blieben sie auch über Nacht dort.

Anne hatte so wenig zu tun, daß sie immer öfter ins Bäckerhaus geradelt kam, um über ihre Hoffnungen zu reden, von denen nun nicht mal mehr kleinste Fusselchen geblieben waren. Aber keine der Schwestern konnte ihr Trost spenden. Sie gingen ihr aus dem Weg, was dazu führte, daß die alte Einsamkeit wieder in ihr hochstieg.

Als Anne die Nächte wieder allein verbrachte, träumte sie sich ihren Geliebten herbei. Von einer der obskuren Frauen, die durch eine Glaskugel in ihre Zukunft gespäht hatten, hatte sie gelernt, wie sie ihn nachts in ihre Träume locken konnte. Manchmal schwammen sie nackt im Fluß, bis ihnen kalt wurde, und dann kehrten sie ins Bett zurück, wo Anne aber immer wieder allein erwachte, aber die Hände des Bürgermeisters noch auf ihrer Haut fühlte.

Ein halbes Jahr später fanden die Kinder vom Wohnwagenlager die Frau des Bürgermeisters bewußtlos in einem Graben. Im Krankenhaus wurde ein Tumor in ihrem Kopf entdeckt, der nicht mehr zu operieren war. Drei Wochen später war sie tot.

Anne kehrte am Tag nach der Beerdigung in die Bäckerei zurück. Sie wagte es nicht, im Bürgermeisterhaus zu bleiben, weil sie davon überzeugt war, daß sie den Tod durch ihr heftiges Sehnen dorthin gelockt hatte, und fürchtete nun, daß sie ihm womöglich auf den breiten Fluren begegnen könnte. Sie schlief also wieder bei ihren Schwestern und hatte von nun an nur noch schlimme Träume, aus denen sie zitternd erwachte.

Ihre Haut entwickelte eine Allergie gegen Spitzenunterwäsche, und sie bekam dicke, schuppende Krusten auf Brüsten und Bauch, wenn sie die hübschen BHs und Miederhöschen trug.

Also kaufte sie ihre Unterwäsche wieder im Kurzwaren- und Wäscheladen der beiden unverheirateten Schwestern in der Dorfstraße, die nur weiße Baumwollschlüpfer und wollene Leibchen vorrätig hatten. Ihr Herz verwitterte, und die letzten Brösel wurden weggeblasen, als sie ihre Wäschetruhe wieder auf den Dachboden stellte.

# 12

Ich ging schon in die erste Klasse, als Anne wieder nach Hause kam und ihre Wäschetruhe neben die von Tante Marie auf den Dachboden stellte. Die Truhen von Tante Marie waren abgeschlossen, und die Schlüssel bewahrte sie in einer Tasche in ihrem Unterkleid auf. Annes Truhe hatte kein Schloß. In ihr lagerten all die Dinge, die Anne während ihrer Zeit im Bürgermeisterhaus angesammelt hatte: französische Bücher, die sie nie hatte lesen können, weil sie kein Französisch gelernt hatte; Tücher aus hauchzarter Seide, mit Perlen bestickte Täschchen, ein trägerloses Abendkleid aus grünem Taft, das sie nur zweimal getragen hatte, und ein paar Garnituren Bettwäsche mit Spitzenrüschen.

Anne schlief nun bei Vincentia im Bett, in Bettwäsche, die mit Seifenflocken und nicht mit modernem Seifenpulver gewaschen war, und bei Tisch saß sie zwischen Clara und Oma.

Es war um diese Zeit herum, daß ich die weißen Frauen zum erstenmal sah.

Eines Nachts mußte ich dringend auf den Topf. Ich schlief zwischen Clara und Camilla, weil jetzt, da alle wieder zu Hause waren, die Betten knapp waren. Mein Körper war in die Wärme meiner Tanten eingesponnen, und ich hätte lieber gewartet, bis sich das Dunkel lichtete, aber meine Blase trat mir in den Unterleib wie ein kleines Kind, das sich zurückgesetzt fühlt. Ich war jetzt hellwach und versuchte mit meiner Blase zu argumentieren, aber die ließ nicht mit sich verhandeln. So schob ich mich schließlich vorsichtig übers Kissen am Kopfende des Bettes hoch, um dann über die Decke hinweg zum Fußende zu krabbeln, wo ich mich vom Bett herunterließ. Ich kniff die Augen zu und hielt sie geschlossen, als ich unter dem Bett nach dem Topf tastete und meine Finger ins Leere faßten und keinen Halt fanden. Da war kein Nachttopf. Auf allen vieren kroch ich zur anderen Seite des Bettes hinüber und bekam erneut nichts Greifbares zu fassen. Die Nachttöpfe waren nicht zurückgestellt worden. Vor meinen geschlossenen Augen sah ich sie umgedreht am Rande des Innenhofs liegen, weil sie an diesem Tag mit Bleichlauge gereinigt worden waren, was hin und wieder mal zu geschehen hatte. Ich wurde wütend, weil ich unbedingt einen Topf brauchte, egal, ob er nun nach Chlor stank. Meine Blase wollte die Grenadine loswerden, die ich aus dem Glas mit dem Äffchen getrunken hatte, während meine Tanten kichernd Genever geschlürft hatten. Das hieß also, daß ich zur Toilette unten am Ende des langen Flurs gehen mußte, durchs Dunkel, das so dick war wie das Altöl, das Christinas ›Verlobter‹ in großen roten Fässern aufbewahrte. Ich mußte zwei Treppen hinunter, durch einen Flur mit kalten, schwarzweißen Fliesen und dann durch eine Tür, bei der man nie genau wußte, ob nicht Zwerge mit langen Armen dahinter lauerten.

Ich kniete neben dem Bett und betete um Mut. Als Gott mir nach einem Gebet noch nicht genug davon gegeben hatte, sagte ich ein zweites auf. Dann kroch ich auf Händen und Füßen zur Tür und flehte innerlich, daß mir nur ja keine Spinnen über die Hände krabbelten und ich dabei womöglich vor Schreck umkäme. Ich ließ meine Finger am Türrahmen entlang aufwärtswandern. Sie fanden die Klinke, die sie ganz vorsichtig herunterzogen, und ich kroch durch die Türöffnung.

Im Flur war es nicht so dunkel, wie ich erwartet hatte. Ich sah die Treppe so deutlich, daß ich sogar die Trolle hätte erkennen können, wenn die sich zwischen den Stäben des Geländers versteckt gehabt hätten. Zuerst dachte ich, daß irgendwer das Licht angelassen hätte, aber als ich von der Toilette zurückkam, sah ich, daß die Haustür offenstand. Das Licht kam von draußen. Ich zögerte, lief dann aber doch zur Tür, um sie zuzumachen. Da sah ich auf dem Mäuerchen auf der gegenüberliegenden Straßenseite, vor dem Haus des Molkereidirektors, sieben weißgekleidete Frauen sitzen. Sie winkten mir.

Ich blieb auf der Schwelle stehen.

»Hallo, Emma«, sagte die Frau in der Mitte. Sie hatte Ähnlichkeit mit Vincentia, war aber ein ganzes Stück größer. Alle Frauen hatten etwas, was mich an meine Mutter und meine Tanten erinnerte, doch sie waren größer als die Schwestern, von denen keine über einsfünfundsechzig war.

Ich ging zu ihnen hinüber. Sie rochen nach Genever.

»Konntest du nicht schlafen?« fragte die Frau mit dem Gesicht von Vincentia.

»Sie hat ihre Träume verloren«, kicherte die Frau, die Clara ähnelte.

»Die Haustür stand offen«, sagte ich.

»Wir machen sie nachher schon wieder zu«, sagte die weiße Vincentia.

»Warum habt ihr sie denn aufgemacht?« fragte ich.

»Weil man eine Tür aufmachen muß, wenn man nach draußen will«, sagte die Frau neben Vincentia. »Wir machen sie dann schon zu, wenn es hell wird.«

Die Frau, die wie Camilla aussah, lief kichernd mitten auf die Straße und begann nach einer für mich unhörbaren Musik zu tanzen, und es war, als tanzte sie mit einem für mich unsichtbaren Mann. Sie kam zu mir und fragte: »Kommst du mit zum Fluß?«

»*Jetzt?*« fragte ich. »Aber es ist doch Nacht.«

»Das ist die schönste Zeit des Tages, da wird Musik gemacht und getanzt. Komm mit«, sagte Camilla und nahm mich bei der Hand. Ich wollte mich sträuben, aber Christina nahm mich bei der anderen Hand, und wir gingen alle zusammen zum Fluß, wo das Licht tausend Farben hatte und wo ganz viele Leute in Weiß saßen und redeten und sangen. Alle waren fröhlich, und der Fluß, den ich so gut kannte, war irgendwie gar nicht wiederzuerkennen. Ein Regenbogen entstand, und die Leute in Weiß tanzten darunter hindurch.

»Sie sehen wie Engel aus«, sagte ich, »nur ohne Flügel.«

»Hier bekommst du das Gefühl, als hättest du Flügel«, erwiderte Christina lachend.

Ich sah eine Frau mit Schleier vor dem Gesicht. »Das ist Truitje. Die denkt schon seit Jahren, daß der Drogist sie heiraten will«, sagte Camilla kichernd.

»Aber gefragt hat er sie nie«, fügte Clara lachend hinzu.

»Ich glaube, er traut sich nicht«, meinte Christina nachdenklich.

»Ach wo, der will sie gar nicht«, entgegnete Clara. »Truitje ist viel zu häßlich. Was meinst du wohl, warum sie den Schleier vorm Gesicht hat?« Laut lachend rannte sie davon.

»Paß auf!« rief Christina. »Du fällst ins Wasser!«

»Aber sie kann doch schwimmen!« sagte ich.

»Dieser Fluß ist zu gefährlich zum Schwimmen. Das Wasser ist so warm, daß du nie mehr heraus möchtest. Und du mußt dich vor den Fischen in acht nehmen, die nach deiner Seele schnappen. Wenn die dich beißen, lassen sie nicht mehr los, und du mußt ohne Seele nach Hause.«

Ich starrte Christina bestürzt an. Wie sollte ich meine Seele schützen, wenn ich nicht mal wußte, wo sie sich versteckte? Mir wurde auf einmal ganz furchtbar bange.

»Ich will nach Hause«, flüsterte ich.

»In Ordnung, ich bring dich zurück«, sagte Christina. »Man sollte nicht zu oft hierherkommen. Man kann süchtig danach werden, und dann möchtest du es jede Nacht. Das ist gefährlich. Manchmal kommst du mir nichts, dir nichts vom Weg ab und landest zwischen den Sträuchern und den Disteln mit den langen Dornen. Und die können in deinem Herzen steckenbleiben und sich entzünden.«

## 13

Obwohl Anne wieder zu Hause war und beim Brotverkauf half, erinnerte Martha Camilla doch an die
getroffene Vereinbarung. Nun war Clara wieder an der
Reihe, ein Jahr außerhalb der Bäckerei zu arbeiten,
und Camilla sollte daher ihre Stelle kündigen. Camilla
wandte zunächst ein, daß es im Winter doch in der
Baumschule ohnehin keine Arbeit für Clara gebe und
sie daher mit ihrer Kündigung lieber bis zum Frühjahr
warten wolle. Das klang logisch, doch als die Bäume
und Sträucher auszuschlagen begannen und der Besitzer der Baumschule nachfragte, wann er denn nun mit
Clara rechnen könne, hatte Camilla ihr Versprechen
vergessen. Sie zuckte die Achseln, als Martha erneut
davon anfing, und stieg wie gehabt jeden Morgen um
sieben in den Bus, um kurz nach sechs Uhr abends
wieder nach Hause zu kommen. Aber freitags, wenn
sie ihre Lohntüte zu Hause ablieferte, aus der sie nie
etwas für sich selbst herausnahm, weil Martha allen
Schwestern am Ende der Woche ihr Taschengeld für
persönliche Dinge gab, fragte Martha sie jedesmal, ob
sie gekündigt habe. Dann schüttelte Camilla nur den
Kopf.

»Warum tust du es denn nun nicht?« fragte Martha

beim Abendessen noch einmal. »Es ist Clara gegenüber nicht fair.«

»Es ist auch nicht fair, mich um etwas zu bitten, wozu ich keine Lust habe«, erwiderte Camilla.

Martha biß sich auf die Lippe und schaute mit unglücklicher Miene zu Clara. »Wir können nun mal nicht immer nur das tun, wozu wir Lust haben.«

»Ich wüßte nicht, wieso nicht«, sagte Camilla, stand vom Tisch auf, suchte sich aus dem Stapel Stoffreste, die sie im Atelier für einen Spottpreis gekauft hatte, ein passendes Stück heraus und begann, eine neue Bluse zuzuschneiden.

Martha wurde nervös. Sie wußte, daß sie das nicht lösen konnte, ohne jemandem weh zu tun, und genau das wollte sie ja vermeiden. Am Ende bekam sie Hilfe von außen, womit allerdings nicht gesagt ist, daß die Veränderungen schmerzlos über die Bühne gingen.

Damals wurde in der niederländischen Bekleidungsindustrie viel Geld verdient. Die Mode war einem immer schnelleren Wandel unterworfen, und Billigproduktionsländer wie Portugal, Marokko oder der Ferne Osten waren noch nicht entdeckt. Das Atelier, in dem Camilla arbeitete, erhielt immer mehr Aufträge von großen Kaufhauskonzernen. Ihr Chef studierte mit leuchtenden Augen seine Kontoauszüge, die immer öfter Eingänge von mehr als vierstelligen Beträgen auswiesen. Solche Zahlen hatte er früher immer in sein Schulheft geschrieben, um sich dann auszumalen, wie es wohl wäre, so viel Geld zu verdienen. Doch selbst in seinen kühnsten Phantasien hätte er sich nicht vorstellen können, daß ihm solche Beträge tatsächlich je zufließen würden, und er vergaß darüber vollkommen, daß nur ein Teil davon auch wirklich ihm gehörte. Der Mann stammte aus einfachem Hause und entdeckte nun, wie leicht man sich mit Geld Ansehen und Respekt verschaffen konnte. Als er die Mädchen des Volleyballteams, das Landesmeister wurde, mit einer Uniform ausstattete, damit sie was hermachten, wenn sie zu internationalen Wettkämpfen reisten, wurde er gleich in den Vereinsvorstand gewählt und durfte nun zu allen wichtigen Wettkämpfen ins Ausland mitkommen. Er lud den gesamten Vorstand zu einem Buffet in seine neue Villa ein. Er kaufte ein Auto mit offenem Verdeck. Er fing ein Verhältnis mit einem Fotomodell an und ließ sich von seiner Frau scheiden, die immer noch wadenlange Röcke trug.

Derweil blieben die Rechnungen der Stofflieferanten unbezahlt in der Schublade liegen, die er ohnehin nur aufzog, um Papiere hineinzuschieben und nie mehr herauszuholen. So verfuhr er auch mit den Formularen für die Lohnsteuer und die Sozialabgaben. Da die Lohntüten seiner Angestellten aber immer noch rechtzeitig und korrekt gefüllt wurden, bekam keiner mit, daß da etwas schieflief.

Vom einen auf den anderen Tag war die Firma dann bankrott. Die Mädchen mußten gehen, und die Fabriktüren wurden versiegelt.

Camilla stieg heulend in einen Bus, ohne zu wissen, wohin er fuhr. Sie stieg aus, ohne zu wissen, wo sie war, und lief aufs Geratewohl über irgendeinen Acker.

Drei Tage später wurde sie von Soldaten gefunden, die in dem Gebiet Manöverübungen abhielten. Der Zufall wollte es, daß einer der Soldaten sie erkannte, so daß man sie nach Hause bringen konnte. Sie wäre womöglich in eine Anstalt eingeliefert worden, da sie nicht auf die Fragen antwortete, die die Soldaten und deren Leutnant ihr stellten. Vier Tage nach ihrem Verschwinden saß sie stumm auf dem Mäuerchen vor dem Haus des Molkereidirektors und starrte unverwandt auf das Haus, in dem Caspar wohnte, so lange, bis Caspar von der Arbeit kam und sie fragte, ob sie ihn heiraten wolle.

An Caspar hatte Martha sich ihre Fürsorglichkeit bös verstaucht. Sie gönnte Camilla ihre Verliebtheit zwar von ganzem Herzen, sah in Caspar aber nicht den Partner, den sie sich für ihre jüngste Schwester gewünscht hätte.

Caspar wohnte ein paar Häuser weiter mit seinen drei älteren Schwestern und ihrem behinderten Vater, der eine Schuhmacherwerkstatt unterhielt. Genau wie sein Vater hatte Caspar einen Klumpfuß sowie obendrein noch einen Buckel. Caspars Schwestern rührten mit keinem Wort an die Mißbildungen ihres Bruders, sondern taten vielmehr so, als sei rein gar nichts. Trotzdem brachten sie ihn jeden Tag hinten auf dem

Rad in die Jungenschule am anderen Ende des Dorfes. Und als Caspar auf die Mittelschule in der Stadt kam, ließen sie den Fahrradhändler ein spezielles Dreirad für ihn anfertigen, dessen rechtes Pedal erhöht wurde.

Auf der Jungenschule hatte sich keiner groß um seinen mißgebildeten Körper geschert, da war er einfach der ›Schuster-Caspar‹ gewesen, aber in der Mittelschule wurde er gehänselt. Er behielt die Hänseleien für sich und fuhr jeden Tag tapfer in die Stadt, wo er so fleißig lernte, daß er binnen drei Jahren seinen Abschluß schaffte, und das mit der höchsten Punktzahl, die je ein Schüler dieser Schule erreicht hatte und die auch später nie mehr erreicht werden sollte. Er bekam von der Stadt sogar einen Preis dafür. Von unserer Gemeindeverwaltung wurde ihm ein Stipendium angeboten, damit er weiterlernen könne, doch Caspar fing als Buchhalter beim Bierbrauer an und hat das Dorf nie mehr verlassen, bis auf das eine Mal, als er nach Lourdes fuhr, um von seinen Mißbildungen geheilt zu werden.

Caspar war zwei Jahre älter als Camilla. Sie waren von Kindesbeinen an Spielkameraden gewesen. Camilla half ihm, wenn er den Spielen mit anderen Kindern aus der Straße nicht gewachsen war. Sie ergriff Partei für ihn, wenn er gehänselt wurde, was nur vorkam, wenn Kinder von anderswoher dabei waren.

Caspar war immer mit von der Partie, wenn im Sommer die Küchenstühle auf den Bürgersteig hinausgestellt wurden, weil an den schwülen Abenden niemand im Haus bleiben wollte. Es wurde zwar nicht mehr so viel gesungen, wohl aber stundenlang über Neuerungen wie das Auto und das Fernsehen geredet. Die Frauen unterhielten sich über Mode und neue Stoffe, die in Null Komma nichts wieder trocken waren und die man nicht mehr zu bügeln brauchte. Und über ein Phänomen namens »Petticoat«.

Die Beziehung zwischen Caspar und Camilla veränderte sich während der Herbstkirchweih, als sie zusammen in die ›Raupe‹ gingen. Die ›Raupe‹ war für die Dorfjugend die größte Attraktion der Kirchweih. Sie bot unter grünen Stoffbahnen Nischen in dem Labyrinth geheimer Sehnsüchte, die mit großartigen Vorstellungen verbunden waren und über die manche mit glühenden Wangen sprachen und andere nur verlegen kicherten. In diesem von Stoff und dünnen Latten zusammengehaltenen Traumpalast roch es nach dem Schweiß von Heranwachsenden, die sich mit den Veränderungen in ihren Drüsen noch nicht so recht zu helfen wußten. Die Mädchen, die am Rand stehenbleiben mußten, sahen neidisch denjenigen zu, die mit einem Jungen mitfahren durften, und die Jungen, die ohne Mädchen geblieben waren, sprangen laut feixend hinter den Pärchen auf die Wagen, um ihnen mit ihrem Gejohle und ihren obszönen Bemerkungen nach dem Motto »Was ich nicht hab, sollst du auch nicht bekommen« jeden verbotenen Kuß unmöglich zu machen. Aber niemand sprang hinter Caspar und Camilla auf, um sie auszulachen, denn niemand rechnete damit, daß so ein buckliges Hinkebein womöglich die gleichen Sehnsüchte hatte wie gerade gewachsene Jungen.

Caspar machte es nicht unangekündigt und roh wie die anderen Jungen. Er sagte Camilla erst, daß er sie gerne küssen würde, wenn es ihr recht sei. Sie nickte und schloß die Augen, während sie ihm das Gesicht zuwandte. Caspar drückte ganz sanft seine Lippen auf die ihren, und Camilla lief ein seltsamer Schauder über den Rücken. Er sah sie lächelnd an, als sie die Augen wieder öffnete, und beugte sich noch einmal über sie, während er erneut seinen Mund auf den ihren drückte und nun mit der Zungenspitze über einen kleinen Spalt zwischen ihren Lippen leckte. Erstaunt zog Camilla den Kopf zurück und schaute Caspar kurz an, wandte sich dann aber rasch ab und starrte auf die Stoffwand, die ihren Wagen von dem nächsten trennte. Schweigend stiegen sie aus der ›Raupe‹ und gingen, ohne etwas zu sagen, zur Schießbude, wo Caspar auf eine Rose zielte, die er aber nicht traf, weil er die Büchse mit seinen mißgebildeten Schultern nicht richtig abstützen konnte.

»Macht nichts«, sagte Camilla. »Das sind sowieso blöde Rosen. Ich möchte lieber eine Zuckerstange mit Zimtgeschmack.«

Die kauften sie und lutschten abwechselnd daran, jeder an einem Ende, bis sich ihre Lippen wieder sehr nahe kamen, doch da fingen sie beide an zu lachen und rannten zu den Skootern hinüber.

Alle sahen, daß Caspar und Camilla anders miteinander umgingen als vorher. Abend für Abend saßen sie jetzt auf dem Mäuerchen vor dem Haus des Molkereidirektors.

Martha fragte Camilla, was sie denn bloß immer mit Caspar habe. »Du wirst dich doch wohl nicht in diesen Buckligen verlieben«, sagte sie und erschrak selbst über die Härte ihrer Worte.

Camilla sah sie gekränkt an und rannte aus dem Haus.

Caspars Schwestern waren auch nicht gerade erfreut über diese Beziehung. Sie befürchteten, daß ihr Bruder sich an Camilla verletzen würde. Sie hatten alle Spitzen in Caspars Welt abgeschliffen, damit er sich nichts tat, doch nun war da Camilla, einem riesigen Felsblock gleich, gegen den er unweigerlich stoßen würde, um mit einer Delle in seiner Seele nach Hause zurückzukehren. Sie behandelten Camilla demzufolge ziemlich unfreundlich und machten gemeine Bemerkungen über sie, aber sie hatten nicht die Traute, ihm offen ihre Meinung zu sagen. Sie waren felsenfest davon überzeugt, daß nur sie ihm so viel Liebe geben konnten und allein Blutsbande die Fehler des Schöpfers vergessen machten. Daß die Liebe einen Menschen blind machen kann, ahnten sie nicht, weil sie selbst nie verliebt gewesen waren. Erst als Caspar seinen Schwestern erzählte, daß er Camilla heiraten wolle, wurde ihnen klar, daß sie sich ihm gegenüber nicht deutlich genug ausgedrückt hatten.

Am nächsten Tag kamen sie zu dritt ins Bäckerhaus und besprachen die Angelegenheit mit Martha, die noch nichts von den Heiratsplänen wußte. Es versteht sich, daß sie ebenfalls dagegen war, nicht nur wegen Caspars Behinderung an sich, sondern auch, weil sie glaubte, daß seine Mißbildungen vererbbar seien.

Martha beriet sich einen Abend lang mit Christina und schickte Camilla dann mit Clara zusammen auf eine Ferienfahrt mit jener Busreisegesellschaft, die ihre Busse durch die Werkstatt von Christinas Verlobtem reparieren ließ. Es ging nach Norditalien, das damals als Ferienziel sehr in Mode und außerdem ein idealer Ort war, um Männer kennenzulernen.

Clara kam hoffnungslos verliebt zurück – nicht in einen speziellen Mann, sondern in die Männer im allgemeinen. Sie hatte sich gleich beim ersten Zwischenstopp vom Busfahrer entjungfern lassen und war so verblüfft gewesen über dieses neue Gefühl, daß sie sich diesen Zustand der Ekstase für den Rest ihres Lebens erhalten wollte. Schon an der italienischen Grenze tauschte sie diese eine große Verliebtheit gegen jede Menge kleinerer Liebeleien ein und berauschte sich an den lüsternen Blicken sämtlicher Kellner, Taxifahrer und Polizisten. Am liebsten hätte sie jede Nacht am Mittelmeer mit einem anderen Mann verbracht, doch sie teilte sich ein Doppelbett mit ihrer Schwester und mußte den körperlichen Kontakt mit den Männern daher auf Fummeleien in schummrigen Nischen oder hinter Felsvorsprüngen am Strand beschränken.

Der Busfahrer war darüber so wütend, daß er mit allen anderen Frauen der Reisegesellschaft schlief, um sie eifersüchtig zu machen. Er trieb es sogar mit der spröden Mittelschullehrerin, die zum erstenmal allein Urlaub machte und die so laut stöhnte, daß es im Hotel noch drei Stockwerke darunter zu hören war. Nur Clara bekam nichts davon mit. Sie hatte einen gesunden Schlaf und war schon bei Sonnenaufgang wieder mit den Fischern am Strand am Flirten, die ihr zeigten, wie man frischgefangene Sardinen in Meersalz wendete und sie danach auf einem Holzkohlenfeuer grillte. Der Geruch von Schweiß und gebratenem Fisch war für sie seitdem unauflöslich mit der Liebe verbunden, und sie hat jahrelang nach einem Parfüm gesucht, das diese beiden Gerüche miteinander verband.

Camillas Verliebtheit war durch die Entfernung nicht geringer geworden, sondern hatte eher noch zugenommen. Sie schrieb Caspar täglich Karten, die dann alle gleichzeitig ankamen, als sie schon wieder zurück war. So konnte sie sie ihm wie ein einziges langes Gedicht vorlesen.

Martha war verärgert und machte mitunter ein

Gesicht, als wäre eine Distel in ihrem Herzen stecken-
geblieben. Sie konnte sich nicht vorstellen, daß ihre
Schwester mit einem behinderten Mann glücklich
werden könnte. Und ich fragte mich, ob sie wohl oft
zu dem fremdartigen Fluß ging, um ihre Sorgen zu
vergessen.

# 14

Manchmal sah ich die weißen Frauen einfach durchs Haus laufen. Einmal saßen alle sieben auf der Treppe zum Dachboden, als ich gegen Morgen aufstehen mußte, und schauten mich mißmutig an. An anderen Tagen tanzten sie sogar bei hellichtem Tag durch den Hausflur und sangen mir unbekannte Lieder in einer mir unbekannten Sprache. Manchmal gingen sie aufgeregt im Zimmer auf und ab, so daß ich nicht mehr einschlafen konnte, oder sie rannten türenschlagend von einem Zimmer ins andere und kamen dabei derart ins Keuchen, daß sie keine Puste mehr für ihre fröhlichen Lieder hatten.

Ich hatte schon lange keine Angst mehr vor ihnen, aber es kam mir seltsam vor, daß die anderen nie von ihnen sprachen, und ich fragte mich, ob ich wohl die einzige war, die sie sah.

Schließlich sprach ich mit Oma darüber, die mir sagte, daß das Träume seien, die nachts in unbekannten Regionen spazierengingen und von denen wir nur Dinge erinnerten, die nie geschehen seien.

Ich verstand nicht, was sie damit meinte. »Aber Träume sind doch keine Wirklichkeit, Oma!«

»Ach, nee?« sagte sie und sah mich ganz lange an.

»Wann Träume niet mehr sind als Illusionen, wie verklärst du dann, dat du dich so mieserig fühlst, wann du schlecht geträumt hast?« Sie schüttelte fragend den Kopf, als wolle sie ganz rasch eine Antwort.

»Weil es einem oft so schrecklich wirklich vorkommt und die Angst noch an einem klebt, wenn man wach wird«, antwortete ich.

»Eben! De Angst bleift bei dir, wann de Schlaf lang weg is. Wer verzählt dir, dat het niet wahr is, wat du in dein Träumen tust?«

Ihre Erklärung brachte mich zwar auch nicht weiter, aber sie hatte recht, daß es mitunter nicht eindeutig war, ob man nun träumte oder nicht.

In der folgenden Nacht träumte ich, daß ich entführt werden sollte. Im Traum war ich von einer Frau großgezogen worden, die nicht meine Mutter war, und meine richtige Mutter wollte mich zurückhaben. Ich sollte von einem fremden Mann in einem Pferdefuhrwerk mitgenommen werden, der aber alles verkehrt machte. Er hatte einen Hund bei sich, der vom Fuhrwerk sprang und dabei einen Koffer hinter sich herzog, in dem meine Kleider und mein Spielzeug waren. Als das Fuhrwerk dann aber doch endlich mit mir davongefahren war, gingen alle wieder ihren Beschäftigungen nach und scherten sich überhaupt nicht mehr um mich. Plötzlich brüllte ein Löwe im Innenhof, und alle guckten zur Hintertür. Und obwohl ich doch weggefahren war, stand ich auch dabei und sah, wie meine

144

Mutter in helle Panik geriet, als der Löwe ins Haus kam. Sie wollte weglaufen, aber irgendwer hielt sie fest, damit sie den Löwen nicht erschreckte. Dann sah ich plötzlich, daß der Löwe aus nassem Stoff war, mit einer Mähne aus Garn, das ihm wild um den Kopf zottelte. Anschließend kam eine Musikkapelle in Tierverkleidung ins Haus marschiert und dahinter der fremde Mann mit dem Pferdefuhrwerk.

In dem Moment wurde ich wach. Stundenlang habe ich überlegt, ob der Traum nun wahr oder unsinnig war. Schließlich kam ich zu der Überzeugung, daß es nichts weiter als ein alberner Traum gewesen war.

Einmal aber, als ich mitten in der Nacht wieder einmal aufstehen mußte, sah ich die weißen Frauen in der Küche. Sie schrien sich an und liefen wild durcheinander, wobei sie laut aufstampften und sich gegenseitig wegschubsten, so daß sie gegen den Tisch stießen und sich weh taten. Mit einem Mal verwandelten sie sich in Tiere. Mir wurden Arme und Beine schwer wie Blei, als sich die Frau, die Marie ähnlich sah, wie eine Schlange über den Fliesenboden wand. Marthas Ebenbild wurde zu einem Wolf mit hochgezogenen Lefzen, und die Frau mit Camillas Gesicht verwandelte sich in eine große Katze, die mit ausgefahrenen Krallen nach dem Wolf schlug und ihn anfauchte.

Der Wolf fing daraufhin an zu reden wie ein Mensch. Mit langgezogenem Jaulen beschwor er die Katze, doch bei der Gruppe zu bleiben und nicht mit den anderen mitzugehen. Ich sah eine Frau, die Clara glich, ihre Größe und ihre Farbe verändern, bis sie ein großer, haariger Bock war, der brüllend auf den Hinterbeinen stand.

Ich wünschte, daß ich aufwachen würde und die scheußlichen Bilder nur noch Erinnerungen wären, die ich vergessen könnte, sobald es hell werden würde. Da rannte ich die Treppe hinauf, vergaß, wieso ich eigentlich nach unten gegangen war, und kroch in mein Bett zurück, wo ich vor lauter Schreck ins Bett machte.

Meine Tanten sagten, daß ich einen Alptraum gehabt hätte, und halfen mir unter tröstenden Worten in eine trockene Pyjamahose, während eine von ihnen das Bett frisch bezog.

Meine Probleme mit der Verdauung wurden so ernst, daß mich der Hausarzt schließlich zu einem Spezialisten schickte. Christina fuhr mit mir ins städtische Krankenhaus, wo mich der Arzt gleich auf die Kinderstation bringen ließ. Damit hatte ich so wenig gerechnet, daß es mich völlig umwarf und ich zum erstenmal seit Jahren wieder weinen mußte, als Christina in die Stadt ging, um mir einen Schlafanzug zu kaufen. Sie kam mit einem Babydoll aus leichter Baumwolle zurück, dem ersten und einzigen Pyjama mit kurzer Hose, den ich je besessen habe. So was war damals gerade groß in Mode, und Christina dachte, daß sie mich damit ein wenig trösten könne. Die leichte

Baumwolle fühlte sich viel schöner als Flanell an, aber Sommerpyjamas sollten mich von da an immer an den Geruch von Lysol und Kampfer erinnern.

Während die anderen Kinder in den hohen Betten eine dünne Scheibe Brot und eine Tasse Tee mit viel Milch bekamen, wurde mir eine Infusion im Arm angelegt, die so schlimm aussah, daß ich erneut weinen mußte. Die Schluchzer schluckte ich aber hinunter, so daß sie in meinem Bauch herumploppten, als hätte ich eine Handvoll Murmeln über den Boden dopsen lassen. Die Krankenschwester sagte, daß alles bald vorüber sein werde und ich in ein paar Wochen wieder nach Hause dürfe. Sie sagte ›Wochen‹, und es klang wie eine Ewigkeit. Der Doktor hatte ›ein Weilchen‹ gesagt, und das hatte sich für mich schon bedrohlich genug angehört. Ein ›paar Wochen‹ hieß, für immer in einem hohen Käfig mit weißen Gitterstäben eingesperrt zu sein.

Die Besuchszeiten waren auf der Kinderstation sehr eng bemessen. Nur sonntags, dienstags und donnerstags nachmittags eine halbe Stunde, und die halbe Stunde war zuwenig für bange Kinder wie mich. Ich hatte auch noch das Pech, an einem Donnerstag aufgenommen worden zu sein, mußte also bis zum Sonntag warten, ehe ich jemand Bekanntes zu sehen bekam. Zum Glück wußte ich das noch nicht und starrte daher die ganze Zeit zur Tür des Krankensaals, bis ich am Ende einschlief. Ich hatte nichts zu essen bekommen, und in meinen Träumen winselte ich vor Hunger.

Am nächsten Morgen wurde ich geweckt, als es gerade erst hell geworden war. Eine Nonne stellte mir einen Napf aufs Nachtkästchen, und mein Magen machte einen Luftsprung, rutschte aber sogleich auf dem üblen Geruch aus, der dem Napf entströmte. Ich mußte den Kopf wegdrehen und sah, daß die anderen Kinder ihren Brei gierig auslöffelten. Ich schloß die Augen. Seit meiner Säuglingszeit hatte ich keinen Milchbrei mehr essen können.

Die Schwester, die später mit einem Wagen kam, um die leeren Becher und Näpfe abzuholen, machte ein verdutztes Gesicht, als sie sah, daß mein Brei noch unangerührt dastand. Sie griff zu einem Brett, das sie an mein Bettgestänge hängte, um den Napf dort draufzustellen. Danach setzte sie mich im Bett auf und hielt mir den Löffel hin. Ich schüttelte den Kopf. »Du mußt essen«, sagte sie. »Ich komm gleich und helf dir.« Nachdem sie zuerst bei den anderen Betten das Geschirr und Besteck zusammengeräumt hatte, kam sie zu mir zurück. Sie tauchte den Löffel in den Brei und hielt mir den vollen Löffel unter die Nase. Ich würgte und schüttelte erneut den Kopf. Sie drückte mir den Löffel an die Lippen, die ich aber aufeinanderpreßte. Sie lächelte mich freundlich an und sagte, ich würde vorerst nichts anderes bekommen, solange es mir nicht besser gehe. Ich starrte sie unverändert stumm und feindselig an. Da ließ sie den Löffel im Breinapf stecken und studierte die Karte, die an meinem Bett hing. »Du wirst schon müssen«, sagte sie, schob den Wagen mit den leeren Näpfen und Bechern weg und verließ den Saal. Ich ließ mich unter das Essensbrett rutschen und versuchte noch einmal einzuschlafen.

Als ich mich gerade mitten auf einem von großen Fässern mit dickem, weißem Brei gesäumten Weg befand, wurde ich unsanft in mein Bett zurückgezerrt und am Kopfende aufgesetzt.

»Wollen wir doch mal sehen, wer hier den größten Dickschädel hat«, sagte eine harte Stimme.

Die Nonne, die mir zuerst den Brei hingestellt hatte, stand neben mir, stellte den Brei erneut auf mein Nachtkästchen, machte die seitlichen Gitter von meinem Bett hinunter und winkte einer Schwester, die gerade das Bett eines kleinen Mädchens mit langen Zöpfen frisch bezog. Die Schwester kam zu uns herüber und drückte mich fest gegen die Stäbe des Kopfendes. Die Nonne schöpfte einen Löffel Brei aus dem Napf, kniff mir die Nase zu und schob mir den Löffel mit dem kaltgewordenen Brei in den Mund, als ich ihn öffnete, um nach Luft zu schnappen. Doch ich preßte sofort die Zunge an den Gaumen, so daß der Brei nicht weiterkonnte und mir übers Kinn aufs Oberteil meines Babydolls tropfte. Die Nonne schob mir einen weiteren Löffel Brei in den Mund, doch ich behielt den

Rachen fest verschlossen, bis ich fast keine Luft mehr bekam und rot anlief. Die Nonne wartete ab, wie lange ich das durchhalten würde. Es pochte schon in meinen Schläfen, aber ich gab nicht nach. Der Brei lief mir am Hals hinunter und in den Kragen meines Babydolls.

Jetzt wurde die Nonne fuchsig, und sie klatschte den Löffel so heftig in den Napf, daß mir der Brei ins Gesicht spritzte. Wütend stampfte sie davon. Die junge Schwester ließ mich los und bat mich so freundlich, wie sie nur konnte, doch zumindest *etwas* zu essen. Aber ich schüttelte den Kopf, und da wandte auch sie sich wieder anderen Dingen zu.


Mittags kam der Arzt, der mich ins Bett hatte stecken lassen, und unterhielt sich kurz im Flüsterton mit der Nonne. Kurz darauf erschien eine Schwester, die ich bisher noch nicht gesehen hatte, mit einem Becher Zuckerwasser. Außer daß es süß war, schmeckte es nach gar nichts. Ich trank den Becher ganz aus, aber der Hunger hörte nicht auf und quälte mich noch viele Tage lang.

Am Sonntagnachmittag kamen Martha und Vincentia mich besuchen. Sie hatten eine Tüte Kekse mit Zuckerguß dabei, von denen ich zwei nahm. Den Rest legten sie mir in mein Nachtkästchen. Gleich nach der Besuchszeit erschien eine Schwester und öffnete ein Nachtkästchen nach dem andern, um alle Süßigkeiten, die die Kinder bekommen hatten, einzusammeln. Keines hatte eine so große Tüte wie ich.

»Das kriegst du nicht mehr wieder«, sagte das Mädchen neben mir. »Du mußt es essen, wenn deine Mutter da ist, dann wagen sie nicht, es dir wegzunehmen.«

Ich habe tatsächlich nie mehr etwas von den Süßigkeiten wiedergesehen, und ich mußte mich eine Weile gedulden, ehe erneut Besuch für mich kam.

Meistens kam Christina. Ich vermißte Oma, die selten erschien, weil sie sich nicht allein mit dem Bus zu fahren getraute und niemand Zeit hatte, sie zu mir zu bringen.

Die Nonne versuchte noch ein paarmal, mir Brei in den Rachen zu kippen, gab es aber schließlich auf. Statt dessen bekam ich irgendwelche wäßrigen Substanzen und ab und an eine halbe Scheibe Weißbrot, auf die eine dünne Lage Butter gekratzt war. Mein Magen schrie vor Hunger so laut, daß mir die Augen tränten.

Nur wenn Christina da war und mir aus einem Buch vorlas, konnte ich den Hunger für ein Weilchen vergessen.

Martha hatte nur sonntags Zeit für mich, und Christina fragte in ihrem Auftrag schon einmal vor, was sie Besonderes für mich mitbringen solle.

»Eine Doppelschnitte mit Schokoladenstreuseln«, flüsterte ich beim zweiten Mal.

Christina lachte und gab den Wunsch an Martha weiter.

Martha erschien mit einer großen Einkaufstasche, aus der sie eine Schachtel mit *Bossche bollen* nahm, die sie morgens noch eigenhändig gebacken hatte. Ich schob mir hastig einen davon in den Mund und bekam gleich einen zweiten, den ich ebenfalls schleunigst in meinen Magen beförderte, wenn er auch schon etwas länger brauchte als der erste.

Martha hatte nicht viel zu erzählen. Sie schenkte mir ein Malheft und Buntstifte und sagte, daß Oma in letzter Zeit schlecht gelaunt sei. Ich versprach, ein Bild für sie zu malen, und griff zu einem dritten der sahnegefüllten und mit Schokolade überzogenen *Bollen*. Fünf Minuten vor Ende der Besuchszeit ging Martha schon wieder weg. Sie ließ die beiden noch übriggebliebenen Kuchenstücke in meinem Nachtkästchen zurück, und zwar in einem Schlafanzug versteckt, da ich ihr erzählt hatte, daß die Schwestern alles wegholten.

Ich schaute Martha nach, als sie durch die Tür des Krankensaals verschwand, und mein Magen fühlte sich ganz merkwürdig an. Ich wollte so gern mit ihr nach Hause zurück, wo es nach frischgebackenem Brot duftete, als sich mein Magen plötzlich auf das Bettzeug und den Fußboden entleerte.

Das Mädchen im Nachbarbett schrie auf: »Sie spuckt Blut!«

In höchster Panik stürzte die Saalschwester herbei und zog sofort die Vorhänge um mein Bett herum zu. Kurz darauf kehrte sie mit der Nonne zurück, die das linke Gitter meines weißen Käfigs mit einem Knall hinunterdonnern ließ und mich unsanft auf einen Stuhl setzte. Fragend sah sie die Schwester an, die das Ärgste mit einem Windeltuch aufnahm. »Schokolade«, flüsterte die und zog das Bett ab. Die Nonne räumte daraufhin mein gesamtes Nachtkästchen aus und blickte die *Bossche Bollen* zutiefst angewidert an.

Ich wurde grob in einen anderen Pyjama gesteckt und in das frisch bezogene Bett gelegt, und die Bettdecke wurde so fest unter der Matratze festgeklemmt, daß ich mich nicht mehr bewegen konnte, was ich auch gar nicht gewagt hätte. Ich döste ein, wurde aber wieder wach, als sie mein Bett aus dem Saal hinausfuhren. Ich hatte nicht mal mehr Zeit, den anderen Mädchen auf Wiedersehen zu sagen.


Mit einem Ruck wurde das Bett in einem hohen Raum aus Glas abgestellt. In Augenhöhe hingen weiße Gardinchen, so daß ich die Kinder in den anderen Zellen nicht sehen konnte. Die Tür wurde mit einem Schlüssel abgeschlossen, den die Schwestern an einer Kordel um ihre Taille trugen. Jedesmal wenn jemand hereinkam, wurde die Tür mit so einem Schlüssel aufgeschlossen. Alle hatten einen: die Schwester, die mir wieder eine Infusion anlegte, und auch die weiße Frau, die meine Temperatur maß. Alle schlossen sie meine gläserne Kabine auch wieder ab. Das hier war also eine der ›Boxen‹, von denen die anderen Mädchen nur mit Rauhreif auf der Zunge gesprochen hatten. Hier würde Christina mir nicht einmal ihre Geschichten vorlesen dürfen.

Ich konnte nicht mehr schlafen, lauschte auf die Glocke der Kapelle, die jede Viertelstunde schlug, und zählte die Schläge. Ich fragte mich, wie lange es wohl dauern würde, bis ich sterben würde.

Am nächsten Tag stand Christina vor der Tür. Ich dachte, sie käme, um mich zu trösten. Sie versuchte mir etwas zu sagen, was ich aber nicht verstand, weil die Tür geschlossen blieb und das Glas zu dick war, um etwas hören zu können. Ich hob fragend die Schultern. Minutenlang stand sie da und schaute zu mir hin, ohne mich zu sehen. Sie begann mit einer Schwester zu flüstern, die nickte und den magischen Schlüssel an der Kordel zückte. Die Schwester öffnete die Tür und ließ Christina herein. Christina nahm sich einen Stuhl und setzte sich neben mein Bett.

»Jannes ist ins Krankenhaus eingeliefert worden«, sagte sie nach einer Weile. »Sie sagen, es sei nichts Ernstes.« Sie schwieg und blickte zum Fenster, als könnte sie ihn im anderen Flügel, wo die Männerstation war, sehen.

»Was hat er denn?« fragte ich.

»Das wissen sie nicht.«

»Wie können sie denn dann wissen, daß es nichts Ernstes ist?«

Sie sah mich an. »Das frage ich mich auch. Ich glaube, sie sagen das einfach nur so.«

Christina hatte ihren Ölmann genau zwei Monate vorher in aller Stille geheiratet. Außer einem Onkel und einer Tante von ihm und Martha war niemand dabeigewesen. Nach einem bescheidenen Essen in der Stadt hatten sie eine dreitägige Hochzeitsreise in die Ardennen gemacht. Danach war Christina in das Haus neben der Autowerkstatt gezogen, wo sie mit ihrem Ehemann in dem Bett schlief, das der kranken Mutter gehört hatte.

Christina kam aber auch nach ihrer Heirat so oft ins Bäckerhaus, daß niemand das Gefühl hatte, es habe sich irgend etwas verändert. Sie half immer noch im Laden und in der Backstube, und sonntags nachmittags ging ich oft mit Martha zum *Vlaai*-Essen zu ihnen. Aber auch das hatten wir schon gemacht, bevor sie verheiratet gewesen waren. Der einzige Unterschied war, daß Christina nun zum Schlafen nicht mehr zu uns nach Hause kam.

Die Krankheit von Christinas Ehemann war sehr wohl ernst. Er hatte ein Geschwür in der Lunge, möglicherweise verursacht durch die giftigen Dämpfe in der schlecht gelüfteten Werkstatt, und keiner der Ärzte erwartete, daß er noch lange zu leben haben würde, obwohl sie meiner Tante dauernd erzählten, daß er bald wieder nach Hause könne.

Christina besuchte ihn täglich. Sie kam dann auch immer kurz zu meiner Glaszelle, und wenn nicht gerade die böse Nonne auf Station war, ließen die Schwestern sie für ein paar Minuten herein, und sie redete kurz mit mir oder las mir eine kleine Geschichte aus dem Buch vor, das sie mir geschenkt hatte.

Manchmal verirrte sie sich in den Geschichten, und wenn sie merkte, daß sie die Orientierung verloren hatte, lächelte sie traurig. »Ich glaube, ich bin zu sparsam mit meinem Glück umgegangen«, sagte sie einmal. »Ich hatte eine schöne Torte vor mir, und jetzt ist die Schlagsahne darauf sauer geworden.«

Ich schaute meine Tante an und konnte nachempfinden, wie bitter der Geschmack ihres Glücks geworden war.

Nachts weinte ich um sie, und unweigerlich verschmolz ihre Niedergeschlagenheit mit der meinen. Als mein Herz schon ganz gefühllos geworden war, hörte ich auf einmal Musik, so leise, daß sich mein Herz entspannen mußte, damit ich ihr lauschen konnte.

Zuerst klang es, als kämen die Töne von ganz weit weg, aber dann hörte ich, daß sie aus meiner eigenen Zelle kamen. Es waren die Klänge einer Mundharmonika, die die Melodie meines Kummers spielte, und als ich ihnen lange genug zugehört hatte, trockneten meine Tränen, und ich schlief ein. Ich träumte von Jannes, dem es wieder besserging und der mit seinem verlegenen Lächeln auf jemanden zulief, der ihm die Hand gab und ihn mitnahm.

Am nächsten Tag durfte ich in den Krankensaal zurück.

Nach sieben Wochen konnte ich nach Hause. Als Vincentia mich mittags mit dem Brotauto abholen kam, erzählte sie, daß sie Jannes am Tag zuvor beerdigt hätten.

Christina blieb in dem Haus neben der Autowerkstatt wohnen, kam aber immer häufiger in die Bäckerei. Samstags und sonntags war sie den ganzen Tag bei uns. Sie behielt die Autowerkstatt, weil sie die Mechaniker nicht auf die Straße setzen wollte, aber sie verstand nichts von Autos und wußte nicht, was sie für Reparaturen und Ersatzteile berechnen sollte.

Dreimal bot sie die Werkstatt per Annonce in der Lokalzeitung zum Verkauf an, doch statt eines Käufers tauchte der Bruder von Jannes auf und forderte sein Erbteil, das ihm nach dem Tod der Mutter nie ausbezahlt worden sei. Christina fand er mit einem Almosen ab. Er wollte die Werkstatt selbst führen, ließ das Geschäft aber derart verwahrlosen, daß er schon ein halbes Jahr später pleite war. Werkstatt und Wohnhaus wurden verkauft. Christina schlief zu der Zeit längst wieder im Bäckerhaus.

# 15

Als ich aus dem Krankenhaus kam, war es irgendwie anders zu Hause. Zuerst dachte ich, es läge an mir, weil ich so lange weggewesen war, aber nach und nach spürte ich, daß alle etwas aus dem Gleichgewicht waren und daß das nichts mit Jannes' Tod zu tun hatte. Vincentia und Martha sprachen kaum noch miteinander, und *wenn* etwas gesagt zu werden hatte, lösten sich Vincentias Worte in einem Anraunzer auf.

Vincentia hätte eigentlich ein Junge sein müssen. Sie hatte eine Statur wie aus Beton und eine Stimme zum Fluchen. Als einzige der sieben Schwestern besaß sie keine glatte Haut, sondern hatte tiefe Krater im Gesicht, die von einer zwar kurzen, aber sehr heftigen Aknephase im Alter von sechzehn Jahren zurückgeblieben waren, in der sich feuerrote Pickel auf ihrem Gesicht ausgebreitet hatten. Nachdem sie mit Omas Salben behandelt worden waren, hatten sie Löcher hinterlassen, die nie mehr zugewachsen waren.

Vincentia trug schon seit ihrem siebzehnten Lebensjahr keine Röcke mehr. Das einzig Weibliche an ihr war ihre Lesemanie, doch in den Büchern, die sie las, identifizierte sie sich nicht mit den weiblichen

Hauptfiguren, wie ihre Schwestern und Freundinnen es getan hätten. Sie folgte den Männern in den Geschichten, sprang hinter ihrem Sattel zu ihnen aufs Pferd und entfernte sich mitunter so weit von zu Hause, daß die Schwestern Mühe hatten, sie wieder zurückzuholen.

Einmal stellte ihr ein Bauer leihweise ein Stück Land zur Verfügung, am Rande des Dorfes, unweit der Wälder, wo Deutschland begann. Mit einer Egge, die sie sich vom selben Bauern ausleihen durfte, lockerte sie den Boden und säte Mais darauf aus. Jeden Abend nach der Arbeit ging sie nachschauen, wie die Pflänzchen Millimeter für Millimeter aus der Erde emporwuchsen, um nach und nach einen grünen Wald zu bilden, den sie jedesmal mit entzücktem Gesicht von Nord nach Süd und von Ost nach West durchschritt; sie ließ keine Reihe aus und streichelte jede ihrer Pflanzen. Und eines Tages kam sie ganz aufgedreht mit dem ersten, noch lange nicht reifen Maiskolben nach Hause, den sie jahrelang über ihrem Bett hat hängen lassen, bis er völlig verdorrt war. Im ersten Jahr hatte sie eine Mißernte, weil ein Schimmel die Kolben zerfraß, doch mit unverdrossenem Eifer begann sie im folgenden Frühjahr von vorn.

In der Zeit, als ich im Krankenhaus lag, war sie immer öfter ins Kino gegangen, weil sie dort einen Mann mit Cowboyhut, einem echten Stetson ›made in Missouri‹, traf. Er trug keine Stiefel mit Ziernähten oder abgeschrägten Hacken, sondern solche aus derbem Leder, das nie geputzt werden durfte. Der Mann sprach Englisch und nur ein paar Brocken Niederländisch, aber sie konnte ihn schon ein bißchen verstehen, weil sie einen Englisch-Fernkurs mitmachte und auch aus den Western, die sie sich jeden Sonntag ansahen, viele Wörter aufgeschnappt hatte.

Ihr neuer Freund erzählte von den ›States‹, und sie bekam eine Gänsehaut, weil er nie ›Amerika‹ sagte wie alle anderen. Die Gespräche mit ihm versetzten sie in eine für sie ultimative Welt. Sie redeten mit wenigen Worten und viel Liebe von der Prärie, von Wildpferden, Ranches und Rinderherden, die dem Horizont entgegengetrieben werden mußten. Und sie schmiedeten Pläne, möglichst schon bald in die ›States‹ zu reisen. Doch Vincentia mußte Geduld haben: Er war in den Niederlanden, weil ein Bruder seines Vaters im Sterben lag, und er hatte versprochen, so lange für den Onkel zu sorgen und anschließend die Beerdigung zu regeln.

Vincentia verwechselte ihre Liebe zu einer Illusion mit leibhaftigem Verliebtsein. Der Mann küßte sie, wenn sie tanzten, aber wirklich schön fand sie das nicht. Sie hatte in ihren Träumen nie nach küssenden Männern Ausschau gehalten. Daß er sie auserwählt hatte, mit ihm in die ›States‹ zurückzureisen, erregte sie weit mehr. Als er sie einmal auf dem Nachhauseweg in eine dunkle Nische zog und ihr die Bluse aufzuknöpfen begann, um ihre Brüste zu betatschen, stieß

sie ihn unsanft von sich und war tagelang völlig durcheinander.

Zu Hause wurden Witzchen über die exzentrische
Romanze gemacht, aber sie waren so unschuldig, daß
auch Vincentia darüber lachen konnte. Martha konnte sich einfach nicht vorstellen, daß Vincentia wirklich
wegziehen würde. Amerika war viel zu weit weg, als
daß sie sich ein konkretes Bild davon hätte machen
können. Dennoch erkundigte sie sich beiläufig nach
der Familie des Mannes, dem kranken Onkel, den aber
niemand zu kennen schien.

Durch eine Verkettung von Umständen kam sie
dahinter, daß der ›Yank‹ ein stinknormaler Limburger
war, aufgewachsen in einem Weiler ganz in der Nähe,
von welchem man sagte, dort sei die Welt mit Brettern
zugenagelt. Der junge Mann, der behauptet hatte, daß
er schon reiten konnte, noch ehe er imstande war, sich
an den Gitterstäben seines Laufstalls hochzuziehen,
stammte in Wirklichkeit aus einer Familie, die zu den
treuesten Kunden der Bäckerei gehörte. Da die Mutter das Brot aber immer im Laden holte und ihr nie
etwas ins Haus geliefert worden war, kannte keine der
Schwestern die Kinder. Und aus unerfindlichen Gründen war auch keine dem jungen Mann je im Tanzsaal
begegnet, obwohl er regelmäßig dort gewesen sein
mußte, denn er war ein talentierter Tänzer. Es war reiner Zufall, daß jemand im Laden Vincentias Faible für
Cowboyfilme ansprach und eine andere Kundin dar-

aufhin von ihrem Sohn erzählte, der auch so fasziniert sei von allem, was nach Pferdeschweiß und Stiefelleder roch. »Er würde am liebsten gleich morgen in den Wilden Westen ziehen«, sagte die Frau lachend, »aber zum Glück versteht er nichts vom Landleben, und Verwalter, die schlecht Englisch sprechen, können sie da drüben nicht gebrauchen.«

Martha, die sah, daß Vincentia in ihren Träumen zu ertrinken drohte, schleppte ihr Wissen drei Tage lang mit sich herum, ehe sie sich entschloß, ihre Schwester ans Ufer zu ziehen. Sie erzählte bei Tisch von ihrer Entdeckung, als sei das ein guter Witz, und hoffte, daß die Neuigkeit so etwas weniger hart ankommen würde.

Vincentia erstarrte. Ihr Gesicht nahm die Farbe von Omas Haarknoten an. »Das ist nicht wahr«, flüsterte sie. »Du sprichst von jemand anders.«

Dann stand sie vom Tisch auf und lief aus dem Haus, um stundenlang über die Heide zu irren. Sie trottete alle Pfade ab, über die sie früher mit dem Pferd geritten war, als sie sich Ebenen ausgemalt hatte, die tausendmal größer waren als diese. Erst als der Mond schon eine halbe Runde am Himmel hinter sich gebracht hatte, kehrte sie nach Hause zurück und ging wortlos zu Bett.

Sie stellte ihre Kinobesuche in der Stadt ein und legte die Alben mit Filmstarfotos auf dem Dachboden in eine Ecke. Den Sattel von Sebastian, den sie zwar nicht mehr benutzt, aber noch jede Woche geputzt und eingewachst hatte, ließ sie austrocknen, bis er Risse zeigte. Jetzt, da ihre Träume zerstört waren, mußte sie in einer Realität leben, die ihr unerträglich war. Sie bekam davon einen solchen Kloß im Hals, daß sie nicht mehr normal sprechen konnte.

Vincentias Romanze hatte sich außerhalb meines Gesichtskreises abgespielt, und sie war bereits vorüber, als ich aus dem Krankenhaus zurückkam. Ebenfalls entgangen war mir, daß Martha eine Eroberung gemacht hatte. Der Lieferant getrockneter Südfrüchte hatte sich in sie verliebt, als er einmal sonntags persönlich vorbeikam, um eine Eillieferung zu bringen: fünf Säcke Backpflaumen waren von einer Horde Käfer angefressen worden, und für eine Hochzeit am Dienstag mußten noch fünfundzwanzig *Vlaais* gebacken werden. Der Lieferant wurde zu einer Tasse Kaffee in die Küche gebeten, und weil er nach der dritten Tasse immer noch dort saß, wurde ihm ein Gläschen Genever angeboten und danach noch eins, und weil die Schwestern alle mittranken, wurden sie ein bißchen kicherig und fingen an, herumzuflachsen und Witze zu erzählen. Der Lieferant war Witwer, hatte keine Kinder und lebte schon seit Jahren allein. Er war daher sehr empfänglich für die Wärme am Herd in der Küche des Bäckerhauses.

Von jenem Abend an lieferte er die bestellten Waren des öfteren persönlich ab, obwohl er genügend Personal dafür gehabt hätte. Und so gut wie immer trank er mit Martha und Oma in der Küche eine Tasse Kaffee. Martha hatte noch gar nichts mitbekommen, als schließlich ihre Schwestern anfingen, einschlägige Bemerkungen zu machen. Und da sah Martha, was sie, seit Sebastian das Bäckerhaus verlassen hatte, nicht mehr hatte sehen wollen. Sie versuchte es zwar zu ignorieren, konnte aber nicht verhindern, daß sie nun rot wurde, wenn er sie ansprach, und schnell irgend etwas völlig Schusseliges machte.

Schließlich lud Oma ihn ein, am Sonntag der Sommerkirchweih zum Essen zu kommen, und stillschweigend machte er sich diese sonntäglichen Besuche zur Gewohnheit. Er war nett zu den anderen Frauen, brachte ihnen oft Geschenke mit und hatte auch immer etwas für mich dabei. Das erste kleine Geschenk war ein Geschicklichkeitsspiel, ein rundes Döschen mit Glasdeckel, in dem sich eine Metallmaus befand, die man in einen kleinen Käfig hineinbekommen mußte. Das war leicht, aber es war ein nettes Spiel für Momente, in denen die Zeit so vor sich hin bummelte.

Der Mann hatte Martha schon dreimal gefragt, ob sie ihn heiraten wollte, ehe sie mit Christina darüber sprach. Eine zweite Heirat hatte sie immer ausgeschlossen, weil sie vor dem Gesetz immer noch mit Sebastian verheiratet war, mochte er jetzt auch schon fast zehn Jahre weg sein, ohne daß jemand wußte, wo und ob er überhaupt noch lebte. Als Martha Christina nun also von dem Antrag und ihren Zweifeln erzählte, nahm diese ihre ältere Schwester beim Arm und erinnerte sie an alle schönen Momente, denen sie nur zugeschaut hatten und die an ihnen vorbeigegangen waren. Sie spann eine Geschichte aus Erinnerungen und wurde selbst tieftraurig über ihr ungelebtes Leben. Und sie erinnerte Martha daran, daß das Leben unausgefüllt sei, wenn man immer allein schlafen müsse.

Martha war unschlüssig und fragte sich, wie sie eine Ehe mit der Arbeit in der Bäckerei vereinbaren könnte. Sie brachte das Thema am Samstagabend vor versammelter Runde zur Sprache und hatte sicherheitshalber zwei Flaschen Genever gekauft. Vielleicht war es ein Fehler, daß sie ihre Geschichte erst auf den Tisch packte, als die erste Flasche bereits geleert war. Vielleicht war es der falsche Moment, vielleicht lag es an den Worten, die sie wählte. Sie sagte, daß sie leicht das eine mit dem anderen vereinbaren könne, daß sie einfach weiterhin alles regeln werde und sich keine der Schwestern Sorgen zu machen brauche, daß sich irgend etwas ändern werde.

Es war, als hätte sie die Geneverflasche in den Herd geworfen. Die Emotionen flammten plötzlich lichterloh auf.

Vincentia spie alles aus, was sie wochenlang zurückgehalten hatte, und schmetterte ihre zerstörten Träume gegen die Küchenwand. Sie schrie, daß sie froh sein würde, wenn Martha für immer wegbliebe, denn dann könne sie wenigstens keine unangenehmen Geheimnisse mehr aufdecken, die Vincentia selbst sehr wohl allein hätte herausbekommen können, ohne im Beisein der ganzen Familie derartig bloßgestellt zu werden. »Du reißt alles an dich, alles nimmst du uns weg!« schrie sie.

Martha blickte hilfesuchend zu den anderen. Sie konnte mit Vorwürfen nicht umgehen.

Marie schluckte an ihrem Genever und nickte. »Ja, das stimmt«, sagte sie. »Du läßt uns nie etwas selber machen. Wenn du nicht so gedrängt hättest, wär ich bis heute nicht verheiratet. Du hast mich gezwungen, es so schnell zu tun, ich war noch nicht soweit.«

»Wann hättest du es denn dann tun wollen? Wenn du vertrocknet bist?« fragte Martha.

»Vielleicht hätte ich überhaupt nie geheiratet! Aber ich hätte das schon gern selbst entschieden«, entgegnete Marie.

»Mam hat mich versprechen lassen, daß ich gut für euch sorge«, sagte Martha und fing an zu weinen. »Und nichts anderes habe ich getan. Jeden Tag habe ich euch gewidmet.« Sie weinte bittere Tränen, die ihre Mutter hätte trocknen müssen. Sie weinte, weil sie lieber eine Schwester der sechs Mädchen gewesen wäre, als für sie sorgen zu müssen. Sie weinte, weil ihr Vater ihr dabei nicht hatte helfen wollen. Sie weinte vielleicht auch um den Mann, der weggelaufen war, weil er ihr nicht hatte beistehen können. Und sie weinte, weil sie so gern zu hören bekommen hätte, daß sie unersetzlich war, aber niemand sagte das. Sie fühlte sich wertloser als altes Brot, das ja zumindest noch gut genug für die Schweine war.

»Wir sind alt genug, um für uns selbst zu sorgen«, sagte Camilla. »Wenn Mama noch da wäre, hätte sie mir nicht verboten, mit Caspar zusammen zu sein. Du denkst, du weißt alles, du willst besser sein als Mama.«

»Hör doch auf, sie Mama zu nennen! Du hast sie ja nicht mal gekannt«, sagte Clara gereizt.

Und das brachte wiederum Camilla zum Weinen. »Was kann ich denn dafür, daß Mama meinetwegen gestorben ist? Und wenn es meine Schuld ist, ist es genausogut auch deine Schuld. Dann hast du sie genauso umgebracht wie ich«, schrie sie.

»Was ist denn bloß in uns gefahren?« lamentierte Christina. »Niemand hat Mama umgebracht!«

»Doch, es war Vaters Schuld! Er hätte die Finger von ihr lassen sollen«, wußte Marie. »Er hätte die Finger von ihr lassen sollen, wir waren schon genug Kinder. Männer denken immer nur an sich und an das eine. Wenn sie nicht mit ihrem Ding herummachen können, taugt eine Frau nichts. Ich finde sie abscheulich!«

Alle starrten sie völlig perplex an.

Clara fing an zu kichern, Camilla heulte, daß sie nicht wisse, wovon Marie eigentlich spreche, und Christina flüsterte, daß es sehr schön sein könne, mit einem Mann ins Bett zu gehen. Sie mußte plötzlich weinen, weil sie an die wenigen Nächte mit Jannes dachte, in denen er sie so zärtlich geliebt hatte, daß das Laken sauber geblieben war, als er sie entjungfert hatte. Ihre Brüste spürten noch die großen Hände auf sich, die den Geruch von Motoröl hinterlassen hatten, ein Geruch, der bei warmem Wetter noch manchmal aus ihrer Bluse aufstieg. Anne schaute zu Christina hinüber und erkannte die wahre Liebe, und da ließ auch sie den Tränen freien Lauf, die sie seit ihrem Wegzug aus dem Bürgermeisterhaus nicht mehr geweint hatte.

Am Ende heulten alle, und am nächsten Tag wurde die Waschmaschine mit naßgeweinten Taschentüchern gefüllt, und alle liefen mit verquollenen Augen herum.

Kurz nach dem Mittagessen, das schweigend eingenommen wurde, kam der Händler in Trockenfrüchten mit seinem Auto vorgefahren, und Martha stieg bei ihm ein, ohne noch etwas zu sagen. Sie hatte nur einen einzigen Koffer bei sich, in dem ihre Kleider und ein paar Habseligkeiten waren, wie zum Beispiel eine Madonna mit kleiner Konsole, die sie beim Zimmermann, der in seiner Freizeit Figuren schnitzte, gekauft hatte. Nichts im Haus gehörte ihr. Sie hatte keine bestickte Bettwäsche, weil sie nie Zeit zum Sticken gehabt hatte, und auch keine Bettwäsche mit Rüschen, weil sie dafür nie Geld aus der Kasse genommen hatte.

# 16

Einen Monat lang hörten wir nichts von Martha, bis ihr Zukünftiger uns zur Hochzeit einlud. Seine einflußreichen Freunde hatten einen raschen Weg für die Auflösung von Marthas erster Ehe gefunden.

Martha hätte lieber kein solches Aufhebens gemacht. Doch die Familie ihres Mannes wollte ganz groß feiern, hatte das Bedürfnis zu singen und zu tanzen. Und da Martha in eine völlig fremde Umgebung gekommen war, in der andere Leute die Entscheidungen trafen, ließ sie es geschehen.

Nur Christina und ich gingen zu dem Fest, denn die anderen Schwestern suhlten sich in ihrem Groll. Marie gab uns eine ihrer nie benutzten Bettwäschegarnituren mit, die in Silberpapier verpackt war. Anne schmiß ihre gesamte Luxusunterwäsche auf den Tisch und meinte dazu: »Vielleicht nützt ihr das ja was, ich fürchte nämlich, daß der Mann gleich das Weite sucht, wenn er ihre gestopften Unterhosen sieht.«

Die frivole Unterwäsche nahm Christina aber nicht mit, sondern ließ mich einen silbernen Kerzenständer kaufen, den sie hübsch verpackte und mit einer großen roten Schleife schmückte.

Ich war beeindruckt, als ich Martha in die Kirche kommen sah. Sie konnten sich zwar nicht offiziell kirchlich trauen lassen, aber der Pfarrer hatte sich zu einer Messe bereit erklärt, ohne ihre Verbindung dabei einzusegnen. Martha trug ein perlgraues Kleid aus fließendem Stoff, das schön um ihre schmalen Hüften fiel. Auf dem Rücken war eine Satinschärpe zu einer verschwenderischen Schleife gebunden, um das Nichtvorhandensein eines Hintern zu kaschieren. Das Dekolleté war tief ausgeschnitten und ließ den Ansatz eines sinnlichen Spalts zwischen ihren Brüsten sehen, welche zum erstenmal in einen Luxus-BH gedrückt waren. Der Friseur hatte ihr langes kastanienbraunes Haar zu einer Rolle hochgesteckt, in die er weiße Blümchen geflochten hatte. Ich sah eine fremde Frau, die unmöglich meine ›Mutter‹ sein konnte.

Marthas Mann hatte sie gefragt, ob sie mich nicht bei sich haben wollte. Sie sprach mich am Hochzeitstag darauf an, aber mir war klar, daß ich dann in eine andere Schule würde gehen müssen, wo ich mir wieder neue Freundinnen suchen müßte, was mir bestimmt nicht gelingen würde, und ein eigenes Zimmer bekommen würde, was ich mir ganz schrecklich vorstellte, weil ich außer im Krankenhaus noch nie irgendwo allein geschlafen hatte. Ich fragte sie, ob Oma und meine Tanten dann auch mit mir nicht mehr reden wollten, worauf sie antwortete, daß sie es nicht wisse. Und da sagte ich ihr, daß ich das nicht ertragen könnte.

Ich nahm an dem Fest teil, als hätte ich gar nichts mit Martha zu tun, und schämte mich, weil alle sie angafften, während sie tanzte.

Es war eine eindrucksvolle Hochzeit, aber was die Stimmung betraf, konnte sie bei weitem nicht mit Maries Hochzeit mithalten. Nachbarn und Geschäftsfreunde wurden nur zum Empfang eingeladen, das war zur damaligen Zeit noch was ganz Neues, und spontane Ständchen blieben daher aus. Nur die Schwager und Cousins von Marthas neuem Ehemann hatten ein schlüpfriges Lied einstudiert, und zwei Nichten sagten beim Essen nach der Messe brave Verse auf. Ein professionelles Orchester spielte Musik aus der Vorkriegszeit, aber niemand sang mit – man hatte die Texte vergessen.

Die Frischvermählten fuhren für drei Tage nach Brüssel, wo Marthas Mann geschäftlich mit einem Importeur exotischer Früchte verhandeln wollte. Anschließend kehrten sie in die Stadt zurück, in der er wohnte.

Ich bin ein einziges Mal bei ihnen zu Besuch gewesen – am ersten Geburtstag Marthas nach ihrer Heirat. Danach nie wieder. Martha ist nie zum Helfen gekommen, wenn viel zu tun war, und telefonierte nur ganz gelegentlich einmal mit Christina, die wieder ins Bäckerhaus zurückgezogen war und dort von nun an all das übernahm, was sie früher immer mit Martha zusammen gemacht hatte. So veränderte sich eigentlich nicht viel am alltäglichen Rhythmus.

Ich sah meine Mutter erst nach dem Tod Sebastians wieder, drei Jahre später.

Als Christina und ich nach der Hochzeit heimkamen, herrschte eisige Kälte im Haus. Maries Schweigen verbreitete eine solche Stille, daß wir nur noch auf Zehenspitzen liefen. Vincentias Wut hatte bei Tisch ihren eigenen Platz bekommen. Camilla hörte wieder Frauen schreien. Anne begann plötzlich ungebührlich viel zu essen. Sie aß alles, was normalerweise in den Eimer für die Schweine des Nachbarn wanderte. Sie schwoll zu einem formlosen Fleischberg an. Das Fett setzte sich bei ihr an wie die Jahresringe bei einem Baum: Wenn wir sie später je in der Mitte durchgesägt hätten, hätten wir die Jahre der Freßsucht rund um den festen Kern ihres früheren Körpers zählen können. Der Gedanke, noch länger eine Frau zu sein, der Männer mit begehrlichen Blicken nachschauten, schreckte sie derart, daß sie sich mit Essen vollstopfen und zu einem Etwas entwickeln mußte, bei dem jeder angewidert den Blick abwandte. Camilla mußte ihr sackartige Gewänder aus bettlakengroßen Stoffbahnen nähen.

Das tat Camilla mit wenig Gefühl, während sie auf die Brautkleider wachsende Sorgfalt verwandte. Jetzt, da Martha weg war, war ihr Heiratsproblem im Grunde noch größer geworden. Camilla konnte nicht heiraten, weil ihr Vater, der die Einwilligung dazu hätte erteilen müssen, unauffindbar war. Laut Gesetz brauchte man bis zum einunddreißigsten Lebensjahr eine Unterschrift der Eltern oder des Vormunds, um heiraten zu können, und ein offizieller Vormund war nie benannt worden.

Vielleicht hätte ja Martha noch Camillas Vormund werden können, wenn man ein bißchen geschummelt hätte, doch Camilla war auch zu dickköpfig, um Martha um ihre Hilfe zu bitten. Stundenlang saß sie allein in ihrem Dachkämmerchen und nähte all die Brautkleider, die sie selbst gern getragen hätte. Sie probierte jedes Kleid selbst an und ließ Christina Fotos davon machen, die sie in ein Buch klebte und später Caspar zeigte, um ihn zu fragen, wie er mit ihr vor den Traualtar treten wollte. Dann redeten sie stundenlang von der Hochzeit, die sich beide so sehr ersehnten.

## 17

Nach Marthas Auszug starb das Haus.

Zwei Monate nach deren Hochzeit verließ Marie das Haus und trat in ein Kloster im Süden des Landes ein. Sie schrieb ein paar Briefe im Monat, in denen sie mit wenigen Worten vom Klosterleben berichtete, wo sie in der Küche arbeiten mußte und nicht mehr zum Sticken kam.

Sie hat nie von der Möglichkeit Gebrauch gemacht, einmal im Jahr ihre Familie zu besuchen. Erst als Sebastian beerdigt werden sollte, kam sie zurück, um ihr Habit für immer abzulegen.

Kurz nachdem Marie ins Kloster gegangen war, fand Anne eine Rund-um-die-Uhr-Beschäftigung bei einem blinden Mann in der Stadt. Allerdings mußte sie ihre Scheu vor Körperkontakten überwinden, denn es war unvermeidlich, daß sie seine Hände berührte, wenn sie ihm Dinge reichte, und der Mann wollte auch hin und wieder durch die Straßen spazieren und sich dabei an ihrem Arm festhalten können. Auch wenn sie sich daran nur schwer gewöhnen konnte, kam sie doch insgesamt gut mit dem Mann aus.

Clara, die schon ein paarmal gesagt hatte, daß sie

nicht in der Bäckerei bleiben wolle, war buchstäblich von einem Tag auf den anderen verschwunden. Sie ließ drei Jahre lang nichts mehr von sich hören, und wir wußten nicht, wo sie war. Und auch als sie dann endlich wieder da war, hat sie nie erklärt, wo sie gewesen war und was sie die ganze Zeit gemacht hatte. Erst als man ihr eines Tages ihre Kinder vor die Tür stellte, begriffen wir, daß sie mit einem Mann auf und davon gewesen war.

Camilla bekam eine Stelle in einem Brautmodengeschäft in der Stadt, wo sie Brautkleider ändern mußte, die zu lang, zu weit oder zu eng waren, und dazu passende Kleidchen für die Blumenmädchen entwerfen durfte. Das Geschäft verfügte im Obergeschoß über eine leerstehende Wohnung, in die sie einziehen konnte – was sie auch tat, ohne sich mit uns zu beraten. Wir sahen sie nur noch, wenn sie mit Caspar, der sie nie in der Stadt besucht hat, draußen auf der Straße umherspazierte.

Vincentia schlief zwar noch zu Hause, verbrachte aber ihre gesamte Freizeit beim Möbeltischler, der ihr zeigte, wie man Holz bearbeitete. Sie fuhr das Brot nun immer allein aus, was sie leicht bewerkstelligen konnte, da sie sich nicht mehr auf Schwätzchen mit den Kunden einließ, die sich zwar bei Christina darüber beklagten, aber zum Glück nicht den Bäcker wechselten, denn der andere Bäcker am Ort war auch nicht gerade eine Quasselstrippe.

Christina stellte einen zweiten Gesellen für die

Backstube ein, weil wesentlich mehr Kuchen gegessen wurde, und sie verkaufte auch mehr Produkte nebenher, wie etwa Kaffee, Tee und Zucker und am Ende sogar auch Seifenpulver und Scheuerlappen.

Christina trug mir ab und an kleinere Arbeiten auf wie Fenster putzen oder den Laden aufwischen, aber Oma erledigte so gut wie alles für mich, wenn es sich irgendwie einrichten ließ. Ich übernahm die Lesesucht meiner Tanten und verkroch mich, wann immer sich ein freier Moment ergab, in meine Geschichten. Die Schule hatte eine Bibliothek, für die jeden Monat fünf neue Bücher angeschafft wurden, und die gab die Oberin, die die Bibliothek verwaltete, immer zuerst mir, weil ich schon alle alten Bücher gelesen hatte.

Als Sebastian von den fremden Männern auf den Wohnzimmertisch gelegt wurde, waren fast drei Sommer ohne Martha vergangen. Ich hatte inzwischen die Grundschule hinter mir und sollte im September bei Schwester Redemptora, die mittlerweile nach Mottenkugeln roch, in die Haushaltungsschule kommen.

Anne war wieder zu Hause, denn der blinde Mann war gestorben, nachdem sie etwa anderthalb Jahre für ihn gesorgt hatte, und er hatte ihr sein Vermögen von etwas mehr als zwanzigtausend Gulden hinterlassen. Davon hatte sie sich einen gebrauchten Porsche gekauft, in den sie mit ihrem fetten Leib aber nicht hineinpaßte, so daß sie den teuren Sportwagen nach einer Woche ins Autohaus zurückbrachte und gegen einen nagelneuen Volkswagen eintauschte, der etwas geräumiger war und dessen Fahrersitz sich weiter nach hinten stellen ließ. Mit ihrem neuen Auto nahm sie uns jeden Sonntag irgendwohin mit, wo wir noch nie gewesen waren. Zuerst waren das nur Städte im Umkreis – Maastricht, Lüttich und Aachen –, aber sie wollte immer weiter, bis tief in die deutsche Eifel hinein, so daß wir manchmal erst spätabends wieder nach Hause zurückkehrten. Oma hatte schon bald genug davon und schlief, kaum daß wir das Dorf hinter uns gelassen hatten, laut schnarchend auf der Rückbank ein.

Camilla kehrte im selben Sommer zurück, weil der Besitzer des Brautmodengeschäftes versucht hatte, sie in ihrer Wohnung im Obergeschoß zu belästigen und sie sogar im Laden andauernd betatschte. Da hatte sie ihm zu verstehen gegeben, daß er ihr gestohlen bleiben könne, und hatte zu Hause ihre Brautkleidnäherei wiederaufgenommen. Darüber hinaus änderte sie Konfektionskleidung für das einzige Modegeschäft, über das unser Dorf verfügte.

Sie war jetzt so oft mit Caspar zusammen, wie es ihr paßte, und er kam immer häufiger zum Essen zu uns und brachte mir anschließend Rechnen bei. Dank seiner unendlichen Geduld ist das am Ende das einzige Fach geworden, in dem ich gute Noten erzielen konnte.

Auch Clara war mit einemmal wieder da, ohne etwas zu sagen – so wie alle Schwestern die Angewohnheit hatten, ihre Herzen nicht offenzulegen. Wie selbstverständlich begleitete Clara Vincentia wieder auf der Brotrunde und half in der Backstube beim Säubern und Einfetten der Bleche, so daß sich Christina gezwungen sah, einen der Gesellen zu entlassen.

Als Sebastian hereingetragen wurde, waren also bis auf Martha und Marie alle wieder zu Hause.

# 18

Am Tag nach Sebastians Beerdigung erzählte mir Oma, daß ihr im Flur eine Frau in Weiß begegnet sei. Die weiße Dame habe ihr gesagt, daß sie mit ihr kommen solle. Gekannt habe sie die Frau nicht, und die habe ihr auch nicht sagen wollen, wohin sie gehen würden.

Eine Woche später, an einem Samstag, kam Oma kurz vor dem Abendessen mit wildem Blick aus der Küche gerannt. »Se wollte mich mittrecken! Se sagte, ik hätt's dort beter, und se sagte, ik hätt nu lang genug for Emma gesorgt.« Und dann rief sie: »Aber ik will noch vele Jahre bei euch bleiwen und for Emma sorgen!«

Christina faßte sie bei den Schultern, schob sie in die Küche zurück und setzte sie in Opas Sessel.

Martha gab ihr einen kleinen Genever. »Oma«, sagte Martha, »du darfst noch ganz lange bei uns bleiben, aber wenn du nicht mehr arbeiten möchtest, mußt du es sagen. Du brauchst nichts mehr zu tun, wenn du zu müde bist.«

Aber Oma war nicht müde, sie war verwirrt. Ihr Blick wanderte immer öfter durch Wände und Türen, und sie wagte nicht immer zu erzählen, was sie dort sah, obwohl sie es sich doch furchtbar gern mit uns zusammen angeschaut hätte. Sie begann sich allein zu fühlen.

Drei Wochen, nachdem Sebastian begraben war, sagte Oma, als ich einmal mit ihr allein in der Küche saß und sie Socken strickte, während ich meine Hausaufgaben machte, plötzlich: »Dat werden stets mehr.«

»Wer, Oma?« fragte ich.

»Die da!« sagte sie. »Dat werden stets mehr, und se winken.«

»Wo denn?« fragte ich.

»Da, an de Ofen, kuck toch«, sagte Oma. »Se winken! Hörst du niet, dat se mich rufen?«

Auf dem großen Herd in der Ecke beim Fenster kochten in einem Topf Kartoffeln, in einem anderen dünstete Spinat, und in der Bratpfanne brutzelten zehn kleine Bratwürstchen. Die Deckel der Töpfe klapperten, weil noch keiner sie auf den Topfrand gelegt hatte.

»Oma, *wen* siehst du denn? Kennst du die Leute?« fragte ich.

»Nee!« sagte Oma böse. »Ik hab se nie gesehn, aber nu sind se stets da. Wann ik auf Toilette geh, stehn se op de Flur, wann ik ins Bett bin, sitzen se vors Fenster. Ik will, dat se weggehn. Ik will niet mit se reden, lieber will ik dir Geschichten verzählen.«

»Was sagen sie denn zu dir, Oma?«

Ich verstand das Ganze nicht. Ich sah niemanden

am Ofen stehen. Im Flur begegnete mir auch niemand, selbst meine weißen Frauen hatte ich schon geraume Zeit nicht mehr gesehen, und ich fragte mich, ob Oma sie jetzt wohl sah.

Wenn sie aufs Klo mußte, wurde sie nervös und zog mich mit zur Toilette, wo sie die Tür angelehnt ließ, was sonst keine von uns tat, denn es war der einzige Ort im Haus, an dem man allein sein konnte, wenn man wollte. Ich blieb vor der Tür stehen und spähte den Flur auf und ab, während ich Omas Wasser in die Kloschüssel plätschern hörte. Ich schämte mich, so etwas Intimes mit jemandem teilen zu müssen.

Aber um so etwas scherte Oma sich nicht mehr. Während sie sich die Hose hochzog, fragte sie: »Sind se noch stets da?«

Ich beruhigte sie und ging wieder mit ihr in die Küche zurück, wo sie noch energischer strickte und kaum von ihrer Arbeit aufschaute. Sie flüsterte Geschichten in ihr Strickgarn und ließ immer häufiger Maschen fallen. Ihre Strickarbeit nahm nie mehr die Form einer Socke an.


Mitte der dritten Woche nach Sebastians Beerdigung wollte Oma nicht mehr in die Küche. Sie kramte bis zum Mittagessen in ihrem Zimmer herum, wo von Zeit zu Zeit einer nach ihr schaute, und als wir sie zum Essen riefen, ging sie durch die Remise nach hinten und setzte sich in den Innenhof. Sie sagte, sie habe keinen Hunger. Da bat Martha mich, ihr einen Teller

Essen zu bringen und bei ihr zu bleiben, bis sie aufgegessen habe.

Oma hackte abwesend mit der Gabel in die Kartoffeln und nahm hin und wieder ein Stückchen Fleisch, das Martha ihr schon mal kleingeschnitten hatte.

»Wenn du müde bist, Oma, mußt du heute nachmittag ein bißchen in Opas Sessel schlafen«, sagte ich. Darauf sah sie mich ängstlich an und entgegnete, sie wolle nicht mehr in die Küche. Auch als ich ihr versprach, bei ihr zu bleiben, änderte das nichts an ihrer Weigerung. Sie hat die Küche nie mehr betreten.

»Ik leg mich eben op het Bett«, sagte Oma schließlich, als ihr Teller noch voll war und Fleisch und Kartoffeln kalt geworden waren.

Abends wollte sie ein Stückchen mit mir spazierengehen. Martha fand, das sei zu anstrengend für sie, und schlug vor, wir sollten uns lieber in den Innenhof setzen, aber Christina schob uns zusammen zur Tür hinaus und flüsterte, wir sollten ruhig ein paar Runden in der näheren Umgebung drehen. Oma ging schnurstracks zur Kirche, die damals aber schon am späten Nachmittag abgeschlossen wurde, so daß wir nicht mehr hineinkonnten.

Das brachte Oma kurz aus dem Konzept, da sie offenbar eine ganz bestimmte Absicht verfolgte, doch dann sagte sie: »Dann gehn wir zu de Kapelle.«

Sie zog mich mit einer Kraft mit, die ich von ihr gar nicht mehr erwartet hätte, und raschen Schrittes ging es zum Rande des Dorfes, wo die Straßen franselig geteert waren, weil sie nicht von Gehsteigen gesäumt wurden. Am Ende dieser Straßen erstreckten sich zwei Ausläufer niedriger kleiner Häuser, zu denen eine kleine Kapelle ohne Tür gehörte, die den Bewohnern, für die die Kirche im Dorf zu weit entfernt war, jederzeit offenstand, wenn sie Kontakt zu Gott suchten.

Oma kniete sich in die vorderste Bank, faltete die Hände und betete dreimal hintereinander die Litanei aller Heiligen. Danach wollte sie noch den ganzen Rosenkranz mit mir beten. Und da die Inbrunst ihrer Gebete mir angst machte, tat ich das auch. Erleichtert verließ sie danach die Kapelle und marschierte im gleichen Tempo, in dem wir gekommen waren, ins Dorf zurück, wobei sie mir ständig Dinge am Wegesrand zeigte, die ihr so schön vorkamen.

Als wir nach Hause kamen, gab Martha mir eine schallende Ohrfeige – die erste in meinem Leben. Die Schwestern waren wütend auf mich, und ich wurde ins Bett geschickt, obwohl es noch gar nicht dunkel war. Am nächsten Tag schlief Oma noch, als ich am Nachmittag aus der Schule kam, und sie schlief bis zum nächsten Morgen durch. Da wollte ich nicht mehr in die Schule, sondern lieber Omas Hand halten, weil ich wußte, daß sie sich im Schlaf mit den weißen Leuten stritt. Ab und an ging ein Ruck durch ihren Körper, und sie knurrte bösartig. Gegen Abend wurde sie ruhiger und öffnete die Augen. Sie lächelte und schaute mich zufrieden an, schloß die Augen wieder und schlief ruhig ein. Sie war glühendheiß, als ich sie umarmte.

Christina schaute zu uns herein, als ich mit Oma in den Armen dasaß. »Ach Gott, sie hat uns schon verlassen«, sagte sie. »Das ging schnell. Ich ruf Schwester Cyrilla.«

Ich legte Oma aufs Kissen zurück und betrachtete ihr Gesicht, das sich langsam veränderte. Fragend blickte ich von ihr zu Christina. Ich hatte keine Erfahrung mit dem Tod und hatte daher auch nicht gesehen, was Christina sah. Ich versuchte mir vorzustellen, daß die Frau im Bett nun tot war, obwohl sie noch ganz warm war und so ein ruhiges Schlaflächeln auf ihren Lippen lag. Nacheinander kamen die Schwestern, um sie kurz zu drücken. Als die Gemeindeschwester eintraf, blieb ich bei Oma sitzen, um sie hin und wieder zu berühren. Ich fühlte, wie die Hitze allmählich aus ihrem Körper wich.

»Wie ruhig sie aussieht«, sagte Anne.

»Sie hat zum Glück nicht sehr gelitten«, sagte Vincentia. Als ich am nächsten Tag wieder in Omas Zimmer kam, war sie weg. Auf dem Bett lag eine Frau aus hellblauem Wachs.

Oma wurde schon einen Tag später, am Samstagnachmittag, beerdigt, nach kirchlichen Regeln eigentlich zu früh, aber Martha wollte am Sonntag keine Leiche im Haus haben. Sie glaubte an die alte Redensart, daß eine am Sonntag aufgebahrte Leiche dazu angetan ist, einen Teil der Verwandtschaft hinter sich her ins Grab zu ziehen: *Eine sonntägliche Leich macht den Friedhof reich*, sagten die Alten, und wir hatten fürs erste genug Todesfälle gehabt.

Martha kaufte einen Grabstein aus italienischem Marmor, obwohl wir gar nicht wußten, was draufstehen sollte. Wir kannten weder Omas Namen noch ihr Geburtsdatum, weil sie keine Papiere gehabt und sich auch nie im Rathaus angemeldet hatte. Aber wir vermißten sie, und das ließen wir denn auch in den Stein meißeln.

Nachdem Oma gegangen war, hatte ich nur noch ein halbes Herz. Ich suchte nach einer neuen Hälfte und begann daher mit Martha zu reden.

# 19

Nach Sebastians Beerdigung ist Martha im Bäckerhaus geblieben. Niemand fragte, wann sie wieder zurückgehen würde, und niemand sprach ihren abrupten Weggang vor gut drei Jahren an. Es war, als hätte es die Zeit dazwischen nicht gegeben. Vincentia redete wieder ganz normal mit ihr, und Christina erörterte wie eh und je die geschäftlichen Dinge mit ihr. Wenn Marthas Ehemann telefonisch anfragte, ob er sie abholen solle, antwortete Martha »demnächst«, doch nach Omas Tod wurde die so umschriebene Zeitspanne weiter ausgedehnt, was alle nur verständlich fanden. Marthas Mann kam zur Beisetzung, wie er auch zu Sebastians Beerdigung gekommen war, um dann wieder zu sich nach Hause zu fahren.

Martha nahm ihren alten Platz bei Tisch ein, beteiligte sich wieder an Kartenspielen und Mensch-ärgere-dich-nicht und lachte mit Christina zusammen am lautesten über Claras und Vincentias Späße.

Anfangs wurde wenig über früher geredet, obwohl doch gerade dies geeignete Momente gewesen wären, um sich noch einmal alles zu vergegenwärtigen. In Sebastians Leichentüchern steckten Bilder, die vergessen waren, beziehungsweise an die sich keine der Schwestern mehr erinnern wollte, aber sie waren unbestreitbar vorhanden. Zuerst wagte keine von ihnen, diese Bilder heraufzubeschwören, aus Angst, es könne Martha verletzen. Aber am Ende war Martha selbst diejenige, die von jener Anfangszeit zu erzählen begann, als Sebastian ins Bäckerhaus gekommen war, und davon, wie verlegen er gewesen war, von seiner Liebe zur Musik und seiner Leidenschaft fürs Theater.

Als das Tabu einmal gebrochen war, sprudelten die Geschichten nur so hervor, und jede der Schwestern drückte die damalige Zeit noch einmal an sich wie eine geliebte Puppe oder einen Teddybären. Und bei jeder der Schwestern wurden andere Erinnerungen wach, denn jede hatte Sebastian auf ihre Weise gesehen.

Eines Abends kam Martha in die Küche und machte eine Bewegung mit den Händen, als zöge sie ein zähes Kaugummi auseinander. Sie reckte einen Arm zur gelb verputzten Decke und sagte: »N-i-c-h-t-s.« Sie dehnte das Wort auf das Dreifache der Länge, die die sechs Buchstaben normalerweise in Anspruch genommen hätten. »Nichts ... wiegt so schwer wie ein Flöckchen Staub, dessen du nicht habhaft werden kannst«, deklamierte sie in schwülstigem Ton.

Ich fragte mich, welcher Wahnsinn wohl in sie gefahren war – Martha führte sich nie verrückt oder überdreht auf. Auch ihre Schwestern schauten sie verdutzt an, brachen dann aber in Gelächter aus, als ihnen klar wurde, auf was sie anspielte. Und dann deklamierte eine nach der anderen eine Folge von Sätzen, die, derart aus dem Zusammenhang gerissen, nicht den geringsten Sinn ergaben, für sie aber mühelos verständlich waren, weil für sie ausführliche Erinnerungen damit verknüpft waren. Es handelte sich um Partien aus den Theaterstücken, die Sebastian endlos einstudiert hatte, wobei ihm die Küche des Bäckerhauses als Proberaum gedient hatte. Er hatte die Sätze auf hunderterlei Weise ausgesprochen, so lange, bis er den richtigen Ton gefunden hatte. Wenn dann die Aufführungen begannen, meist irgendwann im Herbst, nicht lange nach der Kirchweih, schlug er das Publikum in der kleinen Gemeinde drei Tage lang damit in Bann. Er spielte junge Männer, die von ihrer Liebe in den Wahnsinn getrieben wurden, und alte Väter, die von Schuld und Gewissensbissen gebeugt wurden. Er war der Hanswurst, der den ganzen Saal zum Lachen brachte, oder die traurige Figur, die das Publikum zum Taschentuch greifen ließ.

Von alledem wußte ich nichts und glaubte daher, als ich meine Tanten so theatralisch durch die Küche staksen sah, das Meine dazu beitragen zu müssen. Also stellte ich mich mitten in die Küche, schaute von einer zur anderen und sagte dann mit samtumflorter Stimme:

*Fräulein Misere, wie Hiob so arm*
*wohnt' in einer Hütte zum Gottserbarm*
*Doch hinter der Hütte, man glaubt es kaum*
*vieltausend Birnen trug dort der Baum*

Es war ein Vers von einem belgischen Dichter, den ich in der Schule gelernt hatte und bei jeder Gelegenheit vortragen mußte, weil die Nonnen ihn so gern hörten. Bei mir zu Hause kannten sie ihn nicht. Die Schule und mein Zuhause waren für mich stets zwei voneinander getrennte Welten geblieben. Doch jetzt – es war ein Drang, der irgendwo aus meinem Zwerchfell kam –, jetzt wollte ich das Gedicht auch meine Tanten hören lassen, und ich deklamierte alle Strophen über das Fräulein, das den Tod im Birnbaum gefangen hatte, so daß niemand mehr sterben konnte, »fuhr euch ein Karren auch ratsch über die Kehl«.

Ich erzielte nicht den Effekt, den ich erwartet hatte. Die Frauen starrten mich entgeistert an und schwiegen. Martha war leichenblaß geworden.

»Sie wird Sebastian immer ähnlicher«, flüsterte sie und lief aus der Küche.

Ich verstand nicht, was ich falsch gemacht hatte. Unsicher blickte ich von einer zur anderen.

»Wo hast du das gelernt?« fragte Christina.

»Ach, nirgends«, sagte ich und verzog mich auf den Dachboden, um nachzuschauen, ob dort vielleicht noch Bücher lagen, deren Handlung ich vergessen hatte, so daß ich sie noch einmal lesen konnte.

Ohne Martha etwas davon zu sagen, begann ich mich bei den Leuten über meinen Vater zu erkundigen. Oft kramten sie Ereignisse aus dem Gedächtnis hervor, die gar nichts mit Sebastian zu tun hatten. Die Männer erinnerten sich der Schönheit oder der Sinnlichkeit der jungen Frauen, die sich unterdessen in besorgte Hausmütterchen verwandelt hatten. Die, deren Ehe schon in Monotonie untergegangen war, erzählten, wie oft sie ob ihrer verflogenen Jungenträume in der Wirtschaft Trost gesucht hätten. Sie übertrumpften sich gegenseitig mit Erzählungen, wie betrunken sie immer bei Kirchweih und Karneval gewesen seien und daß sie Treppenläufer und Bettvorleger vollgekotzt hätten, die dann monatelang nach schalem Bier gestunken hätten. Und sie brüllten vor Lachen, wenn sie hinzufügten, daß ihre Frauen danach wochenlang nicht mehr mit ihnen gesprochen hätten.

Die Zeit hatte die Geschichten verfärbt. Manche der Befragten beschrieben meinen Vater als schüchternen Organisten, der Mädchen Klavierunterricht gab, die dazu verdammt waren, zerknitterte alte Jungfern zu werden, noch ehe sie das entsprechende Alter dafür hatten. Andere ließen das Bild eines feurigen Mannes entstehen, der viele Frauen verführt hatte, denn – und dabei sahen sie mich verschwörerisch an – »er hat doch die Tochter vom Bäcker mit 'nem Balg sitzenlassen, oder nicht?« An meine Herkunft erinnerte sich offenbar keiner im ganzen Dorf.

Ich bin nach dem Hochamt in die Wirtschaft gegangen, in die der Brauer und der alte Küster kamen, um sie nach ihren Erinnerungen zu befragen. Ich suchte die betagten Mitglieder der Musikkapelle und die Laiendarsteller vom Schauspielklub auf, doch langsam aber sicher verirrte ich mich in einem Labyrinth zusammenhangloser Geschichten. Das Bild, das ich von Sebastian bekam, war wie ein zerfleddertes Buch, dessen Seiten herausgefallen und nicht in der richtigen Reihenfolge zurückgelegt worden waren.

Als Martha einen Monat nach Omas Beerdigung immer noch bei uns war, fragte ich sie, wann sie wieder nach Hause gehen würde.

»Ich *bin* zu Hause«, sagte sie.

»Ist dein Zuhause denn nicht bei deinem Mann?« fragte ich. Sie zuckte die Achseln.

»Liebst du ihn nicht mehr?«

»Man stellt seiner Mutter nicht solche Fragen«, entgegnete sie reserviert.

»Ich möchte es aber wissen. Liebst du diesen Mann mehr als meinen Vater? Hast du meinen Vater überhaupt geliebt? War ich nur ein Versehen, wart ihr betrunken? Hat er dich vergewaltigt?«

»Ach wo, nein«, sagte sie und kicherte ein bißchen.

»Gehst du nicht zurück, weil jetzt alles von damals wieder hochgekommen ist?«

»Frag doch nicht so viel, Kind. Doch, ich liebe meinen Mann schon, aber Sebastian und er ... sie sind plötzlich so nah beieinander, jetzt, wo er zurückgekommen ist... Ich möchte darüber nachdenken... Ich fühle mich Sebastian gegenüber schuldig...«

»Warum hast du ihn weggehen lassen? Was hast du denn getan, daß er nicht mehr bei dir bleiben wollte?«

»Wenn du doch bloß damit aufhören würdest! Ich weiß es nicht einmal mehr. Manche Dinge entwickeln sich von ganz alleine, und dann kann man sie nicht mehr aufhalten.«

»Wie zum Beispiel, als du mich gekriegt hast.«

»Mein Gott, hab ich mich geschämt...!«

»Hast du dich dein ganzes Leben lang wegen mir geschämt?«

»Ich habe mich auch wegen Sebastian geschämt. Er hat nicht das getan, was man von einem Mann erwarten würde. Er hatte zwar immer was Schönes zum Anziehen, aber er sparte nie, um Möbel zu kaufen. Und immer wollte er an mir herumfummeln, wenn alle dabei waren, das war peinlich. Als wir noch allein in seinem kleinen Hinterstübchen waren, hat mir das gefallen, aber nicht mehr, als wir verheiratet waren. Er vergaß völlig, daß man auch zu arbeiten hatte.«

»Aber er hat doch seine Arbeit gemacht, oder?«

»Ja, stundenlang Stücke auf der Orgel spielen, die er schon längst in- und auswendig kannte. Er ging zu den Proben der Musikkapelle, und er studierte Theaterstücke ein. Das ist doch keine Arbeit! Es mußten Kohlen für den Backofen bestellt werden, und ich wollte einen Kinderwagen, um mit dir spazierengehen zu können. Aber solche Sachen machte er nicht.«

»Und dein anderer Mann? Macht der denn solche Sachen?«

»Der macht alles. Ich brauch rein gar nichts mehr zu tun. Ich hab eine Putzfrau und jemanden für die Wäsche. Nur kochen darf ich noch selbst. Ich hab den ganzen Tag Zeit zum Stricken und Lesen. Weißt du, was das für ein Gefühl ist, wenn du sonst den ganzen Tag gearbeitet hast? Es hört sich schön an, weil hier nie Zeit für so was war, aber als ich plötzlich Tag für Tag dasaß und strickte, konnte ich nur noch an euch denken. Hier gibt es immer etwas zu tun, und dort hab ich die Zeit mit unnützem Zeug verplempert. Ich hab mich schuldig gefühlt, weil jemand anders das Klo putzte, während ich auf dem Sofa saß. Ich hab Pullover für die Mission gestrickt, um zumindest etwas Nützliches zu tun, aber die Beginen, denen ich sie geben wollte, sagten, daß es in Afrika viel zu heiß für Pullover sei. Ich hab Pullover für ein ganzes Waisenhaus, und keiner will sie tragen.«

»Warum hast du mir nie einen Pullover gestrickt? Mir hätte ein bißchen mehr Wärme bestimmt nicht geschadet.«

»Was meinst du damit, warum sagst du das so?«

»Mam, ich hab dich vermißt. Ich hatte keinen Vater, und du warst auch keine Mutter.«

Sie sah mich böse an. »Das darfst du nicht sagen, wir haben immer gut für dich gesorgt.«

»*Du* hast nicht für mich gesorgt, du hast mir nie Geschichten vorgelesen, du bist nie zu Elternabenden in die Schule gegangen. Christina hat mir vorgelesen, und Oma ist mit mir in die Heide gegangen. Vincentia hat mir das Schwimmen beigebracht. Warum sind wir nie irgendwohin in Urlaub gefahren?«

»Dafür war keine Zeit und auch kein Geld da. Wenn die Verhältnisse anders gewesen wären, dann hätte das ganz anders ausgesehen. Na, und als ich endlich genügend Zeit für dich hatte, wolltest du nicht bei mir sein. Es ist nicht fair, daß du mir Vorwürfe machst.«

»Was hättest du denn mit mir gemacht, wenn ich zu dir gezogen wäre, Mam?«

»Das kann ich nicht so eins, zwei, drei sagen. Stell doch nicht so komische Fragen. Du hast nie zu erkennen gegeben, daß du unglücklich warst. Du hast mich doch gar nicht gebraucht. Du hast dich immer alleine beschäftigt, hast mit deinen Büchern gespielt und selbst erfundene Liedchen gesungen, die ich nicht hören durfte, denn wenn du mich gesehen hast, hast du sofort damit aufgehört.«

»Und ich durfte Sebastian nicht ähnlich sein, oder?«

Sie sah mich lange an. »Weißt du, wie viele Menschen sich ihren Lebensunterhalt als Organist verdienen können? Ich wollte dir das ersparen.«

Sie lief weg. Sie wollte mich nicht sehen lassen, daß sie weinte. Ich durfte nicht wissen, daß Mütter auch weinen können.

## 20

Ich fragte Christina, ob alle Schwestern in Sebastian verliebt gewesen seien. Wir spülten zusammen das Geschirr und waren allein in der Küche. Christina wusch ab, und ich trocknete die Teller und Tassen ab, die sie tropfend auf die Anrichte stellte. Ich war es nicht gewöhnt, solche Fragen zu stellen, aber es hatten sich so viele angesammelt, und Sebastians Tod hatte nun endgültig dafür gesorgt, daß der Deckel nicht mehr auf den Karton paßte, in dem ich sie immer zusammengelegt hatte.

Christinas Hände verharrten im Spülwasser, als ich die Frage in mein Geschirrtuch hineingemurmelt hatte. »Nein«, sagte sie nach einer Weile. »Ich glaub nicht. Ich hab ihn eher bewundert und beneidet. Ich hätte auch gern Theater gespielt, aber der Schauspielklub war nur was für die Elite, du weißt schon, die Brauerschwestern und die Mädchen von der Steinfabrik.«

»Ja, durftest du denn nicht Mitglied im Schauspielklub werden? War das verboten?«

»Nein, offiziell nicht, aber man machte das einfach nicht. Wir gingen ja auch nicht auf die weiterführende Schule in der Stadt. Dabei hätte ich so gern noch mehr gelernt...«

»Und dann? Hättest du dann nicht in der Bäckerei gearbeitet?«

»Das mußten wir ja wohl«, sagte sie vor sich hin. »Ich glaub nicht, daß ich Martha allein gelassen hätte. Das hätt ich nicht über mich gebracht.«

»Aber wieso wolltest du dann zur Mittelschule, was wolltest du denn da lernen?«

»Sprachen. Ich hätte gern Sprachen gelernt, um mit Leuten aus anderen Ländern reden zu können. Und ich wär gern gereist. Vielleicht hätte ich auch Schriftstellerin werden können. Von Kinderbüchern. Ich hatte so viele Geschichten im Kopf.«

Sie schwenkte das Porzellan im Spülwasser hin und her und vergaß den Abwasch. »Wenn ich nicht in die Bäckerei gemußt hätte, wär ich vielleicht Kindergärtnerin geworden. Es ist so schön, mit Kindern umzugehen. Kinder glauben an das Unmögliche, sie schauen nie nach morgen, das ist ihnen viel zu weit weg. Morgen ist ein Märchen, morgen kann wer weiß was sein. Kinder schauen nicht um sich herum. Hast du mal einen kleinen Jungen mit seiner Eisenbahn spielen sehen? Er richtet den Blick gar nicht auf das Ende der Schienen. Er fängt einfach an irgendeiner Stelle an und kann dort stundenlang hängenbleiben, es spielt für ihn gar keine Rolle, daß der Zug eigentlich zum Bahnhof muß. Verstehst du?«

Ich nickte, verstand aber keineswegs, um was es ihr ging.

Christina sagte: »Martha und ich mußten immer das

Morgen im Blick haben. Aber weißt du, das Morgen rückt nie näher, wenn du immer nur vorausschaust. Ich dachte, daß noch etwas aus allem werden würde, wenn ich mit Jannes zusammen wäre. Von ihm aus hätte ich gern auf die Abendschule gehen können. Wer weiß, vielleicht hätte ich dann doch Bücher schreiben können.«

Ich sah Christina, die mit den Händen im Spülwasser dastand und darüber nachdachte, wie es hätte sein können, noch einmal an und traute meinen Augen kaum. Christina mit der blaugemusterten Schürze spaltete sich in zwei Personen auf, und neben der ersten stand eine zweite Christina, in elegantem Kostüm, das dunkelbraune Haar mit einer Hornspange hochgesteckt und goldene Knöpfe in den Ohrläppchen. Sie lachte mich an und zeigte mir ein Buch mit festem Einband, auf dem ein Kind in einem Handwagen abgebildet war. Sie legte das Buch auf den Tisch und ging auf den Flur hinaus. Die Tür schwang hinter ihr auf und zu.

Christinas Leben war von Regeln bestimmt gewesen, die nirgendwo festgelegt waren. Es war nicht ausdrücklich verboten, daß die Töchter eines kleinen Bäckers auf die weiterführende Schule in der Stadt gingen, aber man machte das eben nicht, weil sie den ganzen Firlefanz für den Brotverkauf und das Kirschenentsteinen für die Kirchweih-*Vlaais* ja gar nicht brauchten. Die mittlere der sieben Schwestern hatte ihr Leben lang durch den Tunnel in die Weite gespäht, aber nie den Mut aufgebracht, auch durch ihn hindurchzugehen. Jedesmal wieder hatte Christina ihre Träume zwischen das blaue Papier zu dem Hochzeitskostüm gelegt, das sie nie getragen hat, und als sie sie endlich verwirklichen wollte, waren sie zu Staub zerfallen. Ich wußte, daß sie, auch ohne die weiterführende Schule besucht zu haben, Bücher hätte schreiben können, denn sie konnte Geschichten erzählen wie keine andere, und so etwas lernt man nirgendwo. Für Hochzeiten und Geburtstage verfaßte sie oft Gedichte, die so lang waren, daß sie auf eine Tapetenrolle geschrieben werden mußten. Aber niemand langweilte sich auch nur eine Sekunde, wenn sie sie vorlas. Sie formulierte auch die Anzeigentexte, die wir zu Kirchweih oder Weihnachten in die Lokalzeitung setzen ließen. Dabei kamen mitunter so geistreiche Verse heraus, daß wir sie in Auszügen wieder für Werbetafeln im Laden benutzten. Einmal bekam sie von der Mittelstandsvereinigung einen Preis für eine von ihr gereimte Anzeige zu St. Nikolaus.

Aber als ich ihr nun sagte, daß sie ja immer noch schreiben könne, daß sie sich einfach eine ausrangierte Schreibmaschine besorgen solle, wenn im Rathaus wieder neue angeschafft und die alten für wenig Geld verkauft würden, entgegnete sie, daß es dafür zu spät sei, daß sie auch das Schreibmaschineschreiben nicht mehr lernen werde.

Ich schnitt Christina eine Zeitungsannonce aus, mit der für einen Wochenendkurs geworben wurde, in dem man unter Anleitung einer bekannten Heimat-romanautorin in einem Kloster im Süden des Landes das Schreiben lernen konnte. Und nachdem wir alle lange auf sie eingeredet hatten, nahm sie daran teil. Wir konnten ja nicht ahnen, daß es ein Wochenende für gelangweilte reiche Witwen und unglücklich ver-heiratete Frauen war, die nach einem neuen Zeitver-treib suchten. Kein Wunder also, daß Christina sich dort nicht wohl in ihrer Haut fühlte und ihre Phanta-sie im Garderobenschrank aus Eichenholz einschloß. Sie brachte nicht einen einzigen Buchstaben zu Papier, und das war für sie die Bestätigung, daß sich ihre Chancen verflüchtigt hatten.

Ich dürfe nicht zulassen, daß es mir genauso ergehe, schärfte Christina mir ein. Ich müsse unbedingt noch auf die städtische Schule gehen, fand sie. Aber Martha hielt das für abwegig. Es wurde ein heikles Thema zwi-schen den beiden Schwestern.

»Wieso sollte sie Dinge lernen, die sie im Laden gar nicht braucht?« fragte Martha, als Christina wieder einmal darauf herumritt.

»Du mußt ihr die Chance geben, sich entfalten zu können. Dann kann sie selbst bestimmen, ob sie über-haupt in den Laden möchte«, erwiderte Christina.

»Was sollte sie denn sonst tun?«

»Was sie *sonst* tun sollte? Als wenn einem das Leben vorbestimmt wäre, nur weil man zufällig in eine Bäcke-rei hineingeboren wurde!«

»Ich glaube schon, daß das so ist. Viele Dinge sind von vornherein festgelegt«, entgegnete Martha nachdenklich.

»Aber es gibt doch Möglichkeiten, aus diesem Muster auszubrechen, oder?« sagte Christina wieder.

»Ja, aber dafür braucht man Mut, und es fragt sich, ob es die Mühe wert ist«, warf Martha ein. »Denn wann weißt du schon, daß du die richtige Wahl getroffen hast?«

»Es ist jedenfalls keine gute Wahl, wenn du sie von einem anderen treffen läßt.«

»Aber es ist doch ganz bequem, sie von einem anderen treffen zu lassen, denn dann kannst du dem anderen auch immer die Schuld dafür geben, wenn es nicht so gelaufen ist, wie du es gern gewollt hättest«, entgegnete Martha. »Soll Emma vielleicht etwas gutmachen, was du verpaßt hast?«

Christina schwieg.

Es war mir unangenehm, daß meinetwegen gestritten wurde. Mir war es im Grunde egal, ob ich nun auf die Haushaltungsschule oder auf die Mittelschule kam. Eigentlich war ich sogar froh, nicht in die Stadt zu müssen, denn dann hätte ich eine Stunde früher aus dem Bett gemußt, um mit den anderen in die Schule zu radeln. Im Sommer war das ja vielleicht ganz nett, denn da war es dann schon hell und man konnte sehen, wie die weißen Weibsen über den Feldern ihre letzten Tänze der vergangenen Nacht aufführten, ehe sie sich in den Baumwipfeln versteckten, aber in den Monaten mit den kurzen Tagen, wenn der Wind von Norden kam und einem wie mit Messern in die Wangen schnitt, konnten kein Mantel und keine Mütze einen mehr wärmen.

Martha wollte, daß ich der Vereinigung der Mittelstandsjugend beitrat, einer kulturellen Bewegung, die alle vierzehn Tage eine Zusammenkunft für den Nachwuchs der führenden Geschäftsinhaber veranstaltete. Manchmal gab es eine Lesung über die Lebensgewohnheiten fremder Völker oder über andere Religionen. Und es wurden Ausflüge zu Ausstellungen im belgischen Lüttich oder zur Oper im deutschen Aachen organisiert. Martha ließ mich dorthin gehen, weil ich auf diese Weise Leute in meinem Alter kennenlernen könnte, und Christina dachte, daß ich damit meine Bildungslücken schließen könnte, aber auf mich hatte das Ganze wenig Wirkung. Ich war unsicher, wie sich mein weiteres Leben gestalten sollte – wenn ich mir die vorhandenen Wahlmöglichkeiten anschaute, erschienen sie mir doch sehr begrenzt.

Von den praktischen Neigungen meiner Tanten hatte rein gar nichts auf mich abgefärbt. Ich konnte nicht so schön nähen wie Camilla, ich hatte trotz Claras unermüdlichen Erklärungen keine Ahnung vom Züchten und Veredeln von Pflanzen. Ich hatte Angst vor Pferden, solange das Brot mit Pferd und Wagen ausgefahren wurde, und danach panische Angst vor Autos, was vielleicht auf Annes Fahrstil beruhte. Als sie seinerzeit mit uns jeden Sonntag über die Provinzstraßen gegondelt war, hatte sie andauernd vergessen, auf die Straße zu achten, weil sie die Landschaft so schön fand. Und ich konnte auch nicht sticken wie Tante Marie, was aber keine Katastrophe war, denn bestickte Bettwäsche fand man ohnehin längst altmodisch.

Auch Marie befaßte sich schon seit langem nicht mehr mit Kreuzstichmustern. Im Kloster hatten die Sticknadeln Rost angesetzt, und als sie zu uns zurückkam, konfrontierte sie uns mit ihrer neuen Passion – Kochen. Sie hatte Gerichte zuzubereiten gelernt, die wir mit Staunen über unsere Zungen wandern ließen. Jede Mahlzeit, die sie uns auftischte, war eine neue Erfahrung. Wir vernahmen erst jetzt, daß der Bischof seine Gäste immer in diesem Kloster bewirtete, in dem Marie gelebt hatte. So hatte sie in der Klosterküche gelernt, die exquisitesten Speisen anzurichten, denn die Kirchenväter verstanden etwas von gutem Essen und Trinken. Es gab Soßen, deren Namen wir nicht aussprechen konnten, und Fleischgerichte, die so ungewöhnlich schmeckten, daß wir einen ganzen Abend lang nach Worten suchten, um den Geschmack beschreiben zu können. Wir hatten gar nicht gewußt, daß man Kartoffeln auch anders zubereiten konnte, als sie zu kochen oder zu braten. Marie machte aus der simplen *Bintje* ein exotisches Gemüse, dessen Geschmack nur noch ganz entfernt an den einer alltäglichen Kartoffel erinnerte. Ebenso war sie Expertin in französischen und italienischen Weinen geworden, ein Wissen, mit dem sie im Dorf allerdings wenig anfangen konnte, denn dort wurden nur Bier und Genever getrunken.

Marie versuchte mich bei ihren kulinarischen Aktivitäten mit einzubeziehen. Das war zwar nicht von Erfolg gekrönt, doch Marie nutzte unser Zusammensein, um sich mit mir zu unterhalten. Und sie erzählte mir ihre Geschichte, von dem, was ihr zugestoßen war und sie gezwungen hatte, ihre Heirat immer weiter aufzuschieben, und was letztlich auch der Grund dafür gewesen war, daß sie am Ende so schnell wieder nach Hause zurückgekehrt war.

Marie war noch keine achtzehn, als sie bei der Kirchweih dem Mann begegnete, den sie heiraten und mit dem sie eine Familie gründen wollte. Er war groß und kräftig, er arbeitete in der Steinfabrik, und seine Hände kratzten, was sie aber für ganz normal hielt, weil sie keine anderen Männerhände kannte. Sie nahm es hin, daß sie zwei Tage lang mit aufgerauhtem Kinn herumlief, wenn sie miteinander geschmust hatten. Tag für Tag betete sie zu Gott, daß sie durch diesen Mann eine Familie mit Tanten und Onkeln bekommen möge, die sonntags zum Tee kämen. Sie betete auch, daß Gott dafür sorgen möge, daß der Mann noch viele Jahre bei ihr bliebe, bis ihre eigenen Kinder wieder

Kinder hätten – möglichst nicht mehr als je drei – und alle für sich selbst sorgen könnten.

Abends ging Marie immer früh in ihr Zimmer, um Zeit für ihre inständigen Gebete zu haben. Dann bekam sie eines Tages von einer Freundin ein Aufklärungsbuch geschenkt, in dem beschrieben war, wie eine moderne Familie zu leben hatte. Als sie sich die Abbildungen von kopulierenden Paaren und gebärenden Frauen ansah und las, daß die erste Gemeinschaft von Mann und Frau eine schmerzhafte und blutige Angelegenheit sei, geriet ihr Glaube ins Wanken. Sie war so entsetzt, daß sie Gott mit einem Kruzifix aus ungeschliffenem Holz, das sie in der Missionswoche gekauft hatte, um arme Neger zu unterstützen, beschwor, ihr das doch bitte zu ersparen. Sie betete so heftig und fuchtelte so wild mit dem primitiven Kreuz, daß sie das Gleichgewicht verlor, auf das Kreuz fiel und sich die Vagina dabei so bös verletzte, daß sie fürchterlich blutete. Sie stillte die Blutung mit einem Handtuch und band sich, damit die Wunde wieder zuheilen konnte, ein Tuch so fest um die Lenden, daß sie tagelang nicht laufen konnte. Das beschädigte Gewebe wuchs so schief und krumm wieder zusammen, daß ein männliches Glied sich dort niemals mehr einen Weg würde bahnen können. Der Arzt, der Marie später einmal untersuchte, weil sie andauernd Infektionen hatte, sagte, daß sie sich operieren lassen müsse, aber davor hatte sie viel zuviel Angst.

204

So heiratete sie, von der nichtsahnenden Martha dazu gedrängt, mit diesem grausamen Geheimnis zwischen den Beinen. Sie hielt ihren Mann immer auf Distanz – bis er sie eines Tages mit Gewalt zu nehmen versuchte. Da flüchtete sie aus dem Haus, hockte eine Nacht lang fröstelnd am Rande des Sumpfes und packte am nächsten Tag ihre Sachen, um in die Bäckerei zurückzukehren.

»Es war so viel Blut«, sagte sie, »es lief über den Boden und setzte sich in meinen Kleidern fest. Tagelang hab ich mir die Hände gewaschen, aber es blieb daran haften. Es war überall, an meinen Nadeln und im Garn, ich hab's in alle Bettücher und Kissenbezüge gestickt.« Und sie mußte lachen, weil dieses Drama über dem Klosterherd endlich von ihr gewichen war. Es war das erste Mal, daß ich sie richtig lachen sah. Marie hatte keinen Mund zum Lachen.

Maries Geschichte hatte zwar nichts mit meinem Vater zu tun, vermittelte mir aber ein besseres Bild von Dingen, die ich als Kind zwar gesehen hatte, ohne sie je verstanden zu haben.

Ich fragte sie, ob sie sich denn nicht jetzt noch operieren lassen wolle, da kicherte sie und entgegnete, das sei bereits geschehen. Sie erzählte, daß sie ihre Zelle mit einer älteren Nonne habe teilen müssen, die zu ihr ins Bett geschlüpft sei, in den langen, kalten Winternächten. Und als die Nonne ihre zarten Hände über Maries Bauch habe streichen lassen, ohne die Weichheit ihrer Vagina finden zu können, habe sie mit der

Mutter Oberin darüber gesprochen, die Marie ins Krankenhaus geschickt habe, um die Verwachsungen reparieren zu lassen.

Hundertprozentig war es nicht mehr wiederherzustellen gewesen, wenn sie auch wieder mit einem Mann ins Bett gekonnt hätte. Aber dafür konnte Marie sich nicht mehr erwärmen. Ihren Ehemann hatte sie im Geist ausradiert, und aus Angst hatte sie sich nie mehr ein neues Bild gemalt.

Ihre neue Liebe war um etliches erotischer als die vorherige. Und die neu entdeckte Sinnlichkeit würzte ihre Soßen und Suppen, so daß man eine Leidenschaft schmeckte, die mehr als zwanzig Jahre lang hatte reifen können.

Marie war gesprächiger geworden, seit sie im Kloster gewesen war. Einmal, als ich sie allein in der Küche beim Genever ertappte, erzählte sie mir ihre ganze Geschichte noch einmal.

Ich fragte sie, wieso sie ins Kloster gegangen sei.

Nachdenklich sagte sie: »Ich weiß es nicht mal mehr. Als Martha weg war, hörte das Herz des Hauses auf zu schlagen. Ich fühlte mich so allein, als sie weg war. Ich dachte, daß ich mich im Kloster besser mit Gott unterhalten könnte. Hier war ja immer irgendwer, der einem dazwischenquatschte... Aber ich glaub nicht, daß Er mir dort besser zugehört hat.«

»Aber du hast dort zumindest etwas gelernt, was dir

Spaß macht. Das wär hier nicht so ohne weiteres passiert«, sagte ich.

Sie sah mich kurz nachdenklich an und erwiderte: »Eigentlich hast du recht. Nur müßte ich vielleicht noch mehr daraus machen. Ich könnte zum Beispiel bei Hochzeiten kochen. Dann hätte ich noch einen Beruf. Mein Gott, ob Er meine Gebete also doch erhört hat?«

Marie sollte ihre Idee schneller verwirklichen, als sie selber erwartet hätte.

Unverhofft wurde bei Marie angefragt, ob sie nicht das Hochzeitsdiner für die Tochter des neuen Bürgermeisters besorgen könne, da die Frau, die das bis dahin immer machte, sich kurz vor dem Fest das Bein gebrochen hatte. Es war üblich, Hochzeits-, Kommunions- und Trauerfeiern zu Hause zu veranstalten und jemanden anzuheuern, der fürs Essen sorgte, so daß die ganze Familie das Fest unbekümmert genießen konnte. Von da an kam es immer häufiger vor, daß man ein Diner oder ein Buffet für große Gesellschaften von Marie ausgestalten ließ. Weil sie dabei Hilfe benötigte, nahm sie Anne mit.

Ohne daß sie große Mühe und Planung darauf hätten verwenden müssen, wuchs ihre Zusammenarbeit zu einem kleinen Unternehmen heran – ›Catering‹ sollte man so etwas später nennen. Auf diese Weise lernten sich die beiden einsamsten Schwestern in einem Alter näher kennen, da sie sich mit dem Alleinsein bereits ausgesöhnt hatten. Dadurch verbesserte sich auch ihre Beziehung zu den anderen Schwestern. Der Zusammenhalt in der Familie wurde größer als je zuvor, und die Schwestern konnten immer weniger ohne einander auskommen.

Obwohl sie mehr denn je mit Essen zu tun hatte, fing Anne eine Abmagerungskur an. Ganz allmählich kam wieder ihr Körper mit Rundungen und Formen zum Vorschein, wie sie einer Frau in der Blüte ihres Lebens angemessen waren. Die Allergie gegen Spitzenunterwäsche behielt sie jedoch, so daß sie auch weiterhin gezwungen war, einfache Baumwollschlüpfer und -BHs zu kaufen. Für ihre Oberbekleidung aber fuhr sie von nun an zu einem Modegeschäft nach Maastricht, wo es Kleidung mit französischem Flair gab.

Als Anne ihre alte Figur wiederhatte und wieder normale Kleidung tragen konnte, stellten sich auch wieder andere Gefühle und Sehnsüchte bei ihr ein. Und sie begann, Heiratsannoncen aufzugeben.

Das wurde zu einer neuen Sucht. Anfangs setzte sie nur hin und wieder eine Annonce in die Lokalzeitung, dann aber auch in die große überregionale Zeitung, was ihr weit mehr Briefe bescherte, die sie dann kichernd mit Marie und Christina besprach. Es waren immer ein paar interessante Antworten dabei, und sie unterhielt dann für kürzere oder längere Zeit einen brieflichen Kontakt mit dem jeweiligen Mann, wobei ihr Christina oft Hilfestellung leistete und ihr Sätze schenkte, auf die sie selbst nie gekommen wäre. Sie bediente sich dieser sicheren Manier der Anziehung und Verführung, bis die Männer auf ein Treffen drangen. Dann schrieb sie briefelang, wo das stattfinden sollte und wie sie sich das Zusammensein vorstellte.

Nur ein einziges Mal hat sie sich wirklich mit so einem Briefeschreiber getroffen. Ansonsten stellte sie das Ganze immer schon vorher ein, weil sie jedesmal, wenn es soweit war, wieder an den Bürgermeister denken mußte. Dann schrieb sie, von Christina assistiert, daß sie doch lieber von einem Treffen absehe.

Das eine Mal, als sie sich wirklich verabredet hat, ist sie mit Marie zusammen hingefahren. Und da haben die beiden den Mann schon nach zehn Minuten unter dem Vorwand allein gelassen, daß sie ins Krankenhaus müßten, um bei ihrem sterbenden Vater zu wachen.

## 21

Im Herbst, wenige Monate nachdem wir sie begraben hatten, sah ich Oma an der Kellertreppe wieder.

»Oma! Was machst du denn hier?« fragte ich.

»Het is Zeit for Sauerkraut«, sagte Oma. Ihr Akzent war kein bißchen verändert, aber sie trug ein dunkelblaues Kleid, das ich noch nie an ihr gesehen hatte. Ihr graues Haar war zu einem Kranz um ihren Kopf geflochten, was sie um Jahre jünger machte.

Sie ging in den Keller hinunter. Ich folgte ihr, konnte sie aber zwischen den Regalen mit eingemachtem Obst und Gemüse nicht mehr entdecken.

Jeden Herbst hatte Oma graue Steinguttöpfe mit feingeraspeltem Weißkohl gefüllt, der schichtweise mit Salz bestreut wurde, und dann ein Brett auf die Kohlsträhnen gelegt, das mit einem Stein beschwert wurde, damit das geschmacklose Wasser aus dem anfangs noch knackigen Kohl gepreßt wurde. Doch das war längst nicht alles, es kamen Gewürze hinein, und nur Oma wußte welche und, vor allem, in welchem Verhältnis. Wir hatten Jahr für Jahr gesagt, daß wir das Rezept aufschreiben müßten, für den Fall, daß Oma einmal nicht mehr wäre. Aber alle hatten immer so getan, als hätte

sie das ewige Leben, und keine hatte je zum Notiz-
block gegriffen oder sich das Rezept im Geiste einge-
prägt.

In der Woche darauf saß Oma neben mir in der Küche,
als ich Kartoffeln schälte.

»Du schälst se veel te dick, als immer«, mäkelte sie.

»Wenn du's besser kannst, mach du's doch«, gifte-
te ich zurück. Ich mußte nämlich ganz allein Kartoffeln schälen, während alle anderen zu einer Versamm-
lung im Rathaus waren, bei der es um die geplanten
Veränderungen im Straßennetz ging und darum, ob
unsere Straße dabei womöglich für den Durchgangs-
verkehr gesperrt würde.

Oma lachte. »Dat brauch ik niet mehr«, entgegnete sie. »Samstag maken wir Sauerkraut«, verfügte sie
dann.

»Aber wir wissen doch alle nicht, wie das geht, Oma.
Wir haben vergessen, es uns aufzuschreiben«, wandte
ich ein.

»Ik hab aber niet vergeten, wie het geht. Ik verzähl
het dir«, sagte sie. »Samstag.« Und sie verschwand
durch den Flur.

Ich fragte Martha, ob wir nicht Sauerkraut machen
sollten, aber sie fand, das lohne den Aufwand nicht
und, wir könnten ja von nun an immer ein Faß beim
Gemüsehändler kaufen. Als habe sie völlig vergessen,
daß der Gemüsehändler immer ein paar Fäßchen Sau-

erkraut von *uns* gekauft hatte, um etwas anderes als nur Fabrikkraut im Angebot zu haben. Daß es einen Qualitätsunterschied zwischen Omas und anderem Sauerkraut gab, war übrigens eine durch und durch objektive Feststellung: Es wurden zwar nie offizielle Vergleiche angestellt, aber Omas Erzeugnis hatte unbestritten die bessere Reputation. Doch wie dem auch sei, ich hatte samstags keinen Weißkohl, der in die Fässer gelegt werden konnte, denn auch Christina hatte keinen Bedarf mehr an einem Keller voller Sauerkrautfäßchen. Und dabei waren wir doch so daran gewöhnt, und auch die Steine der Kellerwände waren schon ganz durchtränkt von dem säuerlichen Geruch, der sogar noch wahrzunehmen war, als das Haus später von den Bulldozern der Baugesellschaft eingerissen wurde. Ich wußte, daß Oma böse werden würde, und mied daher die Küche, weil ich sie dort erwartete.

Sie stand plötzlich hinter mir, als ich gerade meine frisch gebügelten Sachen in den Schrank legte.

»Denk ja niet, dat du vor mir weglopen kannst«, sagte sie strafend und lief so lange hinter mir her, bis es mich derart nervös machte, daß ich Marie auf das Sauerkraut ansprach, ohne jedoch Oma zu erwähnen. Ich fragte sie, ob sie nicht ab und an was für ihre Essen gebrauchen könne. Mit unverfälschtem, selbstgemachtem Sauerkraut nach altem Rezept könnte sie vielleicht noch größere Lorbeeren ernten. Ich schwindelte, als ich ihr sagte, daß ich Omas Rezept noch wüßte.

Marie war dankbar für die Idee und bestellte einen

Berg Weißkohlköpfe, die sie, Anne und ich innerhalb von zwei Tagen auf der großen hölzernen Gurkenreibe feinraspelten. Wir hatten zwei Waschkörbe voller Kohlsträhnen und füllten damit die zehn Steingutfäßchen, die Oma immer benutzt hatte.

Oma sagte mir genau, wieviel Nelken und Wacholderbeeren hineinmußten, ohne daß meine Tanten etwas von ihrer Anwesenheit mitbekamen. Marie wollte mehr Nelken hineinhaben, und Anne dachte, es müßten Lorbeerblätter hinzu, aber Oma begann wild zu gestikulieren, und so rief ich, daß das nicht hineingehöre. Anne behauptete, sie sei sich sicher, daß es doch gehe. Oma stieß mich an, daß ich das verhindern solle. Es wurde ein schwieriger Samstagnachmittag, an dem Nouvelle Cuisine und dahingeschiedene Zeit schließlich einen Kompromiß fanden.

Ich sah Oma immer öfter. Zuerst dachte ich, daß es etwas mit meiner Periode zu tun hätte, weil ich, wenn ich meine Regel bekam, immer ein leichtes Schwindelgefühl im Kopf hatte und wie auf Luftballons schwebte und dadurch vielleicht Dinge sah, die nicht normal waren. Aber Oma war mitunter jeden Tag mal kurz da, und dann wieder längere Zeit überhaupt nicht. Meistens ging sie schweigend durchs Haus und lächelte nur oder schüttelte den Kopf, wenn ich irgendwelchen Murks machte.

»Sebastian maakt sich Sorgen, weil du niet op de gute Schule gehst. Du sollst mehr Musik maken.«

»Das soll er mal Martha sagen«, entgegnete ich.

»Du darfst Martha niet stets de Schuld in de Schuhe schieben«, sagte sie und verschwand durch die Wand nach draußen.

Oma begann Gefallen daran zu finden, durch geschlossene Fenster und dicke Wände zu kommen und zu gehen. Anfangs hatte sie noch die Türen aufgemacht und war durch die gleichen Öffnungen hereingekommen wie zu ihren Lebzeiten. Doch jetzt stand sie manchmal urplötzlich vor mir und sagte kichernd: »Het maakt Spaß, durch de Wände zu kommen.«

»Und ich finde es gar nicht nett, daß du mich so erschreckst«, erwiderte ich böse.

# 22

Martha rief jeden Samstagabend ihren Mann an und erzählte ihm, was sich in der Bäckerei so alles ereignete. Ihr Mann kam sonntags nicht mehr zum Essen, wie er es vor der Heirat gemacht hatte, und Martha bat ihn auch nicht darum.

Fast sieben Wochen nach Omas Tod bekam Martha einen Anruf, daß sie schnellstens ins Krankenhaus nach Maastricht kommen solle – ihr Mann hatte einen Herzanfall erlitten. Er hatte es aber eiliger als seine Ehefrau: Als Martha mit Vincentia im Lieferwagen am Krankenhaus eintraf, war das Pflegepersonal schon drauf und dran, ihn in die Leichenhalle zu bringen. Eine Woche später kehrte Martha mit einem Stapel Papieren, die der Notar ihr ausgehändigt hatte, nach Hause zurück. Ihr Mann hatte nie ein Testament gemacht, und so gehörte nun alles seiner Witwe: das Haus, der Betrieb, die Firmenwagen und der private Pkw, ein schwarzer Mercedes.

»Ich weiß gar nicht, was ich damit soll«, sagte Martha. »Ich will nicht allein in dem großen Haus wohnen, und ich verstehe nichts von getrockneten Südfrüchten.« Sie legte die Papiere in den Schrank und kümmerte sich nicht mehr darum.

Sie sprach auch nicht mehr über ihren Mann. Wenn wir sonntags abends Rommé spielten und sie fragten, was sie denn sonntags mit ihrem Mann gemacht habe, sagte sie: »Nichts«, und legte ihre Karten aus. Sie gewann erstaunlich oft.

Ich wußte, daß sie einen Fernseher hatte, und machte den Vorschlag, daß wir den vielleicht zu uns ins Haus stellen könnten, aber sie murmelte nur, daß es nichts als Sportsendungen gebe, obwohl ich ganz genau wußte, daß auch Filme und Theaterstücke ausgestrahlt wurden – das hatte mir ein Mädchen in der Schule erzählt.

Einen Monat nachdem Martha die Akten vom Notar in den Schrank gelegt hatte, um sie zu vergessen, holte Christina sie wieder heraus und legte sie vor Martha auf den Tisch.

»Du kannst nicht einfach so tun, als wenn es sie nicht gäbe«, sagte sie. »Der Geschäftsführer ist hiergewesen, die Vertreter wollen ihren Lohn, und die Vorräte sind erschöpft. Die Lieferanten liefern nicht mehr, ehe nicht die Rechnungen bezahlt sind.«

»Es gibt keinen Geschäftsführer«, entgegnete Martha.

»Dré sagt, er sei Geschäftsführer, und er möchte das Geschäft kaufen, solange es noch gut läuft.«

»Laß das mal den Notar regeln«, antwortete Martha.

»Du mußt erst einen Preis aushandeln«, sagte Marie. »Du bekommst bestimmt viel Geld dafür.«

»Ich wüßte nicht, was ich mit viel Geld soll. Ich finde nicht mal, daß ich ein Recht darauf hab. Ich hab nie etwas dafür zu tun brauchen.«

»Dann gib's doch mir«, murmelte Marie, denn die Liebe zum Geld war ihr auch im Kloster nicht abhanden gekommen.

Martha tat drei weitere Wochen lang so, als habe sie das Geschäft vergessen, bis Dré, ein großer Mann mit quadratischen Schultern und einem merkwürdigen Akzent, erneut vor der Tür stand. Nach einem langen Gespräch im Wohnzimmer packte Martha eine Tasche und fuhr mit Dré mit. Erst zwei Wochen später ließ sie sich von Vincentia im Lieferwagen wieder abholen.

Tag für Tag war Martha in dem großen Haus durch die leeren Zimmer und die langen Flure gegangen und hatte nach dem Lachen ihrer Schwestern gelauscht. Sie hatte sich wohl tausendmal gefragt, ob es nicht besser wäre, Südfrüchte zu verkaufen anstatt frischgebackenes Brot. Sie war an Dingen entlanggegangen, die ihr nie gehört hatten und bei denen sie nun, da sie ihr gehörten, nicht wußte, ob sie ihr gefielen. Und sie hatte sich gefragt, ob ihre Schwestern vielleicht Gefallen daran finden könnten – es standen so viele Dinge herum, die es im Bäckerhaus nie gegeben hatte.

Jeden Tag stellte sie irgend etwas auf den Flur hinaus. Am Ende auch den Fernseher. Und dann war sie zum Notar gegangen und hatte ihm die Papiere von Haus und Geschäft überhändigt.

Das frischgebackene Brot hatte den Sieg über das Trockenobst, das nach nichts mehr duftete, davongetragen. Der Mann, der sich selbst zum Geschäftsführer befördert hatte, übernahm Wohnhaus und Geschäft sowie Firmenwagen und schwarzen Mercedes (worüber Marie sich gar nicht mehr beruhigen konnte, denn sie hatte seit ihrer Klosterzeit ein Faible für große schwarze Autos).

Ein Antiquitätenhändler räumte die Zimmer aus und gab Martha so viele Banknoten für die Sachen, daß sie nicht mehr in ihr Portemonnaie paßten. An einem Mittwochnachmittag rief sie dann Vincentia an, ob sie sie abholen könne. Alles, was im Flur stand, wurde in den Wagen geladen und dann bei uns zu Hause in der Küche aufgebaut.

Unter sorgfältiger Berücksichtigung der Wünsche ihrer Schwestern hatte Martha für alle etwas aus der Stadt mitgebracht. Ich bekam eine dicke, in Leder gebundene Enzyklopädie. Sie brachte zwei Waschkörbe voll Strickwolle mit, obwohl selbstgestrickte Pullover langsam aus der Mode kamen. Und in einer Ecke der Küche standen fünf Kartons mit Büchern, vor allem deutsche Romane, und wir meinten grinsend, daß es ein langer, romantischer Winter werden würde.

Während sich alle noch erfreut und mit einem warmen Gefühl im Herzen ihre Geschenke ansahen, stellte Martha eine Kiste mit einem großen Sammelsurium von Flaschen auf den Tisch. Und dann nippten alle aus Kristallgläsern an den Likören und Schnäpsen. Alle Flaschen wurden durchprobiert, sogar ich durfte mal an den Gläsern meiner Tanten lecken, und wir staunten, daß Alkohol so unterschiedlich schmecken konnte. Nur Marie kannte sich da aus – sie sagte immer, welche Flasche wir als nächste nehmen sollten.

Wir wurden ganz kicherig und schnappten prustend nach Luft, wenn der Alkohol im Rachen brannte.

Als schon alle wäßrige Äuglein kriegten, legte Martha ihre Brieftasche voller Banknoten auf den Tisch und stieß dabei ihr Gläschen grünen Benediktiner um.

»Ich bin reich«, kicherte sie mit dicker Zunge. »Ich bin eine reiche Witwe.« Sie lachte Tränen, und alle hoben das Glas. »Aber ich hab mir was ausgedacht«, sagte sie. »Ich möchte einen richtig schönen Laden. Wir bekommen die schönste Bäckerei im ganzen Umkreis!«

Und wieder hoben alle das Glas.

Martha erzählte, was sie sich in den leeren Nächten im großen Haus hatte einfallen lassen, und die Schwestern hörten sich ihre Pläne lange und geduldig an. Sie wußten, daß ihre Schwester immer viele Worte brauchte, um etwas zu erläutern. Stundenlang sprach Martha von der sich verändernden Wirtschaft und der neuen Kundengeneration, die bisher nie dagewesene Ansprüche stellte.

Als der Mond den Ausgang schon nicht mehr hören

wollte und sich hinter Wolken verzog, erzählte Martha endlich, woraus ihr Plan bestand. Sie wollte einen Supermarkt. Es sollte so ein Laden werden, wie ihn der Kolonialwarenhändler neben der Kirche hatte bauen lassen. Ein Laden, in dem der Kunde die Waren selbst aus dem Regal nahm und sie dann an der Kasse bezahlte.

An diesem Tag gab es kein frisches Brot.

Christina erzählte den Kunden mit steinerner Miene, daß früh am Morgen jemand aus der Stadt gekommen sei und alles gekauft habe, um es in ein Eifeldorf zu bringen, wo die Leute noch nie im Leben frisches Brot gegessen hatten, weil es in dem Dorf keinen Bäcker gab und sie gezwungen waren, einmal die Woche mit einem Eselskarren ins Tal zu fahren, wo sie einen Vorrat für die ganze Woche kauften, wovon sie dann jeden Tag etwas auf dem Kachelofen aufbackten... Christina konnte solche Sachen so erzählen, daß jeder es ihr glaubte.

Und so wurde der Ort um einen Mythos reicher: den vom ›Geheimnisvollen Brotaufkäufer‹.

Nachdem der Bauunternehmer verschiedene Pläne erstellt hatte, entschied man sich am Ende dafür, das gesamte Erdgeschoß zum Laden umzubauen. Die Garage sollte größtenteils mit zum Laden hinzugezogen werden, bis auf einen kleinen Abschnitt, der als Lager dienen sollte. Die Flurtreppe zu den Schlafzimmern sollte auf die Rückseite des Hauses verlegt werden. Allein die Küche blieb im Erdgeschoß Privatbereich. Eines der vorderen Schlafzimmer im Obergeschoß wurde zum Wohnzimmer umfunktioniert, und weil genügend Geld vorhanden war, wurden eine moderne Couchgarnitur und zwei zusätzliche Sessel gekauft, so daß sich nun alle bequem vor dem neuen Fernseher räkeln konnten. Es wurde sogar ein flauschiger Teppichboden verlegt, auf dem man barfuß herumlaufen konnte, ohne gleich zu Eis zu erstarren.

Die Backstube bekam einen neuen Ofen, in dem Marie backte, wie sie es in einem Kurs für Feingebäck und Konfiserie lernte, den sie in der Stadt besuchte.

Nach zwei Monaten wurde der neue Laden mit festlichem Trara eröffnet. Der ganze Fußboden stand voller Hortensien, die uns die Kollegenschaft der anderen Ladenbesitzer hatte schicken lassen. Der Pfarrer kam, wie es Brauch war, um den Raum einzusegnen, obwohl Martha immer noch würgen mußte, wenn sie einen Geistlichen sah. Der neue Bürgermeister schaute kurz herein, um den Frauen Erfolg zu wünschen, und alle Kinder, die mit ihren Müttern kamen, kriegten von mir einen Luftballon mit dem Ladennamen drauf, an dem eine Schnur mit einer Karte befestigt war, auf die sie ihre Adresse schreiben konnten, ehe sie den Ballon aufsteigen ließen. Das Kind, dessen Karte vom entferntesten Ort zurückgeschickt würde, sollte eine dreistöckige Torte zu seinem nächsten Geburtstag bekommen, was nie geschah, weil jemand so schlau war, seine Karte zu Verwandten nach Neuseeland zu schicken, die sie dort in die Post gaben: Als Marie schon die Torte in Angriff nehmen wollte, erzählte ihr jemand, daß Luftballons niemals so weit fliegen können, und da alle anderen Karten schon weggeworfen worden waren, konnte niemand mehr ausfindig machen, welcher Ballon denn nun wirklich die weiteste Strecke zurückgelegt hatte.

Das erste Weihnachtsfest im neuen Wohnzimmer wurde unvergeßlich. Christina bastelte aus Pappe eine Krippe mit der Heiligen Familie, die unter den Christbaum kam, den der Mann von der Baumschule brachte. Auf einem niedrigen Tischchen daneben legte sie aus getrocknetem Moos eine große Weide für die Hirten und ihre Schafe aus. Im Moos versteckt lagen kleine Seen aus Spiegelscherben. Und Christina gab mir Geld, um zehn wollige Schäfchen zu kaufen, die ich neben die Steinlämmer stellen durfte.

Als alle Kugeln, Glöckchen und Vögelchen im Baum hingen, kam Martha feierlich mit einer länglichen Schachtel ins Zimmer, die sie mit einem Blick in die Runde auf den Tisch stellte. »Pack mal aus«, sagte sie dann zu mir, und ich wickelte eine unvorstellbar schöne Christbaumspitze aus dem Seidenpapier. Die hatte ich noch nie gesehen. Sebastian hatte sie gekauft, kurz bevor er weggegangen war. Sie war nie benutzt worden.

Marie bereitete mit Anne zusammen ein Festmahl zu, für das wir den halben Tag am Tisch verbringen mußten. Den hatte Camilla mit Satinbändern und Schleifen aus rotem und weißem Tüll geschmückt. Clara hatte Tannenzweige aus der Baumschule mitbekommen, die sie mit Vincentia zusammen überall im Haus an den Wänden befestigte. Christina und ich schrieben eine Weihnachtsgeschichte, die wir beim Essen und noch weit darüber hinaus vorlasen.

Niemand erschrak mehr über meine Art zu deklamieren, und als die Kerzen am Baum zum zweitenmal ersetzt worden waren, holte Camilla die Mandoline vom Dachboden. Nachdem sie die Saiten gestimmt hatte, sangen wir bis in den frühen Morgen Weihnachtslieder, die Oma in ihrer Zimmerecke mitsummte.

## 23

Anfänglich war ich die einzige, die Oma sah, aber eines Nachmittags, als ich auf der Treppe eine heftige Diskussion mit ihr hatte, stand Christina plötzlich im Flur und blickte starr vor Schreck auf das Bild, das sich ihr da bot. Von nun an begannen auch die anderen Oma zu sehen, und im Laufe der Zeit wurde sie zu einer ganz normalen Erscheinung im Haus, die niemanden mehr irritierte.

Oft saß sie ruhig in einer Ecke der Küche und schaute uns zu. Manchmal sahen wir sie auch durch die Schlafzimmer schlurfen oder stundenlang auf der Treppe sitzen. Nur in den Laden durfte sie nicht kommen, von dort wurde sie weggeschickt – sie hatte auch nie dorthin gehört.

Ich hätte gern gewußt, wieso sie da war, aber sie antwortete nur selten auf die Fragen, mit denen ich sie bedrängte. Ich fragte sie zum Beispiel, ob sie eine umherirrende Seele sei. Oder ob sie eine große Sünde begangen habe, so daß sie nicht in den Himmel dürfe.

»Du weißt niet, wat de Himmel is, du gehst teveel in de Kerk«, war ihre Antwort.

»Aber warum bist du hier?«

»Du stellst te vele Fragen.«

»Ist Sebastian bei dir?« Ich ließ nicht locker. »Kannst du mir erzählen, wie er war?«

»Hör op dich selbst, du weißt al, wie er war.«

»Aber jeder erzählt mir was anderes«, entgegnete ich verzweifelt.

»Ja, weil niet alle Mensen het selbe sind. Und se sehen stets sich selbst, wann se nach de andern kucken«, sagte sie und ließ mich völlig verwirrt stehen.

Manchmal sprach sie tagelang überhaupt nicht, und manchmal war sie auch in Begleitung anderer, die wir nicht kannten. Auch das störte uns nicht weiter. Aber als eines Tages der Vater der Schwestern neben ihr stand, ließen alle ihre Arbeit stehen und liegen, rührten an diesem Tag keinen Finger mehr und gingen den nächsten Tag mit einem unguten Vorgefühl an.

»Paß op vor de Dicke«, sagte Oma, während sie mit dem Vater in die Backstube ging.


Drei Wochen danach stand eine dicke Flämin mit einem mongoloiden Sohn und einem Mann im grauen Anzug im Laden. Die Haut der Frau hatte die Farbe einer alten Zeitung, und die Haare hatte sie sich wohl mit Waschblau gewaschen.

Sie stellte sich Christina als die Witwe des Bäckers vor und sagte, daß Haus und Geschäft ihr gehörten – »denn so sind die Gesetze«.

Der Mann in Grau nickte; er war Rechtsanwalt und mitgekommen, um den Frauen zu erklären, daß

Geschäft und Backstube zur Hälfte der Witwe gehörten, und daß sie und ihr Sohn obendrein einen Kindesteil von der anderen Hälfte für sich reklamieren könnten, der größte Teil also ihr Eigentum sei und es somit naheliege, daß die Frau von nun an im Haus wohnen und von den Einnahmen aus der Bäckerei leben würde...

Die Frau mit dem blauen Haar und dem vergilbten Gesicht war mehr als zwei Jahrzehnte mit dem Vater der sieben Schwestern verheiratet gewesen. Er hatte ihr oft von seiner Bäckerei erzählt, von dem Laden und dem großen Haus, und immer wieder hatte er ihr versprochen, daß sie dort wohnen würden. Aber es war nie etwas daraus geworden, und jetzt, da er nicht mehr war, wollte sie für »seine Mädchen« sorgen, wie sie es ausdrückte. Sie zeigte auf die beiden abgestoßenen Koffer, die sie bei sich hatte, und auf ihren zurückgebliebenen Sohn, der nun endlich seine Halbschwestern kennenlernen würde.

Alle sieben Schwestern hatten ihr Leben lang auf die Rückkehr eines Vaters gehofft, den die meisten von ihnen kaum gekannt hatten, aber keine hatte sich in ihrer Phantasie eine neue Frau an seiner Seite ausgemalt. Schweigend wurde die Flämin mit ihrem Gefolge in die Küche geführt. Sie gab den Familienmitgliedern ihre schwammige Hand und setzte sich in Opas Sessel, während sie ihren Sohn, der dafür schon viel zu alt war, auf ihren Schoß zog.

»Du kannst die Koffer schon mal auf mein Zimmer bringen«, sagte die Frau, als Vincentia ihr eine Tasse Kaffee anbot.

Die Schwestern sahen sich an. Nach dem Umbau waren die Schlafzimmer neu aufgeteilt worden, und jede hatte neuerdings ihr eigenes Bett. Die eine rollte sich jeden Abend im kuscheligen Tal einer Matratze zusammen, die noch aus der Zeit übriggeblieben war, als jeweils zwei nebeneinander gelegen hatten, die andere besaß ein neues, schmales Bett, das Vincentia und der Möbeltischler mit den genauen Maßen für eine moderne Federkernmatratze gebaut hatten, in die man zwar keine Kuhle graben konnte, die aber gesünder für den Rücken war. Jede hatte sich auf ihre Weise für altmodische Behaglichkeit oder für den Komfort der neuen Zeit entschieden. Martha war die einzige, die ein Zimmer für sich allein hatte, das schmale Kabuff neben der Treppe. Anne und Marie teilten sich das Zimmer, das ehemals Elternschlafzimmer gewesen war, und ich schlief bei Christina und Vincentia in dem noch verbleibenden Zimmer nach vorn hinaus. Die Zwillinge schliefen im Dachgeschoß, in schmalen Betten, so daß noch genügend Raum für Camillas Nähmaschine blieb.

Als nach drei Tassen Kaffee und sechs *Moffelkoeken* immer noch niemand Anstalten machte, der Witwe ihr Zimmer zu zeigen, stampfte sie von sich aus die Treppe hinauf und besah sich das Obergeschoß. Sie ging von einem Zimmer ins andere, starrte lange aus dem Fenster und sagte dann, daß das Zimmer nach vorn für sie sei, für sie ganz allein. Und zwar mit Doppelbett, denn sie sei es nicht gewöhnt, in einem schmalen Bett zu schlafen. Ihr Sohn müsse in Marthas Zimmer, er sei schließlich der Stammhalter, der einzige männliche Nachkomme, gurgelte sie und wartete. Die Schwestern blickten zu dem Jungen, der ihr Halbbruder sein sollte, und schämten sich, als wenn sie für die überzähligen Chromosomen des Jungen, der sie anlachte und seinen Sabber in den Kragen seines Pullovers rinnen ließ, verantwortlich wären.

Martha schauderte. Sie konnte sich ihren Vater, der vielleicht hin und wieder mal betrunken gewesen war, aber nie im Leben ein Jackett mit auch nur dem kleinsten Fettflecken getragen hatte, nicht mit diesen Leuten unter einem Dach vorstellen. Alles was sie noch von ihrem Vater wußte, war die Erinnerung an einen Mann mit langgezwirbeltem, pomadisiertem Schnurrbart, Hemd mit hohem, gesteiftem Kragen und Krawatte mit breit gebundenem Knoten oder Schleife. Er hatte sonntags immer eine Weste getragen und war nie ohne seine Melone und seinen Spazierstock aus dem Haus gegangen. Der Stock hatte zu seinem schwungvollen Schritt gehört und nie als Ausrede gedient, wenn er nach Ausübung der freiwilligen sonntäglichen Pflicht am Tresen ein wenig unsicher auf den Beinen heimkehrte.

Doch mochte diese Frau auch nicht zu dem Vater passen, den Martha gekannt hatte, die Papiere sagten etwas anderes aus.

Also schob Martha ihren Ekel beiseite und dachte an all die Male, da sie in der Kapelle zur Madonna der immerwährenden Hilfe gebetet hatte, sie möge ihr doch eine Mutter schicken. Sie betrachtete es demnach als späte Gnade, daß da nun eine in der Küche stand, und sagte sich, daß es Sünde wäre, daran zu zweifeln.

An jenem Nachmittag wurden Betten und Bettwäsche hin- und hergeschleppt, und kurz vor dem Abendessen hatte die Stiefmutter einen Platz im Bäckerhaus gefunden. Sie bekam Christinas Bett.

Marthas Bett wurde zu uns ins Zimmer gestellt. Annes Doppelbett wanderte auf den Dachboden, so daß Vincentia und Clara zusammen darin schlafen konnten, während Anne von nun an das Bett mit Marie teilte. Der mongoloide Halbbruder bekam das erste Bett, das Vincentia mit dem Möbeltischler gebaut hatte. Vincentia widersetzte sich diesem Vorhaben zwar vehement, aber Martha sagte, daß es Unsinn sei, an einem Bett zu hängen.

Es war ungewohnt, mit Menschen zusammenleben zu müssen, die wir nicht kannten, auch wenn sie zur Familie gehörten. Die dicke Frau hatte nichts von einer Mutter an sich. Andauernd rief sie mit ihrer belegten Stimme, daß es *ihr* Recht und *ihr* Haus sei. Dabei stritt das gar niemand ab, obwohl sich die Schwestern erst mit dem Gedanken vertraut machen mußten, daß ihr

Vater die ganzen Jahre über der rechtmäßige Eigentümer geblieben war und selbst der Umbau mit Hilfe von Marthas Erbschaft nichts daran änderte. Sie hatten sich auch nie Gedanken darüber gemacht, daß ihr Vater wieder heiraten könnte und seine neue Frau damit gewisse Rechte erhielt, die rein gefühlsmäßig ungerechtfertigt erschienen.

Nie hatte eine der Schwestern mehr als ein Taschengeld für ihren Part im Geschäft erhalten. Sie hatten den ihnen zustehenden Lohn immer Martha überlassen, die die Finanzen von Laden und Haushaltung verwaltete und das vorhandene Geld ohne bürokratische Umstände für die Begleichung der Lieferantenrechnungen und der verschiedenen Steuern verwandte. Martha hatte darüber entschieden, wer am nötigsten einen neuen Wintermantel brauchte und wann ein neues Fahrrad gekauft wurde. Kleinere Dinge kaufte jede von ihrem Taschengeld, und was übrigblieb, wanderte aufs Sparbuch. Die Flämin war ihre Stiefmutter und die Mißgeburt ihr Halbbruder, ein Kind desselben Vaters, und daher wurden beide in das Schema der Verteilung nach Bedarf aufgenommen.

Am Sonntag, nach der ersten Flasche Genever, fühlte sich die Flämin schon ein wenig mehr in ihrem Element und begann »den Mädchen« von ihrem Vater zu erzählen, der, so sagte sie, nach Belgien gekommen war, weil er gehofft hatte, dort seine Wunden auszuheilen. Irgendwann werde er wieder zurückgehen, hatte er gesagt, zurück zu seinen Mädchen und der Bäckerei, die sich bis weit über die Grenzen des Dorfes hinaus einen guten Namen gemacht hatte. Aber nie ergab sich eine geeignete Gelegenheit zur Rückkehr, und als sie erst mal verheiratet waren – sie hatten sich bei dem Bäcker kennengelernt, bei dem sie beide arbeiteten, war sein Wunsch zurückzugehen abgeklungen. Sie hatten dann ein Kind bekommen, und sie, so behauptete die Witwe, habe sich jahrelang gewünscht, ihren Sohn seinen Schwestern vorzustellen. Diese Möglichkeit sei ihr nun endlich gegeben. Der Vater habe wirklich nicht übertrieben, was seinen schönen Laden angehe, und sie hoffe, daß eine richtig gute Familie aus ihnen werden würde.

Alle nickten, Martha ließ den Spirituosenhändler noch zwei Flaschen Genever bringen und fing an zu heulen, als sie fünf Gläschen intus hatte. Ich bekam auch zwei Gläschen, mit Wasser verdünnt, und ob es nun durch den Alkohol kam oder weil sie einfach mal wieder da war, weiß ich nicht, jedenfalls sah ich Oma durch die Scheiben der Küchentür draußen im Flur stehen. Sie schüttelte den Kopf.

Die ›aufrichtigen‹ Gefühle der Witwe waren so unecht wie die Haare des Schulleiters der Jungenschule. Das einzige, was die Frau wollte, war, wie eine Königin behandelt zu werden. Ob sie damit fortsetzte, was sie von Opa her gewöhnt war, oder ob sie einfach nur das Gefühl hatte, daß nun endlich genügend Vasallen dafür vorhanden seien, war nicht ersichtlich. Ihr Sohn war der Hofnarr, und für den verlangte sie mehr Respekt, als er verdiente. Beide zusammen begannen den Schwestern schon bald auf die Nerven zu gehen.

Marie bekam als erste eine volle Breitseite ab, als sie ein neues Gericht ausprobierte, das sie in einer ausländischen Zeitschrift gefunden hatte. Es war ihr noch nicht perfekt gelungen, was häufiger vorkam, denn die Redakteurinnen der Blätter vertaten sich nämlich regelmäßig beim Rezept. Meistens bekakelte Marie die Zubereitung anschließend einen Abend lang mit ihren Schwestern und hörte sich deren Anregungen an, woraufhin sie am Tag darauf entsprechende Anpassungen vornahm. Dann war das Gericht meist schon sehr viel schmackhafter, wofür wir sie stundenlang lobten, bis sie mit Triumph auf den Wangen zu Bett ging, um nachts noch einmal davon zu träumen und den Finessen nachzuforschen, die am Ende zu einem göttlichen Gericht führen sollten.

Diesmal hatte Marie sich ein Fleischrezept aus dem Elsaß vorgenommen, zu dem es limburgischen Spargel gab. Sie hatte den ersten Spargel von einem noch jungen Beet gekauft, was immer ein Risiko ist, denn man sollte eigentlich ein paar Wochen abwarten, wie sich das Gemüse im neuen Beet macht. Die Spargel waren also noch nicht optimal, doch die Kombination mit dem Fleisch mache das Ganze zu einem, wie Marie es beschrieb, »wahren Abenteuer«, und alle lachten und mokierten sich über ihre neue Ausdrucksweise.

Nur die Witwe lachte nicht mit. Sie hatte nämlich, was wir nicht wußten, noch nie Spargel gegessen und hatte daher keine Vergleichsmöglichkeiten, ob diese nun gut waren oder nicht. Das Gelächter der Schwestern verunsicherte sie also, denn sie dachte, man mache sich über sie lustig. Daraufhin warf sie ihren Teller quer durchs Zimmer und schrie, daß sie noch nie im Leben »so einen Dreck gefressen« habe, eine Wortwahl, die im krassen Widerspruch zu Maries erlesener Kochkunst stand.

Der Sohn lachte auf und warf auch seinen Teller an die Wand. Und dann griff er zur Schüssel mit den restlichen Spargeln und hätte wohl auch die durch die Küche geworfen, wenn Vincentia sie ihm nicht weggenommen hätte.

Maries Gesicht nahm die Farbe einer gestärkten Schürze an. Ich sah sie schon das Kartoffelpüree nehmen und es der Witwe ins Gesicht drücken, was sie bestimmt gemacht hätte, wenn Martha sie nicht festgehalten und gesagt hätte, daß wir Verständnis für jemanden haben müßten, der aus dem Ausland kam.

Das Verständnis der sieben Schwestern, die keine Mutter gewöhnt waren, wurde Tag für Tag auf eine harte Probe gestellt. Die Witwe nistete sich in der Küche ein, wie Oma es einst getan hatte, doch anstelle von Omas nach warmem Kakao duftendem Gebrabbel blies nun die rauhe flämische Stimme Nachtfrost über die Kacheln und hinterließ Reif auf unseren Herzen.

Der schwachsinnige Sohn lief immer gerade dort herum, wo er nichts zu suchen hatte. Er schöpfte sich in der Backstube mit beiden Händen von der frisch geschlagenen Sahne und schlürfte sie so gierig auf, daß sie ihm bis in die Ohren hing, wo sie verklebte und sich verfärbte. Er aß von den Pralinen, die im Laden in der Vitrine lagen. Er biß in die *Vlaais*, die zur Auslieferung bereitlagen.

Die Witwe drohte, daß nur ja niemand wagen solle, die Hand gegen ihn zu erheben – er wisse nun mal nicht, daß diese Dinge nicht erlaubt seien. Und sie sagte, daß »die Mädchen« froh sein sollten, daß sie in ihrem Haus bleiben dürften – schließlich seien sie ja nicht ihre eigenen Kinder. Dabei spuckte sie auf den Boden, zündete sich eine dicke Zigarre an, holte die Geneverflasche aus dem Schrank und trank sie in wenigen Stunden ganz alleine leer. Manchmal teilte sie sich auch eine Flasche mit dem mongoloiden Sohn, der davon aggressiv wurde und mit Stühlen um sich schlug.

Das Haus begann sich gegen die Eindringlinge zu sträuben. Die Tapete warf Blasen, und in den Fugen breitete sich schwarzer Schimmel aus. Martha fiel es immer schwerer, in diesen Monstern die Erhörung ihrer Gebete zu sehen. Ihr Dasein gewann eher den Charakter einer unverdienten Strafe. Eine Stimme mit dem Timbre von der ihres Vaters sagte ihr jedoch, daß sie tun solle, was von ihr verlangt wurde.

So zuckte Martha auch hilflos die Achseln, als Marie eines Abends mit ihrem verkniffenen Mund, den sie trotz aller Veränderungen behalten hatte, zu ihr sagte, daß sie doch nicht für alles zu sorgen brauche, was ihr Vater hinterlassen habe.

Dennoch begann sich in Martha leiser Protest gegen die unvorstellbare Grausamkeit, die Gott ihr zufügte, zu regen. Nur offenen Widerstand wagte sie noch nicht zu leisten, allein schon, weil sie gar nicht wußte, wie das ging.

Das änderte sich, als die Witwe Martha eines Tages einen derartigen Hieb verpaßte, daß diese nach Atem rang und versucht war, zurückzuschlagen. Die dicke Flämin meinte nämlich, es sei nicht in Ordnung, daß alle automatisch vom gemeinsamen Einkommen zu essen bekämen, und verlangte, daß die Schwestern in Zukunft Kostgeld bezahlen sollten. Sie nannte dafür einen abstrus hohen Betrag. Darüber hinaus wollte sie von nun an das Geld aus der Kasse haben, weil sie selbst, so sagte sie, zukünftig für die Begleichung der Rechnungen Sorge tragen werde. Es sei schließlich ihr Geschäft, betonte sie zum tausendstenmal.

Da war die Küche mit einem Mal so voller Worte, die niemals hätten gesagt werden dürfen, daß Martha auf den Flur hinausmußte, um auszuspucken. Christina ging ihr nach und legte den Arm um sie.

»Ich hab immer mein Bestes gegeben«, schluchzte Martha, »und jetzt ist plötzlich nichts mehr gut genug.

Mein ganzes Leben hab ich der Bäckerei geopfert, und jetzt gehört sie nicht einmal mehr mir.«

»Sie gehört uns allen«, sagte Vincentia, die auch auf den Flur gekommen war. »Wir haben alle mit dem gleichen Widerwillen hier gearbeitet.«

»Das stimmt nicht!« entgegnete Christina. »Wir haben viel Spaß gehabt, und es ist uns immer gut gegangen. Ihr dürft nicht plötzlich alles runtermachen. Dann wär unser ganzes Leben bedeutungslos geworden.«

»Im Moment ist ihm jedenfalls nicht mehr viel abzugewinnen«, sagte Vincentia. »Ich halt's hier nicht mehr aus. Ich geh weg.«

»Wenn, dann gehen wir alle«, sagte Martha und wischte sich hastig die Tränen ab, da die Witwe auf den Flur hinauskam, um nachzusehen, ob sie noch von irgendwem eine Antwort erhalten würde.

»Hier bezahlt niemand Kostgeld«, sagte Marie. »Wir arbeiten alle gleich hart. *Du* bist diejenige, die uns etwas bezahlen müßte. Halt also in Zukunft bitte den Mund und überlaß Martha die Geldangelegenheiten. Und wenn du es wagen solltest, die Hand nach dem Geld in der Kasse auszustrecken, hack ich sie dir ab.«

Verdutzt horchten alle auf, welche Kraft aus Maries Stimme sprach.

Die Witwe blickte unsicher von einer zur anderen und traute sich, als sie das breite Grinsen der Schwestern sah, fürs erste nicht mehr, noch irgendwelche Forderungen zu stellen.

Statt dessen mäkelte sie immer öfter an Maries Essen herum. Einmal spuckte sie es sogar quer über den Tisch, um zu demonstrieren, wie scheußlich sie es fand. Das hat sie danach nie wieder getan, denn Marie sah sie an, als würde sie ihr eine kochendheiße Pfanne überbraten, wenn sie noch ein einziges Mal einen solchen Frevel beginge...

Die Gemütlichkeit zog sich aus der Küche zurück. Nach dem abendlichen Abwasch ging jede ihres Weges. Camilla verdrückte sich auf den Dachboden, um die Abende inmitten von weißem Tüll und Satin zu verbringen. Längst nicht immer saß sie an der Nähmaschine – immer häufiger stand sie in dem Brautkleid, an dem sie gerade arbeitete, vor dem Spiegel und betrachtete sich. Clara kam meist sehr spät nach Hause, weil sie bis zum Einbruch der Dunkelheit in der Baumschule arbeitete und dann dort zu Abend aß. Vincentia war immer öfter in der Werkstatt des Möbeltischlers anzutreffen. Wenn sie ihm nicht helfen konnte, saß sie nur da und trank Kaffee und schaute dem Mann zu, der sein Handwerk bis in die letzten Finessen beherrschte und aus allen Ecken der Provinz die kniffligsten Aufträge erhielt.

Marie und Anne machten es sich zur Gewohnheit, ihre Diners und Buffets in der Backstube vorzubereiten, die sie abschlossen, damit ihr Halbbruder nicht hereinkonnte, um die kalten Platten zu demolieren oder mit seinen ungewaschenen Händen das Fleisch zu verderben. Martha ging ins Wohnzimmer, um die

Buchhaltung zu erledigen, und hüllte sich in eisiges Schweigen, wenn sich die Witwe zu ihr an den Tisch setzte.

Manchmal spazierte Martha mit Christina und mir zu dem Sumpfgebiet mit den kupferroten kleinen Bächen, wo man die römischen Legionäre flüstern hören konnte, die dort zurückgeblieben waren, als sich seinerzeit der Größenwahn der Kaiser über Europa ausbreitete. Hier, jenseits der Bahngeleise, wo man die Zeit hinter sich ließ und die Sträucher ungeniert zwischen den runzligen Baumstämmen wucherten, lief ich neben den Schwestern her und hörte mir ihre so unterschiedlichen Geschichten über ihren Vater an, von dem sich beide ein ganz anderes Bild bewahrt hatten. Wenn die Schwestern von meinem Großvater sprachen, sah ich die Geschichten parallel zu den Gleisen verlaufen, jede Version auf ihrer Seite der Schienen.

Christina hatte sich eine beschwingte Geschichte um diesen Mann zurechtgesponnen. Das Foto auf ihrem Nachtkästchen zeigte einen jungen Mann in dreiteiligem Anzug, der mit triumphierendem Blick über dem feschen Schnurrbart im Studio des Fotografen saß, die Hände mit einer großen Zigarre zwischen den Fingern, auf einem Spazierstock ruhend.

Bei Martha waren die Erinnerungen mit Ärger besetzt, weil sie sich durch ihn zu Dingen gezwungen fühlte, vor denen sie sich immer gefürchtet hatte. In den Jahren, als die Schwangerschaften ihre Mutter allmählich abgezehrt hatten, war ihr Vater, dem ihr gegenüber immer häufiger und rascher die Hand ausrutschte, für sie zu einem Fremden geworden. Früher hatte er nur mal die Kontrolle über sich verloren, wenn ihn etwas beunruhigte, womit er lieber nicht konfrontiert werden wollte, doch der Mann, der sie am Ende allein gelassen hatte, geriet immer öfter aus heiterem Himmel in Rage. Trotz seiner Jähzornigkeit war Martha immer davon überzeugt gewesen, daß ihr Vater anders war als die Männer, die ihre Frauen verdroschen, wenn sie betrunken nach Hause kamen. Doch rückblickend begann sie dieses Bild in Zweifel zu ziehen. Zwar hatte ihre Mutter nie blaue Flecke gehabt, aber Martha entsann sich jetzt, daß sie in ihren letzten Jahren einen ähnlichen Blick in den Augen gehabt hatte wie die Frauen, die mit geschwollener Wange in den Laden kamen und fragten, ob ihnen die Bezahlung eine Woche gestundet werden könne.

Ich hörte mir beide Seiten an und entschied dann für mich, was ich davon behalten wollte und was nicht. Am späten Abend oder frühen Morgen trug ich das dann in mein Tagebuch ein, damit ich später meinen Kindern von den Menschen erzählen könnte, mit denen ich meine Kindheit verbracht hatte. Ich wollte verhindern, daß das Leben meiner Kinder, falls ich sie denn je bekommen sollte, zu einem brackigen Fluß wurde. So wob ich mir auch meine Geschichte von dem Mann, der der Großvater meiner Kinder sein würde, und registrierte, daß mir auch da verschiedene Versionen zur Verfügung standen. Ich übertünchte das Bild, das Martha mir gezeichnet hatte, weil ich wußte, daß es nicht die richtige Farbe hatte, und ersetzte es durch das eines Mannes, der mir nach und nach vertrauter wurde, so entgegengesetzt er mir auch war: Ich wäre gestorben, wenn ein Saal voller Menschen mir zugesehen hätte, mir wären die Hände erstarrt, wenn eine vollbesetzte Kirche auf meine Musik gewartet hätte.

Ich habe mein Leben lang versucht, das zu tun, um was Martha mich bat, nämlich, so normal und unauffällig zu sein wie möglich. Ich hätte liebend gern tanzen gelernt, aber Martha sagte, daß ich mich in der Ballettstunde, die die Lehrerin der ersten Klasse mittwochs nachmittags in der Turnhalle gab, nicht lächerlich machen solle. Wenn ich tanzen lernen wolle, solle ich warten, bis ich achtzehn sei, dann könne ich es beim Tanzlehrer aus der Stadt lernen. Der kam jeden Winter und brachte der Dorfjugend Foxtrott, Veleta und englischen Walzer bei, und da gingen alle hin. Aber auch daraus wurde für mich nichts, denn als ich alt genug war, um in den Tanzsaal eingelassen zu werden, ging niemand mehr zur Tanzstunde, weil so was wie der Veleta längst aus der Mode war.

## 24

Zu der Zeit, als die Flämin den Frohsinn zur Tür hin-
ausgejagt hatte, verkündete Camilla, daß sie heiraten
werde. Caspar wolle zuerst noch nach Lourdes, und
danach würden sie dann ein Datum für die Hochzeit
festlegen.

Martha nickte. Sie hatte es aufgegeben, das Leben
ihrer Schwestern zu dirigieren.

Caspar kränkelte schon seit geraumer Zeit. Auf seinem
Buckel bildeten sich immer mehr Geschwüre und
Höcker, denen die Gemeindeschwester vom Grünen
Kreuz mit ihrer Behandlung nicht beikam. Caspar hatte in den ganzen Jahren, die er beim Brauer arbeitete,
viel Geld gespart, um das Haus, in dem er eines Tages
mit Camilla wohnen würde, einrichten zu können.
Camilla fand nun, daß er das Geld besser darauf verwenden könne, mit dem alljährlichen Krankenzug
nach Lourdes zu fahren und die Heilige Jungfrau um
Genesung zu bitten.

Jedes Jahr fuhr von der Stadt aus ein Zug mit Hun-
derten Kranker und Behinderter nach Südfrankreich.
Sie hofften alle, gesund zurückzukehren, doch von
denen, die aus unserem Dorf nach Lourdes gefahren

sind, ist nie einer geheilt zurückgekommen, und auch aus anderen Dörfern ist nie von einem Wunder berichtet worden. Doch trotz des schon erschütterten Glaubens an die Kirche hatten zur Mutter Jesu immer noch alle vollstes Vertrauen. Im Monat Mai zogen große Gruppen von Wallfahrern aus allen Teilen der Provinz laut singend und betend nach Roermond, zur *Onze Lieve Vrouw in 't Zand*. Es wurden Prozessionen zur Jungfrau von Kevelaer, gleich jenseits der deutschen Grenze, veranstaltet und Busreisen nach Belgien organisiert, um dort zur Maria von Banneux zu beten.

Caspar war zwar gläubig, wollte das Geld für die Möbel aber zuerst nicht für eine Pilgerfahrt nehmen. Doch Camilla bestand darauf. Sie sagte ihm, daß sie mit preiswerteren oder zur Not auch gebrauchten Möbeln, die sie dann selbst neu beziehen würde, genauso glücklich wäre. Und sie verstand es, Caspar ihre Vorstellung von ihrem zukünftigen Mobiliar so lebendig auszumalen, daß er es bald schöner fand als die teuren Möbel des Brauers.

Und so reiste Caspar also eines Freitagnachmittags im Mai in einem Zug, der mit dem Geruch von Krankheit getränkt war, nach Südfrankreich ab. Camilla und ich brachten ihn mit dem Lieferwagen in die Stadt, wo er gleich in einen Rollstuhl gesetzt wurde. Es war das erste Mal, daß er so gefahren wurde, und als er aufstehen wollte, um auf eigenen Beinen zum Zug zu humpeln, drückte die Schwester ihn energisch in seinen

242

Sitz zurück. Ich sah, wie ihm die Tränen in die Augen stiegen. Er zog Camilla an sich, als wollte er ihr seinen Körper aufstempeln. Camilla durfte nicht mit in den Zug hinein, und so sahen wir nicht, wohin sie Caspar setzten. Der Zug fuhr schon an, als wir noch an den Fenstern entlangliefen, um nach ihm zu suchen.

Noch lange nachdem der Zug weg war, winkten wir ihm nach, während Camilla die Tränen über die Wangen strömten.

»Ich glaube nicht, daß er gesund wird«, sagte Camilla später auf der Heimfahrt. »Zu Wundern muß man geboren sein.«

Caspar war nicht zu einem Wunder geboren.

In sein Tagebuch schrieb er, daß er jeden Tag in Wasser getaucht wurde, das so kalt war, daß sich seine Gelenke nicht mehr bewegen wollten, wenn er zur Messe an der Grotte der Erscheinung mußte. Er beendete jeden Tagebucheintrag mit dem Wunsch, daß er genesen möge, doch die Tintenkleckse zwischen den Zeilen erzählten, daß er die Hoffnung längst aufgegeben hatte.

Am Tag vor der Rückreise starb er. Sein Sarg kam im Krankenzug zurück und wurde auf den Wagen des städtischen Beerdigungsunternehmers umgeladen, der ihn direkt in die Leichenhalle brachte. Keiner durfte ihn mehr sehen, weil die Leiche schon zu verwesen begann.

Samstags nachmittags wurde er begraben. Die Kirche war vollbesetzt. Auf dem Sarg lagen zwei Kränze, einer von seinen drei Schwestern und einer von den Leuten aus der Straße. Es waren tote Kränze mit viel düsterem Grün und ein paar weißen Blumen.

Wir waren allesamt in der Kirche, sogar Opas Witwe und deren Sohn. Sie dachte wohl, daß sie dann von der Nachbarschaft anerkannt würde, doch keiner setzte sich neben sie. Nur Camilla war noch nicht da, als der Pfarrer den Sarg segnete, den die Männer in schwarzen Anzügen vor dem Altar abgestellt hatten. In der vordersten Bankreihe saßen die drei Schwestern von Caspar.

Camilla war nirgendwo zu sehen.

Als der Pfarrer gerade mit der Messe beginnen wollte, lief ein Raunen über die gotischen Bögen der Kirche. Alle drehten sich zur Kirchentür um. Dort stand Camilla in einem weißen Brautkleid und mit weißen Bändern im Haar. Wie ein Brautbukett hielt sie ein Herz aus rosa Blumen in der Hand. Sie ging ganz langsam nach vorn, während der Pfarrer geduldig wartete, bis sie am Sarg angelangt war. Dort legte sie das Herz halb über den Kranz der Schwestern. Danach kniete sie nieder und verharrte so.

Die ganze Kirche hielt den Atem an, als die älteste Schwester Caspars aus der Bankreihe trat, das Blumenherz vom Sarg nahm und es auf den Boden legte. Camilla blieb totenstill knien, und als die Schwester ihren Platz wieder eingenommen hatte, spielte der Organist den ersten Satz vom Requiem.

Der Pfarrer drehte sich um und begann die Messe. Er sprach mitleidsvolle Worte. Die Schwestern schluchzten laut. Camilla blieb still knien, wo sie kniete. Ab und an zuckten ihre Schultern, aber sie weinte nicht. Nach der Messe verließ sie als erste die Kirche. Man ließ sie unbehelligt gehen.

Martha und Christina weinten über den Kummer ihrer Schwester und schlossen sich hinter Caspars Familie dem Trauerzug an. Auf unserem Gang zum Friedhof folgten uns die Glocken und machten den sonnigen Samstag zu einem tristen Tag. Als wir an unserem Laden vorbeikamen, der ausnahmsweise zu hatte, wurde mir kalt.

Camilla ging nicht im Trauerzug mit.

Sie war auch nicht auf dem Friedhof, obwohl ich meinte, sie hinter einem Baum ganz in der Nähe von Sebastians Grab stehen zu sehen.

Caspar wurde neben seinem Vater beigesetzt. Später hörten wir, daß er, ehe er nach Lourdes abgereist war, ein Doppelgrab gekauft hatte, damit Camilla neben ihn gelegt werden konnte, wenn sie starb. Aber auch diese Möglichkeit der Vereinigung vereitelten seine Schwestern.

Schweigend kehrten wir nach Hause zurück. Keine von uns war von Caspars Schwestern zum Kaffeetisch eingeladen worden. Das war ungewöhnlich, denn allein schon als Nachbarn hätten wir in die Trauerfeier miteinbezogen werden müssen. Sie hatten sogar die *Vlaais* beim neuen Bäcker bestellt.

An der Ladentür zögerte Martha und sah uns an. »Wo ist Camilla?« fragte sie, ohne daß sie eine Antwort erwartet hätte.

»Sie wird in ihrem Zimmer sein«, sagte Christina.

Dann schoben wir uns hinein, um durch den Laden in den hinteren Teil des Hauses zu gehen.

Niemals werde ich Marthas eisigen Schrei vergessen: »O *nein*!!«

Am Treppengeländer hing Camilla in ihrem weißen Kleid, die Bänder noch im Haar.

Sie wurde am Mittwochnachmittag begraben, nah bei Sebastian, weit entfernt von Caspars Grab.

## 25

Der Laden war seit Caspars Beerdigung am Samstag nicht mehr geöffnet gewesen, und auch am Tag, nachdem wir Camilla auf den Friedhof gebracht hatten, machte niemand Anstalten, die Tür aufzuschließen. Der Bäckergeselle schaute jeden Tag kurz herein und ging dann unverrichteter Dinge wieder in sein Logis zurück, um mit seinen Freunden Karten zu spielen.

Meine Tanten blieben nach dem Frühstück am Tisch sitzen und starrten vor sich hin. Bis die Witwe das Schweigen brach.

»Wer macht den Laden?« fragte sie und schaute von einer zur anderen. »Ich will nicht, daß ihr im Laden Schwarz tragt, die Zeiten sind vorbei.«

Die Frauen in ihrer Trauerkleidung schauten von ihr zu Martha, die die dicke Frau sehr lange reglos anstarrte. Die Stille knisterte, als trete jemand auf verstreutes Salz.

Ganz langsam verfärbten sich Marthas Wangen. Ihr Hals schwoll an, und ihre Pupillen verengten sich. Und dann erhob sie sich und schrie: »Den mach von jetzt an mal schön allein! Und du kannst auch das Brot für diese ewigen Nörgler backen, die nie rechtzeitig bezahlen! Ich hab all die Jahre hart gearbeitet, weil ich etwas aufbauen mußte, aber daß ich das für ein fettes Schwein aus Flandern zu tun hätte, wär mir neu! Ich hab nicht für dich gearbeitet, du fauler Fettsack, und auch nicht für diesen... diesen fiesen Sabberer! Ich hab es für meine *Schwestern* getan! Und was hab ich davon gehabt? Ich hatte nie Zeit für mein eigenes Kind, und die, die ich am meisten behütet habe, hat sich umgebracht. Es ist alles umsonst gewesen. Ich stehe vor dem Nichts, und ich hasse Gott. Ich begreif nicht mehr, was Er von mir will. Du kannst ja Ihn bitten, für dich zu sorgen, ich werd's nämlich nicht tun. Ich hab genug getan. Ich hab's satt!«

Sie ließ sich auf ihren Stuhl zurückplumpsen und brach in heftiges Schluchzen aus. »Ich hab getan, was ich konnte, ich hab alles getan, was Mam von mir verlangt hat. Ich hab doch gut für euch gesorgt, oder nicht?« Sie schaute fragend im Kreis herum. Christina stand auf, legte Martha eine Hand auf die Schulter und drückte sie sanft. »Und jetzt kommt dieses Weib daher«, Martha zeigte mit zitterndem Finger auf die mit einemmal verstummte Frau, »um uns alles wegzunehmen! Das werde ich Vater nie verzeihen. Ich hoffe, daß er dort, wo er jetzt ist, sehen kann, was er uns angetan hat. Immer hat er alles mir aufgeladen, ohne mich wär das hier nie ein so großes Geschäft geworden.« Sie sah die Witwe an, die sie verdutzt anstarrte und dann hilfesuchend zu den anderen blickte. »Wenn du den Laden haben willst, kannst du ihn haben, ich hab ihn immer gehaßt. Ich hab so oft davon geträumt, nie mehr in diesen Scheißladen zu müssen... Aber unseren Anteil zahlst du uns hübsch aus. Und das ein bißchen plötzlich. Wir haben hart genug dafür gearbeitet«, sagte sie und erhob sich so energisch von ihrem Stuhl, daß er hintenüber fiel. Sie ging zur Tür, drehte sich noch einmal um und schloß mit überschlagender Stimme, auf ihren ›Halbbruder‹ zeigend: »Und ich will eine Geburtsurkunde von diesem Mongolen da sehen, denn ich glaube nicht, daß er mit uns verwandt ist.« Dann ging sie auf den Flur hinaus und schlug die Tür so heftig hinter sich zu, daß zwei Scheiben zersprangen und das Glas bis zum Herd flog.

Die anderen Frauen waren unentschlossen, als Martha weg war, und wandten sich allerlei unnützen Beschäftigungen zu, wie dem Aufräumen von Schränken, die nicht unordentlich waren, oder dem Auswaschen von Kleidung, die eigentlich nur gelüftet zu werden brauchte. Aber keine ging in den Laden.

Am späten Nachmittag kam Martha zurück. »Wir gehen«, sagte sie nur.

Sie ging nach oben und räumte die Kleiderschränke aus. Sie schlug alles in Bettlaken ein, die sie zu großen Bündeln zusammenknotete. »An? Vince? Wer fährt? Den Wagen vorfahren, bitte.«

Ihre Schwestern waren viel zu perplex, um Fragen zu stellen, und zu sehr daran gewöhnt, daß Martha die Entscheidungen traf, um Einwände anzubringen.

Ohne weitere Erklärungen zu erbitten, suchten sie ihre persönlichen Sachen zusammen und packten sie in Kartons und Kissenbezüge. Der Lieferwagen wurde vollgestopft, bis nicht mal mehr eine Maus hineingepaßt hätte.

»Ihr kommt auf dem Fahrrad nach«, sagte Martha, als sie neben Vincentia in den Lieferwagen stieg, und gab uns die Adresse.

An diesem Abend saßen wir alle zusammen an einem abgewetzten runden Tisch in einem niedrigen alten Haus, das einer Witwe mit zehn Söhnen gehört hatte, welche jetzt alle verheiratet waren und ihre Zimmer so zurückgelassen hatten, wie sie am Tag ihrer Hochzeit ausgesehen hatten. An den Wänden waren noch Fotos von indezent gekleideten Filmvamps und Fußballhelden festgeheftet. Die Söhne hatten ihre Mutter in einem Altersheim untergebracht, weil sie immer noch Tag für Tag für elf Personen Kartoffeln geschält hatte – das durfte sie nun in der Küche des Altersheims tun. Das Haus war noch fast vollständig möbliert.

Mit einer zweiten Fuhre holten Marie, Anne und Christina ihre Aussteuertruhen aus dem Bäckerhaus, unter dem Protest der Witwe, die behauptete, daß sie kein Recht hätten, ihr das Haus auszuräumen, und drohte, die Polizei zu holen. Wir aßen an dem Abend von Christinas schlichtem weißen Service und mit dem antiken Besteck, das Anne vom Bürgermeister geschenkt bekommen hatte, als er ins Altersheim gegangen war, wo sie ihn noch hin und wieder besuchte. Es wurden zwei Flaschen Genever geleert, und alle schliefen einen tiefen und traumlosen Schlaf.

Zwei Tage später stand der Anwalt der Witwe mit einem jungen Polizisten vor der Tür, der den Schwestern bestellen sollte, daß sie den Lieferwagen, der vor der Tür stand, zurückzugeben hätten. Da er aber den Dialekt unseres Landstrichs nicht sprach und die Schwestern sich weigerten, ihm in seiner Sprache entgegenzukommen, konnte er sich nur schwer verständlich machen.

»Für diesen Fettsack fahre ich keinen einzigen Meter mehr«, sagte Vincentia schließlich und warf dem Polizisten die Autoschlüssel vor die Stiefel.

Der junge Mann bezichtigte daraufhin Martha, daß sie ihn an der Ausführung des Gesetzes hindere, und drohte ihr an, sie zu verhaften.

Da hob Marie die Schlüssel vom Boden auf und drückte sie dem jungen Polizisten in die Hand. »Hier, wir tun doch, was Sie sagen, oder? Wenn die Dicke behauptet, daß er ihr gehört, wird sie ihn schon selbst wegfahren müssen. Es gibt kein Gesetz, das uns vorschreibt, den Chauffeur für sie zu spielen. Und nur damit Sie's wissen, sie hat keinen Führerschein, darf den Wagen also gar nicht fahren, und wenn sie's doch tut, dürfen Sie *sie* verhaften, denn das verstößt nun wirklich gegen das Gesetz. Und jetzt können Sie abhauen, denn wir haben Besseres zu tun, als auf so eine Rotznase zu hören.« Damit schob sie ihn zur Tür hinaus und machte sie hinter ihm zu.

Alle kugelten sich vor Lachen, bis kurz darauf der Polizeivorsteher vor der Tür stand, der sehr wohl den lokalen Dialekt sprach und wissen wollte, was denn los sei.

Martha ließ den Polizisten herein und erzählte ihm bei einer Tasse Kaffee, was ihnen widerfahren war. Der Beamte, der die Familie seit Jahren kannte, meinte, daß sie den Wagen zwar nicht zurückbringen müßten, sich aber darüber im klaren sein sollten, daß sie ihn ohne Einwilligung der Witwe auch nicht benutzen dürften.

So blieb der dunkelblaue VW-Bus vor der Tür stehen, und es sah so aus, als ob er vor dem neuen Haus der Schwestern Wache hielt.

Die Witwe saß von nun an in der Bäckerei an der Kasse, und der Geselle mußte das Brot verkaufen, das er weiterhin Tag für Tag treu backte, was die Schwestern ihm übelnahmen: Sie hatten mehr Loyalität von ihm erwartet.

Über die Bäckerei wurde kein Wort mehr verloren. Banalitäten wie die Frage der Finanzierung des Haushalts mußten aber wohl oder übel erörtert werden. Sie hatten keine Rücklagen, denn das gesamte Geld steckte im Geschäft, und es mußten Brot und Butter eingekauft werden und Kartoffeln und Gemüse und Fleisch, und mit einemmal mußten sie auch Dinge kaufen, die sie sich vorher immer aus dem eigenen Laden genommen hatten.

Jede der Schwestern besaß ein Sparguthaben, an das die schlampige Witwe nicht herankam. Damit wurde ein Gemeinschaftstopf gefüllt, aus dem Miete, Strom, Kohlen und das Essen für die ersten Wochen bezahlt werden konnten.

Marie lieferte zum erstenmal in ihrem Leben einen finanziellen Beitrag und räumte ihre Truhen aus. Das cremeweiße Service und das Silberbesteck verwendete sie bei besonderen Festessen. Die Handtücher mit ihrem Monogramm legte sie zum allgemeinen Gebrauch in den Flurschrank, und endlich wurde auch ihre bestickte Bettwäsche in Gebrauch genommen, nachdem sie zuvor noch einen halben Tag in Chlorlauge gelegen hatte, damit die Stickseide ausbleichte, denn keine von uns wollte in den blutgetränkten Erinnerungen Maries schlafen.

Marie und Anne waren immer öfter unterwegs, um Essen bei Hochzeiten, Kommunionen oder Trauerfeiern auszurichten. Vincentia arbeitete mit Clara zusammen in der Baumschule, und ich besuchte die Haushaltungsschule – entgegen allen Protesten Christinas. Martha und Christina blieben zu Hause, sie hatten beide keine Erfahrung mit Vorgesetzten und fürchteten, daß sie sich daran nicht mehr gewöhnen könnten.

Weil sie nichts anderes zu tun hatte, machte sich Martha daran, den Garten umzugraben und zu harken. Er stand voller Blumen und anderer Gewächse, war aber bös verwahrlost. Vom Baumschulbesitzer bekam sie neue Rosensträucher, die aber eigentlich noch nicht eingepflanzt werden durften, weil nicht die richtige Zeit dafür war. Oma ließ ausrichten, daß es nur gehe, wenn sie sie bei Neumond pflanze, aber Martha lachte darüber – für »so einen Schnickschnack« war sie viel zu nüchtern. Sie setzte sieben Rosensträucher an die Wand des Schuppens, als Vollmond war, nicht absichtlich, aber es war nun mal gerade Vollmond, als der Baumschulbesitzer die Pflanzen brachte. Die Sträucher haben nie geblüht und entwickelten Dornen, die so groß wie Rosenknospen waren.

Anne verwendete eine Ecke des Gartens dazu, die Gewürzkräuter anzupflanzen, mit denen sie ihre Gerichte verfeinern konnte. Vom Nachbarn bekamen wir drei Hühner geschenkt, die ohnehin keine Eier mehr legten und deren Fleisch schon zu zäh war, doch als wir vom Nachbarn daneben noch einen alten Hahn dazubekamen, wurden die Hennen auf einmal wieder brütig, und wir hatten jeden Tag ein paar Eier, die wir allerdings suchen mußten, denn ein Hühnerstall war nicht vorhanden. Der Hahn führte sich wie ein alter Scheich auf, der fürchtet, man könne ihm seinen Harem rauben. Er zerpickte uns die Nylonstrümpfe, wenn wir auch nur in die Nähe einer Henne kamen.

Eine der drei Hennen konnte sich nicht mehr so recht erinnern, wie das mit dem Eierlegen ging, bekam aber liebevolle Hilfestellung von dem betagten Hahn:

Eines Morgens kam er mit geschwollenem Kamm in die Küche und scharrte so lange umher, bis er den Karton mit den alten Zeitungen entdeckt hatte. Da rannte er kakelnd nach draußen, um kurz darauf mit der saumseligen Henne zurückzukehren, die er in den Zeitungskarton stupste. Er wich nicht von ihrer Seite, bis sie ihr Ei gelegt hatte. Woraufhin er ein lautes Kikeriki ausstieß und so lange kollerte, bis sie es auch tat. Von da an kam er jeden Morgen mit ihr in die Küche. Wenn die Tür noch nicht offenstand, pickte er eindringlich gegen das Holz, bis jemand die Henne hereinließ.

Der Milchmann hatte eines Tages ein pechschwarzes kleines Kätzchen bei sich, das er bei uns zurückließ. Der Bauer vom Ende der Straße setzte uns danach einen kleinen Igel auf den Küchentisch, den wir infolgedessen auch noch in unsere Obhut nehmen mußten. Das Tier lief jede Nacht weg, so daß Martha es tagsüber in ihrer Schürze wieder holen mußte.


Das neue Leben schien das alte ganz und gar zu ersetzen – es war, als hätte es das vorherige überhaupt nicht gegeben. Ich fragte Martha, wie sie es bloß all die Jahre ausgehalten habe.

»Was hätte ich denn machen sollen?« fragte sie. »Ich hatte drei kleine Kinder zu versorgen und drei Schwestern, die gerade erst die Schule hinter sich hatten. Hätte ich sie in ein Waisenhaus bringen sollen? Das tut man doch nicht mit den eigenen Schwestern! Und wenn sie dann zur Erstkommunion gehen, in den von

Marie bestickten Kleidchen, die viel hübscher waren als all die Kleidchen, die in der Stadt gekauft worden waren, dann bist du so stolz, daß du es geschafft hast, und kannst nur noch dankbar sein, daß du das tun durftest.« Sie schwieg kurz und fügte dann hinzu: »Ich hätte auch gar nicht gewußt, wie ich selbst das alles überstanden hätte, wenn sie nicht gewesen wären.«

»Aber wie konntest du den Laden führen, hattest du denn immer genug Geld?« fragte ich sie.

»Natürlich nicht. Man tat eben, was man konnte, und stopfte das eine Loch mit dem anderen. Man bekommt mal von diesem, mal von jenem einen Rat. Und anderes lernst du durch eigene Fehler. Oft bekam ich von Kunden Kleidung. Wenn sie nicht paßte, ließ ich sie von einer Schneiderin ändern, manchmal für ein paar *Vlaais*. Glaub mir, wenn dir das Wasser bis zum Hals steht, lernst du zu schwimmen.«

Ich mußte lachen. Bei allem, was Martha gelernt hatte, hatte sie ihre Angst vorm Schwimmen doch nie überwinden können.


Manchmal begleitete ich Anne in die Stadt, wenn sie den alten Bürgermeister besuchen ging. Sie schilderte ihm, was sie gegenwärtig machte, und erzählte von den Leuten, für die sie mit Marie zusammen Diners ausrichtete, doch er hörte gar nicht, was sie sagte. Er hatte keinen Sinn mehr für die Gegenwart. Er war in die Zeit zurückgekehrt, als sie beide zusammengewesen waren. Anne hatte mir zwar nie erzählt, was zwischen ihnen gewesen war, aber ich konnte es in seinen ständig tränenden Augen lesen.

Auch Vincentia hat nie zugelassen, daß sich auf ihren Wunden eine dicke Kruste bildete, weil sie sie immer wieder aufkratzte. Sie sagte, sie habe ihre Erinnerungen verloren, als Martha ihr vorgeführt habe, daß Männer Betrüger seien. Aber das stimmte nicht. Sie wußte nämlich noch sehr genau, wo sie waren, nur hatte sie sie nicht mehr anzurühren gewagt. Als ich sie fragte, war sie einen Augenblick lang ganz still und sagte dann: »Ja, ich weiß noch alles aus der Zeit, bevor ich hierherkam. Ich hatte viele Pferde, die ich gar nicht zu zähmen brauchte, weil sie genau das taten, was ich von ihnen wollte. Sie waren meine Freunde, und ich war ihr Freund, wir teilten den Tag und die Nacht, die Sonne, den Mond und die Sterne, bis die Indianer kamen und Jagd auf uns machten. Von da an weiß ich nichts mehr, alles wurde dunkel, ich sah erst wieder Licht, als ich mit Sebastian über die Heide ritt: Da erinnerte ich mich wieder an die Sprache der Pferde . . .« Sie schwieg lange Zeit, und ich vergaß, was ich sie noch hatte fragen wollen. »Sebastian war wie ich«, sagte Vincentia. »Später, als ich die Filme mit Roy Rogers sah, dachte ich manchmal, er sei nach Hollywood gegangen, aber das war natürlich Quatsch. Sebastian ähnelte ihm zwar ein wenig, er hatte auch solche schmalen Augen und konnte gut singen. Aber bei uns war alles viel normaler.« Sie lachte laut und lief hinaus.

Christina fiel eine Aufgabe zu, die sie sich immer gewünscht, auf die sie aber nicht mehr zu hoffen gewagt hatte. Wir wohnten noch keine zwei Wochen in dem niedrigen Haus am Dorfrand, wo die Straßen nicht von Gehsteigen gesäumt waren und Gras zwischen den ausgefransten Rändern des Asphalts wuchs, als eines Tages zwei kleine Jungen vor der Tür standen, die wie ein anonymes Nikolaus-Päckchen abgeliefert worden waren. Es klopfte, und als Christina die Tür aufmachte, standen sie da, Hand in Hand, einen kleinen Koffer neben sich, während ein Auto eilig davonfuhr. Einer der beiden hatte ein an Clara adressiertes Kuvert in der Hand. In dem Brief hieß es nur: *Das sind deine Bälger. Kümmere dich drum.*

Die Kleinen waren etwa drei Jahre alt und sahen völlig gleich aus, beide mit großen, braunen Augen und dickem, dunklem Haar, genau wie Clara. Sie hatten auch Claras winzige Stupsnase und ein Lachen, für das man sie einfach knuddeln mußte.

Clara tat ganz beleidigt, als sie mit den Kindern konfrontiert wurde. »Was soll ich denn damit?« rief sie achselzuckend. »Ich hab nicht gelernt, mit Kindern umzugehen.« Sie verriet mit keinem Wort, wo sie die Kinder zur Welt gebracht hatte, das einzige, was sie zugab, war, daß die Zwillinge tatsächlich von ihr waren. Sie machte keinerlei Anstalten, die beiden ins Bett zu bringen, und weil sie von Christina zu essen bekommen hatten, schmiegten sie sich, als sie müde wurden, an sie, so daß sie sie schließlich in ihr Doppelbett legte und sich von nun an wie ihre Mutter verhielt.

Das tat sie mit Hingabe. Auch mit den Zwillingen spazierte sie durch die Sümpfe, wo die morastige Erde die Skelette der Soldaten warmhielt, die nicht mehr zu *ihren* Söhnen hatten zurückkehren können, um ihnen von ihren Heldentaten zu berichten. Diese Geschichten suchten sich selbst ihren Weg und murmelten in den Sträuchern, und das rote Wasser der seichten Bachläufe trug sie in die Welt hinaus. Tante Christina kannte die Erzählungen, weil sie dem Wind und dem Wasser lauschen konnte, und sie bewahrte sie für die kleinen Jungen auf, bis sie alt genug dafür sein würden.

Meistens begleitete ich sie auf ihren Spaziergängen. Und ich sah, daß Christina von ihren verlorenen Träumen gepackt wurde, und mir wurde angst um sie. Ich wußte ja, wie hart und gleichgültig Clara sein konnte. Eines Tages würde sie sagen, daß es jetzt genug sei und Christina sich um ihre eigenen Sachen kümmern solle. Noch aber genoß Tante Christina ihre auf der Türschwelle gefundene Mutterschaft.

## 26

Martha fand in der Stadt einen Rechtsanwalt, der auf
Erbschaftsangelegenheiten spezialisiert war. Er brauchte fast zwei Monate, um herausfinden, ob die Ehepapiere der Witwe echt waren. Das waren sie, aber der
debile Sohn war, wie sich herausstellte, genauso alt wie
Vincentia und konnte demnach niemals ein Kind von
Opa sein, weil der zur fraglichen Zeit nicht in Belgien
gewesen war. Die Witwe hatte damit zwar ein Anrecht
auf ihr Erbteil, doch der Anwalt setzte einen von ihr zu
unterzeichnenden Schuldschein über den Betrag auf,
den Martha ins Geschäft gesteckt hatte, inklusive Zinsen in erklecklicher Höhe, zahlbar innerhalb extrem
kurzer Frist. Außerdem stellte er eine Rechnung über
den Lohn auf, den der Eigentümer den Frauen, die all
die Jahre in seinem Geschäft gearbeitet hatten, schuldig war. Eine noch größere Summe ergab sich, als er
auch noch die Steuern und Sozialabgaben addierte,
die nie abgeführt worden waren, wohl aber fällig
gewesen wären, wenn die Schwestern Lohn erhalten
hätten. Der Gesamtbetrag war so hoch, daß die Witwe
das Geschäft hätte verkaufen müssen, um ihre Schulden gegenüber den Schwestern und dem Staat begleichen zu können.

Die Frau war es gewohnt, daß sie mit ihrer derben Stimme jeden gleich ins Bockshorn jagte, doch als sie die Beträge sah, die der Anwalt auf einer beeindruckenden Vielzahl getippter Seiten hatte zusammenstellen lassen, wurde ihr Gesicht weißer als die Papiere. Und die Wucht ihrer Stimme reduzierte sich auf ein Mausepiepsen.

Sie kam gar nicht mehr auf den Gedanken, daß sie die Schriftstücke hätte anfechten können. Die waren nämlich derart überzogen, daß kein Richter ihr einen solchen Betrag aufgebrummt hätte, und sicherlich wäre ihr auch ein Teil der Sozialabgaben erlassen worden, weil sie verjährt waren. Sie ließ sich aber von der arroganten Haltung des Zwergs mit den schlauen Schlitzäuglein derart einschüchtern, daß sie gleich hinter ihm den Laden schloß – obwohl es erst drei Uhr nachmittags war.

Am nächsten Tag war sie weg.


Der Laden blieb zu, und nach einer Woche ließ Martha die Glastür einschlagen. Der Anwalt warnte sie zwar, daß sie erneute Probleme bekommen könne, wenn ihre Stiefmutter zurückkäme, sie machte sich aber sofort daran, ihre Besitzansprüche zu beurkunden, die aber nie und nimmer rechtens sein konnten, weil es viel zu viele Unklarheiten gab. Er ersann Gläubiger und Käufer, die niemals existiert hatten, und setzte Papiere auf, die so echt waren wie die Zähne vom neuen Pfarrer. Doch solange niemand da war, der diese Besitzansprüche anfocht, würde auch niemand deren Rechtmäßigkeit in Zweifel ziehen.

Das Verschwinden der dicken Witwe stellte Martha vor ein neuerliches Dilemma. Nun packte die Bäckerei sie wieder am Genick, während sie sich in dem Haus ohne Obergeschoß doch gerade so frei zu fühlen begann. Hier hatte sie Zeit, mit mir zu reden und mir das Stricken beizubringen.

Einmal sagte sie, daß es schade sei, daß ich nicht nähen könne. »Ich hab immer so gut nähen lernen wollen, wie Camilla es konnte«, sagte sie. »Ich verstehe nicht, daß dir das keinen Spaß macht. Es ist doch toll, wenn man aus einem simplen Stück Stoff ein Kleid machen kann!«

Ich konnte ihre Begeisterung für das Schneiderhandwerk nicht teilen, war aber wie sie ganz der Meinung, daß es keinen Sinn mehr machte, es jetzt noch zu lernen. Das war ein aussterbender Beruf. Jeder kaufte sich heutzutage Kleidung von der Stange.

Sie erzählte mir, daß Sebastian ihr das Zitherspielen beigebracht habe, daß sie es aber nie richtig gut gekonnt habe, weil sie nicht oft genug geübt habe. »Bei uns war für solche Sachen keine Zeit...«, sagte sie nachdenklich.

Eines Tages gab sie mir unvermittelt eine kleine Pappschachtel, auf der ›Hohner‹ stand. Darin war eine Mundharmonika.

»Die war noch bei Sebastians Sachen«, sagte sie.

»Du kannst sie haben, wenn du möchtest. Ich kann dir so wenig von ihm geben. Ich kann dir nicht einmal genau sagen, wie er war. Dafür hab ich ihn zu kurz gekannt und zu viele Dinge behalten, die ich lieber anders gesehen hätte.«

Meine Mutter schob die Entscheidung über die Zukunft der Bäckerei vor sich her, und niemand machte ihr Druck.

Sie war mit Marie und Christina zusammen in Backstube und Laden gewesen, um nach dem Rechten zu sehen. Die Kakerlaken, die sich vorher nur zwischen den Mehlsäcken auf dem Dachboden aufgehalten hatten, waren jetzt bis in die Backstube vorgedrungen. Der Linoleumboden im Laden war schon so lange nicht mehr aufgewischt worden, daß die Schmutzschicht betonhart geworden war. Das Glas der Kuchenvitrine war moosgrün angelaufen. Martha mußte sich übergeben, aber ihr war auch von dem Gedanken übel geworden, daß sie wieder hierher zurückmußte.

Ein Bauunternehmer wollte das Anwesen in der Hauptstraße kaufen. Er bot einen Betrag dafür, den Martha uns stotternd weitergab. Es hätte der Beginn eines neuen Lebens in dem niedrigen Haus am Dorfrand werden können. Aber Martha sagte, daß alle das mit zu entscheiden hätten, und nachdem tausend verschiedene Möglichkeiten durch ein von Geneverdunst beschlagenes Fenster ins Auge gefaßt worden waren, entschieden sich alle dafür, ins Bäckerhaus zurückzugehen.

Brot wollte Martha jedoch nicht mehr verkaufen. Nicht nur, weil der Geruch ihr Übelkeit bereitete, sondern auch, weil immer mehr Leute abgepacktes Brot aus der Fabrik bevorzugten, das viel länger frisch blieb.

So wurde die Backstube für Marie und Anne umgebaut, die mittlerweile so oft für die Ausrichtung von Diners angeheuert wurden, daß ihr kleiner Betrieb florierte. Sie bekamen einen sechsflammigen Gasherd, und auf den Regalen wurden das Geschirr, die Platten und die Tischwäsche ausgestellt, so daß sich die Kunden im voraus einen Eindruck verschaffen konnten.

Clara war die einzige, die nicht mehr mit zurückkam. Sie heiratete in aller Stille den Baumschulbesitzer und nahm die Zwillinge zu sich. Als die kleinen Jungen dann in die Vorschule kamen, hatte Christina sie wieder täglich in ihrer Obhut, denn Clara wohnte zu weit außerhalb des Ortes, als daß sie die Kinder den Schulweg allein hätte zurücklegen lassen können. So brachte sie die beiden frühmorgens hin und holte sie dann abends bei uns ab, wenn sie schon gewaschen waren und gegessen hatten. Das brachte Martha zwar in Harnisch, doch als sie sah, daß die Kinder Christina etwas von ihrer Verbitterung über das Leben nahmen, ließ sie sich nicht weiter darüber aus.

Nun war zuwenig Personal für den Laden da, und das machte eine Umverteilung der Aufgaben erforderlich. Wie üblich kümmerte Martha sich um das Allerwichtigste und behelligte ihre Schwestern so wenig wie möglich, was allen recht war. Der Laden wurde noch einmal feierlich wiedereröffnet, um die Kunden über die Veränderungen aufzuklären. Neuerdings wurden auf Bestellung Lebensmittel ins Haus gebracht, und die Kunden, die ihre Waren geliefert bekommen wollten, erhielten ein Büchlein, in das sie ihre Bestellungen hineinschrieben. Die Bezahlung hatte von nun an in bar zu erfolgen. Die meisten Leute kamen aber lieber selbst zum Einkaufen in den modernen Laden und blieben dort stundenlang an der Kasse stehen, um sich zu unterhalten, so wie sie früher Neuigkeiten mit den Schwestern ausgetauscht hatten. Vincentia fuhr am späten Nachmittag die bestellten Waren aus. An der Kasse wechselten sich meist Christina und Vincentia ab, während Martha die Kunden bei Käse und Aufschnitt bediente.

Die große Wäsche wurde von nun an von einer Wäscherei aus der Stadt abgeholt. Und dreimal die Woche kamen zwei unverheiratete Schwestern ins Haus, um zu schrubben, aufzuwischen, die Fenster zu putzen, das Geschirr zu spülen und alle anderen Dinge zu erledigen, die die Schwestern die ganzen Jahre über mit solchem Widerwillen selbst gemacht hatten. Die neuen Lebensumstände schufen Raum für Dinge, die schon fast in Vergessenheit geraten waren. Vincentia entsann sich ihrer alten Passion und ging sonntags nachmittags wieder ins Kino, wo jetzt deutsche Musikfilme gezeigt wurden. Anne nahm ihre Spritztouren in die Eifel und die Ardennen wieder auf. Martha kaufte sich ein Fahrrad und machte rein zum Vergnügen Ausflüge in abgelegene Dörfer, auf die sie mich und Christina oft mitnahm. Gesungen wurde aber kaum noch – abends wurde ferngesehen.

Die weißen Frauen sah ich nicht mehr, und auch Oma kam immer seltener vorbei. Wenn sie auftauchte, fragte ich sie nach meinem Vater.

»Tut es ihm nicht leid, daß er mich so einfach im Stich gelassen hat?«

»Du bist niet im Stich gelaten worden. Ik hab gut for dich gesorgt, so als ik for ihn gesorgt hab, wann sein Vader ihn im Stich gelaten hat. Sei niet undankbar.«

Daraufhin spazierte sie durch die geschlossene Tür auf den Flur hinaus und ließ mir keine Chance, näher nachzufragen.

Eines Nachts lag ich weinend im Bett, weil ich fürchtete, daß ich nie einen Mann abbekommen würde und mich niemand je so lieben würde, wie Sebastian es getan hätte, wenn er dageblieben wäre. Da hörte ich plötzlich draußen jemanden Mundharmonika spielen. Vielleicht war es einfach nur ein Traum, doch ich hörte die Musik und lief ans Fenster. Und dort sah ich einen

Mann mit dunklem, gewelltem Haar, von dem ihm eine Locke in die Stirn fiel. Er trug ein italienisches Hemd mit offenem Kragen und eine weite Hose, wie sie kurz nach dem Krieg in Mode gewesen waren, und er hatte zweifarbige Schuhe an. Während er zu meinem Fenster heraufschaute, spielte er auf seiner Mundharmonika ein Lied, das meine Tanten mitunter sangen:

*O Heideröslein, du schönste im Land*
*O Heideröslein, im Frühlingsgewand*
*Ich pflück dies Röslein und schenk es dir*
*O Heideröslein, das so lieb ist mir*

Er wiederholte es immer wieder, bis er mir schließlich zuwinkte, sich umdrehte und seitlich an der Backstube vorbei davonging, während er eine andere Melodie anstimmte:

*Lustig ist das Zigeunerleben*
*Faria, faria …*

# Epilog

Ich war fünfzehn, als der moderne Laden eröffnet wurde. Natürlich mußte ich mithelfen. Für mich war das eine Selbstverständlichkeit, an der ich nicht rüttelte, doch Christina konnte das einfach nicht verdauen. Immer wieder fing sie Martha gegenüber davon an. Es machte mich nervös, daß sie etwas von mir erwartete, was ich nicht tun konnte, ohne Martha damit Kummer zuzufügen. Für mich war es gut so. Meine Mutter war stolz auf das, was sie erreicht hatte, und dadurch, daß ich im Laden arbeitete, bestätigte ich ihr, daß ihre Befriedigung berechtigt war. Ich wollte, daß sie glücklich war.

Meistens saß ich an der Kasse. Ich trug einen hellgelben Kittel mit kurzen Ärmeln. Die Schürzen mit den im Rücken gekreuzten Bändern, wie meine Tanten sie immer getragen hatten, waren aus der Mode gekommen. Bevor morgens die Ladentür geöffnet wurde, half ich beim Auffüllen der Fächer, und nach Ladenschluß mußte ich oft den Fußboden aufwischen. Ich haßte das, aber ich tat es mit angehaltenem Atem, so daß es sich anfühlte, als wäre ich gar nicht daran beteiligt. Ich hatte inzwischen begriffen, daß Träume der Nacht vorbehalten sind und daß sie sich morgens in verborgene Nischen zurückziehen, weil die Gedanken anderweitig beschäftigt sind.

Es grenzt an ein Wunder, daß ich geheiratet habe. Und es ist ein noch größeres Wunder, daß ich einen Mann mit einigen Charaktereigenschaften meiner Mutter fand. Er war Buchhalter in der Holzfabrik und besaß eine unerschütterliche Freundlichkeit.

Ich habe mal gehört, daß Kinder immer dem Beispiel ihrer Eltern folgen, aber mein Mann war nicht so ein Filou wie mein Vater. Ich hatte einen Mann, der mir die Geborgenheit gab, die Martha nie kennengelernt hat. Er ermöglichte es mir, Dinge zu tun, die ich immer hatte tun wollen.

Nur als ich Gedichte zu schreiben begann, sagte er, daß das etwas für Backfische sei, die unter Liebeskummer litten, und fragte sich, ob er mir wohl zuwenig Liebe schenkte.Ich wollte ihn nicht kränken und hörte damit auf.

Als ich für ein Schulfest meines Sohnes ein Musical schrieb, das vom Lokalreporter in der Zeitung jubelnd besprochen wurde, zog er mich von der Wolke herunter, auf die ich geklettert war. Er meinte, daß der Reporter mit dem Direktor der Schule befreundet sei und insofern wohl gar nicht anders konnte, als eine begeisterte Kritik zu schreiben. Wir führten eine gute Ehe.

Mein Mann korrigierte mich, wenn es nötig war, und stimulierte mich, wenn ich es brauchte.

Weniger gesegnet war ich, was die Mutterfreuden betraf. Ich habe leider nicht so viele Kinder bekommen wie meine Großmutter. Ein Sohn war alles, was mir vergönnt war.

Das war schlimm für mich. Ich hatte mir eine Familie mit genauso vielen Stimmen wie im Bäckerhaus ausgemalt, plus der Stimmen eines Vaters und einer Mutter; aber auch solcher, die nicht jeden Tag zu hören waren, weil sie von Tanten und Onkeln stammten, die hin und wieder zu Besuch kamen. Ich hätte gern einem ganzen Chor gelauscht und das schöne Lied von der großen Familie mitgesungen.

Zum Glück wohnten wir ganz in der Nähe meiner Mutter, so daß wir Feiertage immer gemeinsam verbringen konnten. Und weil mein Mann lange arbeitete und oft auch abends noch Verpflichtungen hatte, half ich häufig im Laden. Es war gut, so wie es war.

Ich bekam also am Ende nur einen Sohn, ein hübsches Kind mit stahlblauen Augen und dunklem, lockigem Haar, das ihm in die Stirn fiel, wenn es nicht rechtzeitig gestutzt wurde.

Es war ein problematisches Kind. Er wollte, daß man sich mit ihm beschäftigte. Er konnte nicht allein spielen, wie ich es getan hatte, sondern erwartete, daß ich mich an seltsamen Rollenspielen beteiligte und mich mal in einen Drachen und mal in eine Prinzessin verwandelte. Wenn ich ihn mit in ein Geschäft nahm, zeigte er nichts von der mir eigenen Schüchternheit, sondern unterhielt sich mit den Verkäuferinnen über alles, was ihn gerade beschäftigte. Und nie, aber auch wirklich nicht ein einziges Mal, konnten wir ein Geschäft verlassen, ohne daß jeder sich irgendwie um meinen Sohn bemühte. Er bekam auch immer etwas geschenkt: eine Scheibe Wurst beim Fleischer, einen Apfel vom Gemüsehändler, einen Bonbon in der Drogerie. Ich genierte mich jedesmal, wenn wir, er an meiner Hand hüpfend, wieder aus dem Geschäft gingen.

In der Schule bereitete er Schwierigkeiten, weil er sich nicht konzentrieren konnte. Wir haben ihn trotzdem auf die Oberschule gehen lassen.

Nase und Wangen meines Mannes wurden dunkelrot, als Christian dort den sprachlichen Zweig wählte. »Du wirst doch wohl keine Mädchenfächer lernen wollen!« sagte er.

Mit Lernen war es bei meinem Sohn aber ohnehin nicht weit her. Er kaufte sich von seinem Taschengeld eine Gitarre und brachte sich selbst das Spielen bei, denn mein Mann verbot ihm, Gitarrenstunden zu nehmen, solange er in der Schule so schlechte Noten hatte.

Ich liebte dieses eine Kind über alles, das wird jede Mutter verstehen, aber wir waren Lichtjahre voneinander entfernt. Ich fragte mich, ob mein Sohn und ich wohl das Beziehungsmuster von Martha und mir wiederholten, doch irgendwie gab es da einen Unterschied, wenn ich ihn auch nicht benennen konnte. Wir trugen einen Kampf aus, den er verlieren mußte, weil er der jüngere war und ich die Unterstützung meines Mannes hatte. Wir stritten uns immer öfter, und er wurde immer aufsässiger.

Mit sechzehn lief er dann von zu Hause weg. Die Polizei konnte ihn nicht aufspüren. Ich habe geweint, bis meine ganze Kehle wund war und ich wochenlang nur noch Brei essen konnte. Mein Mann konnte die Tränen nach einer Woche nicht mehr sehen und schlug mir hart ins Gesicht – das erste und einzige Mal. Als ich ihn daraufhin anschaute, las ich in seinem Gesicht Erleichterung darüber, daß die Streitereien nun ein Ende hatten, und die Hoffnung, daß das Leben wieder gut würde, sobald ich zu weinen aufhörte.

Ich beschloß, mit ihm weiterzuleben, doch der Kummer war von nun an ein ständiger Begleiter. Er hatte den Charakter von Brennesseln, die immer dort wachsen, wo man nicht auf sie gefaßt ist, so daß sie ganz unvermittelt brennende Stellen auf der Haut hinterlassen können.

Es folgten sechs freudlose Jahre, in denen ich gelegentlich traurige Gedichte in ein schwarzes Heft schrieb. Und ich skizzierte Tiere mit traurigen Menschengesichtern. Mein Leben war so öde geworden, daß sich die Blumen, die mein Mann mir einmal im Monat kaufte, gar nicht aus ihren Knospen hervortrauten.

Als sechs Sommer vorübergegangen waren, ohne daß ich es bemerkt hätte, war mit einemmal überhaupt nichts mehr da. Mein Mann starb. Ganz plötzlich. An einer seltenen Krankheit mit einem Namen, den ich bis heute nicht aussprechen kann.

Zwei Wochen danach starb auch Tante Christina, als erste der Schwestern, wenn man Camillas Tod einmal nicht mitrechnet. Bei der Beerdigung meiner Lieblingstante umgab mich ein Nebel, der mir die Perspektive nahm, weil Horizont und Erdboden ineinander überflossen. Weit entfernt hörte ich noch das Tuten eines Nebelhorns, das mir mein vorbeiziehendes Leben signalisierte.

Martha sagte, ich solle doch bei den Schwestern einziehen. Ich wollte es mir überlegen. Die Schwestern wohnten schon seit einigen Jahren in einem stattlichen alten Haus am Ortsrand. Die Bäckerei hatten sie für viel Geld an einen Baulöwen verkaufen können, der dort einen neuen Supermarkt mit darüberliegenden Appartements bauen wollte.

Es war an Allerheiligen gut ein Jahr später. Dem katholischen Gebrauch entsprechend hatte jedermann die Gräber auf dem Friedhof mit weißen Chrysanthemen geschmückt. Und ich hatte für die Grabplatten von Camilla, Christina (die neben ihrem Werkstattbesitzer lag), Sebastian und meinem Mann Gebinde aus roten Blumen gemacht. Ich stand am Grab meines Mannes.

Da legte mir plötzlich jemand die Hände auf die Schultern. Ich spürte, daß es ein Mann war, der größer war als ich, und ein Mann, der zu mir gehörte.

Ich drehte mich um und umarmte ihn. Und ich plärrte wie ein kleines Mädchen, und mein eigener Sohn hielt mich mit einer Wärme und Zuneigung, wie ich sie noch nie im Leben zu spüren bekommen hatte.

Christian begleitete mich nach Hause und erzählte zwei Tage und zwei Nächte lang von den sieben Jahren, an die ich keinerlei Erinnerung hatte. Er hatte in dieser Zeit in fremden, fernen Ländern wie Nordafrika und Südamerika gelebt und hatte, als Ersatz für die Familie, wertvolle Freundschaften geschlossen.

Er wohnte jetzt seit kurzem in Spanien, in der Nähe von Barcelona. Er war Musiker, machte Platten und gab Stunden. Seine erste CD mit eigenen Kompositionen war in Spanien ein ziemlicher Erfolg, und er arbeitete an einer zweiten. Im Frühling würde er auf Tournee gehen.

»Mam, warum ziehst du nicht zu mir? Was willst du noch hier? Dein Mann ist tot« – er sagte nicht »mein Vater« –, »und ich hab gesehen, daß Omas Laden weg ist. Ist Oma tot?«

»Nein, Oma lebt noch. Sie wohnen noch zu viert zusammen.«

»Dann brauchst du doch auch kein schlechtes Gewissen zu haben, daß du sie allein läßt.«

»Aber sie ist schon alt, ich kann doch nicht so weit weggehen. Was ist, wenn ihr etwas zustößt?«

»Deswegen kannst du doch nicht hier sitzen bleiben und abwarten. Komm mich aber auf alle Fälle mal besuchen, ja?«

»Aber Christian, wie soll denn das gehen? Mit dem Flugzeug? Ich bin noch nie geflogen.« Das stimmte. Mit meinem Mann war ich nicht weiter als bis in die Ardennen gekommen, und ein einziges Mal in die Bretagne.

»Einmal muß das erste Mal sein«, erwiderte mein Sohn lachend.

Aber ich war mir sicher, daß ich mich nicht trauen würde.


Nach einer Woche reiste er wieder ab und ließ mich mit einer übergroßen Leere im Herzen zurück, die ich auch nicht mit Gedichten oder Tierskizzen hätte ausfüllen können.

Nach tausend Stunden rief ich ihn an und sagte, daß ich kommen würde.

»Soll ich dich abholen?« fragte er.

»Nein, ich komme allein. Ich werde doch wohl nicht gleich beim ersten Mal verunglücken? Oder doch?« Ich atmete tief durch, und meine Lungen sogen die Luft mit einer für mich erstaunlichen Gier ein, und mein Herz pumpte das Blut in die Organe, die so lange tot gewesen waren.

Martha ging zur ›Maria der immerwährenden Hilfe‹, um Kerzen für mein heikles Vorhaben anzuzünden. Sie war zu aufgeregt, um mich zum Flughafen zu begleiten, und überließ es Vincentia, mich wegzubringen.

Ich lernte meinen Sohn, den ich in meinem Schoß getragen und danach mit der Stimme meiner Mutter und der meines Mannes zu deformieren versucht hatte, kennen, und mir ging auf, daß ich das Leben Marthas gelebt hatte. Ich hatte ihr übergroßes Bedürfnis nach Geborgenheit gelebt, weil ich ihr so gern etwas von mir hatte geben wollen. Und weil ich alles an sie abgetreten hatte, hörte ich nicht auf mein Kind, das mir etwas zu erzählen gehabt hatte. Nun aber liefen wir Arm in Arm am Strand entlang, aßen salzige Sardinen und tranken Rioja. Christian brachte mir das Tanzen bei. Er sang Lieder für mich, mir unbekannte Lieder, bis auf eins – er hatte ohne mein Wissen eines meiner Gedichte vertont.

»Ich hatte dein Heft daliegen sehen und fand die Texte so schön, daß ich gern ein paar davon für meine neue CD verwenden wollte, einverstanden, Mam?«

Keine Frage, daß ich Einspruch erhob. Ich konnte nicht glauben, daß sie gut waren. Aber er überzeugte mich und brachte mich mit den schönen Melodien, die er dazu komponiert hatte, zum Weinen. Wir feierten Weihnachten unter freiem Himmel und sangen am Strand vom leise rieselnden Schnee.

»Du bist so anders«, sagte Martha, als ich ihr später die Fotos zeigte. »So kenne ich dich nicht.«

Ich lächelte und blickte in den Spiegel.

Aus meinen Menschentierzeichnungen versuchte ich eine Geschichte zu machen, indem ich neue Menschentiere hinzuzeichnete, die keinen Kummer hatten. Dazu schrieb ich kurze Texte. Ich nahm Spanischunterricht, denn ich wollte mich mit den Freunden meines Sohnes unterhalten können, weshalb ich schneller lernte als die anderen Kursteilnehmer. Schließlich hatte ich das Gefühl, daß die Zeit gekommen war, das Haus zu verkaufen und die Schränke leerzuräumen. Ich sah mir Fotos und Bilder und Bücher und den ganzen Krempel an und schätzte sie nach ihrer Bedeutung ein. Und dann ordnete ich alles hinter Schildchen mit der Aufschrift ›KANN WEG‹ und ›AUFHEBEN‹ zu zwei Stapeln, deren jeweilige Höhe sich kontinuierlich veränderte. Ich zog die Vergangenheit wie lose Fäden aus dem Teppichboden, bis schließlich nur noch ein kahler Fleck blieb.

Dann rief ich Christian an und teilte ihm mit, daß ich meine Zelte abgebrochen hatte.

»Und, ziehst du zu Oma? Oder kommst du doch zu mir?« fragte er.

»Das weiß ich noch nicht. Zuerst will ich verreisen.«

»Wohin?«

»Das weiß ich noch nicht. Oder eigentlich doch: Ich will nach Mexiko. Kommst du mit?«

»Wenn du bis nach meiner Tournee wartest.«

»Gut, Hauptsache, wir sind vor meinem Geburtstag weg. Ich möchte kein Fest mehr geben. Ich will mit dem Leben feiern.«

»Mam, so kenn ich dich ja gar nicht.«

»Macht nichts, kannst mich ja noch kennenlernen«, sagte ich und entkorkte eine Flasche Rioja, um meinen Entschluß zu feiern.

Als ich die zweite Flasche aufmachte, sagte jemand: »Prost, schenk uns auch mal ein.«

Auf dem Eichenholzsofa mit den olivgrünen Kissen saßen Oma und Christina.

»Du trinkst teveel«, sagte Oma und lachte.

»Das ist ja wohl meine Sache! Ich bin jetzt fast fünfzig, und da laß ich mir doch nicht mehr vorschreiben, was ich zu tun oder zu lassen habe. Ich werd jetzt mal so richtig verreisen.«

»Und schreibst du auch irgendwann ein Buch über die Bäckerei?« fragte Christina.

»Wer weiß. Das hättest du eigentlich machen sollen. Ich werd jetzt all das machen, was nie einer von mir erwartet hätte.«

»So kenn ik dich«, sagte Oma. »Du bist als dein Vader.« Und sie nahm ein Glas Rotwein. »Bah, dat schmeckt doch niet, hast du kein Genever?«

»Wo seid ihr die ganze Zeit gewesen?« fragte ich. »Ich war so allein.«

»Wir sind stets da«, sagte Oma.

»Du konntest uns nur nicht sehen«, fügte Christina hinzu. »Weil sich die Tränen wie Moos auf deine Seele gelegt hatten.«

Wie schön sie das wieder sagte. Ich war gerührt und schenkte mir das Glas noch einmal bis zum Rand voll. »Und warum ist Sebastian nie da? Ich hab ihm so viel zu erzählen.«

»Du begreifst noch stets niet, he?« sagte Oma. »Er ist dichter bei, als du denkst. Kuck doch endlich mal mit het Herz.« Und sie verschwanden durch die Wand.

Christian kam, um die letzten Sachen aus dem Haus zu räumen.

»Was, du spielst Mundharmonika? Was du nicht alles hast, wovon ich nichts weiß«, sagte er.

»Die ist von deinem Opa«, antwortete ich. »Du kannst sie haben. Es ist das einzige, was noch von ihm da ist.«

Er klopfte das Instrument aus und befeuchtete es mit den Lippen, ehe er die Melodie heraussog, die jahrelang darin festgesteckt hatte:

*Lustig ist das Zigeunerleben*
*Faria, faa-rie-a ...!*

Verwundert fragte ich mich, woher Christian das Lied kannte. Als er auf die Welt kam, wurde es längst nicht mehr gesungen. Seine viel zu langen Haare fielen ihm vor die blauen Augen, die er von seinem Großvater hatte. Er nahm die Mundharmonika von den Lippen und lachte. In seinen Augen funkelten Sterne.

Da erinnerte ich mich an das, was Oma gesagt hatte. Hatte Sebastian eine zweite Chance bekommen, um mir zu zeigen, wie herrlich das Leben sein kann?

*San Cristóbal de las Casas,*
*Chiapas, Mexico 1998*

Sabine Deitmer
*Kalte Küsse*
Kriminalroman

Band 11449

Alles beginnt an einem ganz normalen Samstag im Juli. Mit Paaren, die heiraten, ganz in Weiß, mit grölenden Fußballfans, mit Familien auf dem Weg zum Feuerwerk im Park, mit Katzen, die Mülltonnen plündern und der alltäglichen Gewalt, die zum Wochenende wild eskaliert. Mit einer Kriminalkommissarin, die ihren Liebhaber frustriert und eine nicht mehr ganz taufrische Leiche findet... Kein ganz normaler Einsatz in Sachen Mord für Kriminalkommissarin Beate Stein. Sie hat mehr als eine Leiche gesehen. Doch was sie an diesem Samstag zu sehen bekommt, zieht ihr die Magenwände zusammen. Kaum vorstellbar, daß das einmal ein Mensch war, ein Mann. Wer hat ihn umgebracht und so zugerichtet? Und vor allem, warum? Bei ihren Ermittlungen stößt sie auf Fragen, die ihr eine Gänsehaut über den Rücken jagen. Alles deutet in eine Richtung... Schafft sie es, ihre Pflicht als Polizistin zu tun, ohne sich selbst dafür zu hassen?

Fischer Taschenbuch Verlag

fi 2084 / 4

Marianne Fredriksson
**Simon**
Roman
Aus dem Schwedischen von Senta Kapoun
Band 14865

Simon wächst als Adoptivkind von Karin und Erik, der Schiffsbauer und Arbeitersohn ist, in einem Haus an der Küste vor Göteborg auf, dort wo der Fluss ins Meer mündet und ein Eichenwald die Landschaft verzaubert. Aber es ist eine unsichere und angsterfüllte Zeit, denn der Zweite Weltkrieg steht kurz bevor. Karin, eine warmherzige und kluge Frau, deren Tür für alle immer offen steht, tröstet und hilft so gut sie kann und nährt, wie auch ihr Mann, den Glauben an das Gute.

Simon stammt aus einer heimlichen Verbindung von Eriks Cousine mit einem verschwundenen jüdischen Musiker aus Deutschland. Um den Jungen zu schützen, verschweigen Karin und Erik ihm seine wahre Geschichte. Doch Simon ist sehr sensibel und meint, er habe die Sorgen, die er in den Augen seiner Mutter lesen kann, verschuldet. Und so begibt er sich auf eine Suche, die ihn bis zu den Ursprüngen bringt ... .

Fischer Taschenbuch Verlag

fi 14865 / 2

Sandra Gulland
**Joséphine**
Roman
Aus dem Amerikanischen von Sigrid Gent
Band 14880

»Du wirst unglücklich verheiratet sein. Du wirst Witwe sein. Du wirst eine Kaiserin sein.« Als die Wahrsagerin der jungen Rose, Tochter eines verarmten Plantagenbesitzers auf Martinique, die Zukunft voraussagt, ahnt niemand, daß sie tatsächlich die Wahrheit spricht.

Sandra Gullands ergreifender Roman erzählt von Liebe und Verlust, von politischer Intrige und Revolution und vom Wandel eines jungen Mädchens zu einer der beeindruckendsten Frauen der Geschichte – Napoléons Kaiserin Joséphine Bonaparte.

»Die Amerikanerin Sandra Gulland hat sorgfältig recherchiert. Ihr fantasievoller Roman erzählt im Tagebuchstil den ersten Teil des märchenhaften Aufstiegs eines kleinen Inselmädchens zu einer klugen, schönen Aristokratin.«
*Brigitte*

**Fischer Taschenbuch Verlag**

Sandra Gulland
## Joséphine und Napoléon
Roman
Aus dem Amerikanischen von Sigrid Gent

478 Seiten. Gebunden

»Ich fürchte, ich habe einen Fehler gemacht.« Am 9. März 1796 werden Napoléon und Joséphine in Paris verheiratet. Frisch vermählt, bemerkt Joséphine in der Stille ihrer Gemächer, dass sie den Mann, den sie soeben geheiratet hat, gar nicht richtig kennt. Wer ist dieser Bonaparte, den man überall »den Korsen« nennt und mit dem sie ab sofort Leben und Bett teilen wird? Als Napoléon immer höher strebt und zu immer mehr Macht gelangt, wird Joséphine Zeugin der politischen Intrigen und persönlichen Ränkespiele, mit deren Hilfe die ihnen Nahestehenden zu Ruhm und Sieg gelangen, die jedoch für andere nicht selten Untergang oder gar Tod bedeuten. Dennoch kann sie sich Bonapartes Charme nicht entziehen, und allmählich entwickelt sich zwischen den beiden eine Beziehung, die von Liebe und Hass gleichermaßen geprägt ist. Mit Joséphines Augen erblicken wir die Bühne, auf der Geschichte gemacht wird: Ballsäle und Schlafzimmer der großartigen Paläste, aber auch blutgetränkte Schlachtfelder. Geschichte, zu der Joséphine ihren Teil beiträgt.

»Das starke Portrait einer faszinierenden Frau
in einer bewegten Epoche.«
*Journal für die Frau*

**Teil II der Joséphine-Triologie**

## Krüger Verlag

fi 2-0872 / 1

Dorit Rabinyan
**Unsere Hochzeiten**
Roman
Aus dem Hebräischen von Helene Seidler
Band 15226

»In ihrer Hochzeitsnacht war Solis Gesicht ihr so nah,
dass sie jedes eingewobene Lachfältchen sah. Iranis Hoch-
zeitskleid, von ihrer Mutter aus 5854 Perlen und einem einzigen weißen Faden gefertigt, schimmerte vor seinen Augen
wie leuchtendes Elfenbein.« Mit magischen Geschichten
aus ihrem eigenen Leben, von persischen Vorfahren und zukünftigen Hochzeiten macht Irani Asisyan ihren Töchtern
Hoffnung auf das Glück. Bestsellerautorin Dorit Rabinyan
entwirft das Schicksal einer Familie mit orientalischer
Fabulierlust.

»Opulent, fantasievoll, satt an Bildern.«
*Brigitte*

Fischer Taschenbuch Verlag